U0055261

戀愛得自由

蔣濤·著

序1

蔣濤生來就是一玩家

伊沙

詩人、小說家、評論家

我和蔣濤的相識，在小說《搖著來兮滾著去》中有描述：

「伊——沙！」

窗外有人喊道。

「可以進來嗎？」

「來吧！」

來人是蔣濤，也屬於搞搖滾的。他紮一小辮兒，背一大包，總是顯得行色匆匆的樣子。他是本校日語系的學生，說來很有意思，我們是在1990年崔健亞運義演現場認識的。他還是《女友》雜誌的一名業餘記者，寫過不少關於搖滾的文章。他具體操作不靈，不會任何一種樂器，唱歌還跑調，但立志要做一名經紀人。他創辦了一個名為西安搖滾普及辦公室的偽組織，愣是辦過一些演出活動，比如蔚華領銜的呼吸樂隊在協和酒店的演出，張楚在西安各高校的巡迴講座，還請來一支日本某縣的三流樂隊在人民劇院搞了一場完全失敗的演出。蔣濤手下的幾個小哥們兒確實能幹，主要是敢於，一幫行動主義者。蔣濤一直認為我的詩有商業價值，說只要找到一種好的形式就行。他讓手下出點子，一哥們兒建議用漫畫配詩的形式出版，說可以跟蔡志忠聯繫，於是他們就真的跟蔡聯繫了，他們在致蔡的傳真中建議他畫些現代東西，最終儘管是毫無結果，但他們始終當回事在辦。據蔣濤說，靠辦活動和某些熱心人士的捐助，他的搖普辦已有三萬元的資產，他說：「有限地吃吃飯還是可以的。」

對於蔣濤的外形，我在我的第一部長篇小說《江山美人》中這樣描述過：

我在名古屋—西安的班機上。回故鄉之路成了一條空中的道路。

旅行僅僅意味著在一所豪華大廳般的空間裏待上兩個多小時，如果是坐火車從西安出發，還不夠出潼關的。

而從日本到故鄉，卻花去了我整整五年。我正襟危坐著。

鄰座的老太太一直想說話，我注意到她。她終於開腔了，很小心地問我：「您是中國人嗎？」

這個問題叫我不舒服。我他媽像日本人嗎？大概是因為我的披肩長髮，由這長髮紮成的辮子，加上我的一身行頭，在這盛夏時節我仍然足蹬皮靴。

我回答說：「是，中國人。」

我在小說《兩個人去找另外兩個人》中寫的蔣濤：

兩個男人在一個晚上一塊去找人的事情容易讓人想到是去找女人，但事實不是這樣的。蔣濤不會把這樣的機會與我分享，哪怕同時出現了兩個女人。一方面是因為我和他的關係有那麼一層師生的意思在裏邊，我分到外語學院的那年他已上四年級，我去的頭幾年因為沒有被分去教書所以也就沒有教過他，那層師生的意思來自有時候他喊我「師傅」，我也不知道我這「師傅」教了他什麼或者說能教他什麼。總之他喜歡聽我就他關心的問題發表意見，比如說搖滾樂什麼的。別看這小子外表很龐克，在某些方面卻是一個十足的小地主，比如說但凡被他先認識的女人都會被他視為他的女人，別人不能染指，我多次在飯桌上看到這樣的景象：蔣濤帶著一個或數個女孩來，卻從不介紹給大家，所以他帶來的女孩總是在飯桌上充當無名無份的吃客，有人套瓷他還要當場制止。很久以後，他的一位小哥們兒回憶當年的生活說：蔣濤這傻B浪費了多少資源啊！在飯桌上介不介紹他所帶來的女人（哪怕她是妓女），是我認為區別大小男人的一個重要標誌，由此觀之，蔣濤絕對屬於小男人，這也是他不可能與我分享機會的另一個方面——一個主要的方面。

我的小說《狂歡》裏我們活動的記載，蔣濤＝江林：

一一二・江林＝吃飯＋洗腳

一走進那家塘壩魚店他倆就笑了：江林已經到了，正坐在靠窗的一個座位上老老實實地等著呢——一晃兩年半不見，這小子已像是老掉了十歲，那是留了一臉大鬍子的緣故，活脫脫一個日本浪人。師生二人熱烈擁抱，兩位同事緊緊握手，然後坐下來點菜，主菜當然是這所謂的「塘壩魚」——那種從四川剛剛傳入此地的魚的吃法在馮彪、劉明明吃來未覺其好，乾而辣，十分單調，江林卻吃得津津有味，他說回到祖國和家鄉真是吃什麼都覺得好吃，日本的食物寡淡無味，缺少刺激性，他一邊吃一邊大概講了自己兩年多來邊打工邊學習的經歷。他說還有半年，自己的社會學碩士學位便可以拿到了，回國來發展是肯定的，最終的落腳點他想選在北京，但想先回本城回到雜誌社來工作一到兩年，作為一個過渡，他感歎中國發展得太快了，回來大有一種茫茫然找不著北的感覺，必須有個從頭學起的適應過程，他說前兩天他已和金老闆見過面，談了自己的這個想法，金老闆高興得要命，馬上請他到五星酒店吃了一頓飯，歡迎他回來。

如江林在電話中做出的安排：吃完飯，就洗腳。有個大而豪華的洗腳屋就在飯館對面，酒足飯飽的三人快速轉移了地點。

從未嘗試過的馮彪還搞不清這「洗腳」是幹嘛的，他給雜誌編發過的一篇批判「洗腳現象」的文章——那文章更讓他對此舉有了一些先入為主的文化意識：腐朽、頹靡、可恥的享樂主義什麼的。所以，當他隨此二人來到這個在他看來多少有點莫名其妙的地方時，他竟然很是緊張，像在犯罪。

在一個燈火幽暗的包間裏，三人依次排開地躺著，然後來了三個洗腳妹……

開洗之後，江林便開始大講特講自己兩年半來在日本性生活的嚴重匱乏，兩年半，竟然沒有「辦」過一個日本妞，大陸、香港、台灣甚至韓國的女同學他都「辦」過，就是沒有「辦」成一個日本妞，他說是因為兩國文化背景的差異太大，還有日本鬼子面對中國人所懷的一種莫名其妙的優越感，讓人不好「辦」，不知該如何下手，更關鍵的是「套」不上……辛辛苦苦打上好幾個月的工，去上一次色情場所，結果碰上的還是中國同胞——大部分是上海去的……

「他媽的！在日本住了兩年多，就是×不上一個日本B！」

講得那三個洗腳妹吃吃發笑，忘記了手上的動作……

劉明明則哈哈大笑，笑江林這個「泡妞能手」竟在日本一無斬獲……

在此洗腳的過程中，馮彪始終緊張得不發一言，不停抽煙。終於洗完了，他像是如釋重負。結完賬向外走的時候，江林問他倆要不要換個隱秘的地方搞一些更加深入的活動——說那個地方是他一位在國旅本城分社做導遊的大學同學（也是馮彪的學生）剛剛帶他去過的，在郊外的一個度假村，很安全，就是收費有點高，他請不起，但可以實行AA制。

我在網易新世紀詩典中給蔣濤的評語：

蔣濤生來就是一玩家，從我二十一年前認識他後見他玩過戀愛玩過日語玩過搖滾玩過辦刊玩過日本玩過留學玩過讀書玩過海龜玩過電影玩過音樂玩過經紀人玩過投資人，當然他也玩過詩歌，大概覺得還是詩歌最好玩，其他皆是浮雲。蔣濤名義上是我學生，但我沒給他上過一堂課。蔣濤甚至不是純種的中國人，他奶奶是日本人。我給他一年時間上《新詩典》，他三個月搞定。

序2

蔣桑is very dangerous！

孟京輝
實驗話劇導演

我和蔣濤是光屁股的交情。

第一次光屁股，是和刁亦男、劉瑩、蔣濤一起去寧夏玩，我們來到了黃河邊，我第一個脫光了，跳到黃河裏，蔣濤緊緊跟上，我們在黃河靠岸比較近的地方支流裏漂啊漂，不敢到河中心去，那樣的話會漂到大海的。我們兩個上了岸，讓陽光把自己的身體曬乾，一層薄薄的灰在皮膚上，很詭異。我記得我們倆的對話內容是說劉瑩在遠遠的岸上到底看得見看不見我們的私處，蔣濤比較封建，他說會看到，以我的經驗，我們連劉瑩穿什麼都看不清，她肯定更看不清我們了。

第二次，我去日本觀摩戲劇，共十個月，日本文部省邀請我去的，每天補助一萬七千日元，蔣濤說真多，後來這些錢都讓我在歐洲旅行時花掉了。我住在丹羽先生家，他是推動日本小劇場運動的一個可愛的老頭，他和西川住一起，我記得我第一次帶蔣濤一起看戲，將蔣濤介紹給了丹羽先生，也不知道蔣濤和丹羽先生說了些什麼，回到丹羽家後，丹羽嚴肅地跟我說：「蔣桑is very dangerous！」我聽了後憋著沒笑，後來告訴蔣濤了，蔣濤到今天也一頭霧水。

哦，忘了說光屁股的事了，在日本理髮是很貴的，即使是來了日本幾年的蔣濤，他說他從來沒進過理髮館，因為他在日本帶視覺系搖滾樂隊，所以他長髮披肩。我感覺我需要剪頭，蔣濤讓我去他家剪，他家在下北澤，文藝青年聚集的地方，站前聚滿了日本各色文藝青年，這個地方有多家小劇場和Live House，我來到了蔣濤的鴿子籠的房子裏，日本真是麻雀雖小，五臟俱全，雖然屋子是僅能躺幾個人的地方，但什麼都不缺，蔣濤擺了三台電視，接兩個錄影機，他每天要把黃金時間的日本綜藝節目錄下來，那個浴室是一體式的，為了給我剪頭，蔣濤讓我脫光了，坐在浴室的浴缸邊上，他給我剪短，頭髮掉了一地，我一洗澡，就都乾淨了，頭髮渣在地漏網上集中，一下就收拾乾淨了。我忘了，蔣濤好像也是光著給我剪的，現在想想真變態！

詳細點說，那是1999年的元旦，我在東京，住在一個有市民游泳池和有會咬人耳朵的狗的地方，那個車站叫中野。

我給你娃桑（一個推著日本小劇場運動的老日本同志）和你娃桑的多年女朋友西川桑包了一些餃子。這使蔣濤很氣憤，因為他有更好吃的東西準備和我一起吃，其實這也不是主要原因。主要的原因是，日本人過元月一日就是過他們的新年，絕大多數商店關門三天，日本人都各回各家，各找各媽，而叫你沒地兒去不能去，商店飯館都六、七點關門，不能去日本人家，本來就不願意別人去的。蔣濤說1998年元旦他好像是坐了船到日本的南方去逃避過年的。

我可以和蔣濤在涉谷的哈欠公狗雕像後的欄杆上坐上兩個小時，主要是觀察正在眼前流行的東西，主要是不說話，說話就是我批判他，我批判蔣濤老想滿足個人私欲的行為。

女孩們穿著厚底和高跟兒的長短靴走來走去。CD在這個不景氣的冬天賣得破紀錄的多。

下北澤是蔣濤住的地兒，蔣濤打算用兩年的時間把這裏的商店走遍，讓他的臉成為代表這裏的臉之一。但這個打算半途而廢。我在下午包完了餃子後就來下北澤，我們主要是在車站碰頭。

這裏是日本文化年輕人的聚集地，在日本人中有名，不像新宿，涉谷，原宿一樣讓外國人更知道，有比較多的小劇場和供搖滾和人演出的小屋，許多人願意到這裏喝酒，因為這裏離涉谷四分鐘離新宿八、九分鐘的電車路程，但價錢便宜一塊兒。

我們都不喝酒，是吃了義大利麵，裏面有番茄茄子和臘肉的那種，還是去松屋吃牛肉飯，日本的速食，工人階級和學生吃的，我好像比蔣濤多要了蓮花白色拉，我是一個正在瘦的人。

充滿陽光的小屋充滿陽光，蔣濤的三面是窗，一面是洗澡處的小屋充滿陽光，我穿著一套睡衣躺在陽光裏，當然，當然1998年最後一天的傍晚到晚上的陽光不在這附近。

敲鐘的時候，我跑到哪兒去了？中戲至少在88年、89年時的元旦舞會還是吸引了蔣濤和不少外校人的，蔣濤每年坐火車趕到中戲參加新年舞會，原因很簡單，因為敲鐘時，不相識的人要互相擁抱，問新年好的，丫就是坐火車來抱中戲女孩的，在他上大學期間每年元旦來一次。中戲女孩漂亮嗎？不漂亮。後來，在西安蔣濤普及搖滾之餘普及了可以抱人的舞會，但他說他的學弟們只堅持了兩屆就荒廢了。所以敲鐘對我和蔣濤來說總是有意義的。那麼1999年元旦的鐘聲，是不是我們倆對著他家的三個電視發呆時敲響的？每年這一天，電車連夜運行，人們連夜趕著去神社搞宗教活動，我也告別了蔣濤跟著去了？他說我是個鞋教分子。

序3

我希望當然很多人會看這本書

張楚
歌手

蔣濤告訴我十年前我們想寫的一個小說他要出了，我說什麼小說，他告訴我十三年前我們約好寫一個小說，我寫了兩頁就沒寫了，他寫完了，現在要我給他寫個序什麼的。我想起來有這樣一件事在十三年前發生過。

經常去的地方的景象又在眼前出現了，他就給了一本樣書給我看。在裏面就又看到很多我們認識的，他認識的人從裏面走出來。雖然很多人現在我已經走不到他們住的地方，當然見面時先要走的，起碼那個時候先要走到公共汽車站，如果一起的話，就要在路上說很多話。

找不到他們的同時我也找不到我自己，因為我搬家了。我住在新的地方，有新的思想，但是和過去的沒有關係，不然我聽的唱片怎麼叫老唱片。

前兩天我在聽馬條的一張新唱片，叫做《高手》，是十年前出版過但沒有發行的唱片，我在聽一個我認識的人十年前唱好的歌，歌聲被一個力量阻止，現在從一個對喇叭裏傳出來，我聽到一些十年前的故事，當然不是現在的故事的講法，我好像聽到了時間，不流暢的時間都變成了不流暢的事情，像唱片的凹紋一樣。現在是產生光碟，或者是數位化的MP3，都很流暢，但是是我以前沒有想到過的，也是我認識的人也沒有想到過的，我要注意了，這些東西來者不善，最主要是不產生故事。我喜歡的，會讓我喜歡起來的，我不知道為什麼新的故事和舊的故事怎麼很難聯繫起來。因為中心思想不一樣了嘛。這樣不好，那怎麼叫新生活，我希望有人能把這些故事放到一起，放到一起就好，不然沒有中心思想了怎麼辦。

我很難再說什麼。說話就是一種形式，可以很有型的形式，很多人在街上不怎麼說話了，當然是在看手機，像一部默片，其實默片是能聽到聲音的，默片當然不是大片，也不是文藝片，有點像毛片。我希望當然很多人會看這本書，像我小時候喜歡一本書一樣，後來找不著了。

序4

蔣濤是我最好最親密同學

刁亦男
編劇、導演

蔣濤是我最好最親密同學，初中到高中，包括我去中戲上學，他每年元旦前後來中戲，目的是在新年舞會上和表演系女生跳貼面舞。

蔣濤初中在71中上，我在26中上，我倆放學後總要擦肩而過，我看他，他看我，我就覺得不爽，想打他，後來卻成為朋友。

我記得在西影廠區閉門準備高考時，這廝卻來找我，讓我把資料室的港台影視雜誌拿給他看，他喜歡看裏面的露點照和大腿明星。他還告訴我他的初吻，高三時在城牆下親了一個戴眼鏡的同班女生，他說那女生剛吃過餃子，那天是冬至。

唉，我就不多說了，這些事情在他的書裏都有記載，顯得不那麼正經，是為野史，所以很好玩，記憶也復活了。

序5

蔣濤的幽默是各種時代的幽默

西毒何殇
詩人

余毒
詩人

我大致掃了一眼　發現你這個小說還寫得真是挺特別的
語言囉嗦的很乾淨
有些很奇異的東西
而且好有信息量啊

其實要真的讀透這書啊　還真需要我這樣的人
不吹牛啊
得是一個百曉生　百事通　萬金油　一類的讀者才能讀透
普通人的資訊涵蓋面都有局限
一會兒音樂　一會兒詩　一會兒足球　一會兒泡妞　一會兒陝西　一會兒世界的　……比較複雜
蔣濤的小說商比詩商高多鳥
蔣濤的幽默　不是那個時代和這個時代的幽默
是各種時代的幽默

很奇異

他是文化混血兒
這種幽默獨屬於他
是的
瀏覽了下　感覺很揮灑自如的
這本書總體特點就是「亂」
所以呢他成不了宗師　為啥呢　不能開山立派　讓門生仿寫
余焘不建議你找批水軍來頂頂？
百事可樂
頂個P
亂無所謂啊　成了王小波怎麼亂都行
他這是純文學嘛
蔣濤幹的這是嚴肅文學
一般人是可口可樂　他是百事可樂
豈能與你商業文學比呢
應該說怎麼囉嗦都行
然！
頂蔣濤寫小說
那沒人看見多可惜　放天涯不就是為了看嗎
天涯的人讀不懂
沒所謂！

這個小說適合蹲在馬桶上看，很休閒的。

這個說的對
比較休閒

現在找本休閒小說　太難了
咱感染不了他

《理想主義時代文藝青年的田野調查報告》
可以當副題
又跟北京油子的語言狂歡不一樣

西京愛情霧雨啊

序6

有位天使在乎我

西毒何殤
詩人

有一天，有個陌生的電話打進來，問我是不是和尚。我還俗已多年，頭上除了那幾個香疤之外的其他地方，都秀髮叢生，一個毛孔裏鑽三四根，每次我剪頭髮時，理髮師都用冷熱水軟磨硬泡，用刀剪架在我脖子上威逼利誘，讓我交代我的洗髮水秘方，我說沒秘方，他們不信，威脅我說：「你要是不說，我就把你的香疤露出來，讓別人知道你是個和尚。」我是那種除了「我們分手吧」之外再沒有其他話能威脅到的人，怎麼會吃這幫龐克頭理髮師的一套，一律不理不管，閉目養神，像在丈二高台上與羊頭妖怪比禪定的玄奘。結果，他們果然心狠手辣，把我的幾個大香疤赤裸裸滴暴露在了太陽下，也暴露在長安詩歌節的舞台上，也暴露在更多長槍短炮的鏡頭下。俗話說，寧可天下人曝我，我不曝於天下人，俗話又說，天機不可洩露，為什麼不可洩露呢？因為洩露了天會來找你討賬，天太大，天有多大，天下就有多大，上帝管得太多，要造人，要曝光，不可能親自上門來跟我談判，於是就派來了路西法之後第二位聖光六翼熾天使——他說，我叫蔣濤。

在此之前，我跟人打交道，跟鬼拉關係，也跟畜生有來往，卻從未遇見過天使。我從未見過一個人，一匹鬼，或者一頭畜生第一次跟我通話就說：「我這有個六千萬的項目，你把郵箱給我，我給你把項目書發過去。」我據此判斷，這個天使是真的。六千萬的項目書果然發過來了，是一個為天堂供應無縫天衣原材料的項目，不過凡間的設備太俗，太煙火氣，太人味兒，要先花五千萬買天堂的機器。我兜裏還有當年連鎖寺院賺來的一筆香火錢，花了這些年，還剩下不少，大概五千塊，我就告訴他，這個項目可行性很強，由他來牽頭，我入股萬分之一，傾家蕩產願意跟著他幹。天使說，我想想。結束了我們的第一次通話。

第二次是在幾天後，他說他在天堂考察了一圈，越發覺得上帝是在誆錢，勸我不要太癡迷，太投入，發財機會有的是……再後來，就是英雄行險道，富貴似花枝，留得五湖明月在，不愁無處下金鉤之類的詩句。再後來，就問我：「我來人間也沒啥事兒，不如寫寫詩玩，你覺得如何呢？」我說：「寫詩沒前途，發刊物沒稿費，發選本沒機會，你沒聽人說，夜不閉戶，路不拾詩嘛。」他說：「我一個天使，要什麼前途呢？要前途，我去當演員，演雷震子不用化妝，演阿凡達不用CG，寫詩就是玩個高興，玩個《詩經》。」我說：「你這個心態好，給你三個月，寫本《全唐詩》出來。」我跟上天開玩笑呢，沒想到天使當真了，每天給我發幾首，果真是天上下來的，題材都不是凡人能想出來的，我心裏納悶，想不到老天這麼好玩？

三個月後，他說時間到了，我要出詩集了，要在淘寶賣。我說：「你太扯了，我寫了十年才寫了一本，印了幾百，賣了一年，才賣了兩本……」他不聽勸告，快寫快印快遞，幾天後，我案頭就放了他一本詩集《那一年，我們在西安當螳螂》，我問他這什麼意思啊？他說，這是寫他自己的前世今生，他的前世是一隻螳螂，因為在大街上為來看兵馬俑的上帝擋計程車，一不小心被壓扁，上帝念其一片誠心，讓他轉世去了天堂當天使，不過翅膀除了普通天使的羽毛翅膀，還有兩對螳螂的綠翅膀，於是就成了六翼天使。來頭太大，不可思議，不過自從知道了這事兒，我每次開車都要先檢查一下車輪下面有沒有螳螂蝗蟲之類的東西。

第一次見天使，是在酒店大堂。入門休問榮枯事，觀看容顏便得知，一頭銀髮，讓金碧輝煌的酒店黯然失色，我們相約去洗腳，我偷偷觀察一下，天使腳指頭也是五根。我問他當詩人的感覺如何？他說不錯啊，不過還不夠，要當詩人+小說家才圓滿，不枉來人世一遭。我問他什麼時候動筆，什麼時候完稿。他說，已經寫完了，不如你寫個序吧。我說不寫，小說看故事，誰看序呢？他再三要求，就當我自戀，說明他比較在乎我，可是我也不寫。一直到今天早晨，我還是決定不寫，可到了上午，態度突然開始鬆動，為什麼呢？我不說，權且當個懸念，小說需要懸念，小說的序也需要。

被一名天使在乎是什麼感覺呢？如果不看他的小說，你們一輩子，都不會知道。

序7
一根西安的電線桿，他要去北京做華表

余毒
詩人

三個月速成為著名詩人（這個著名，當然是局部的）的蔣濤自製一本詩集之後，亢奮的宣告他轉型作家了，並且已經成功了，在局部獲得熱烈反響了。

蔣濤稱這本小說是關於愛情的，嚴肅的，不容淺薄的愛情。呸，愛情。

蔣濤本身的愛情就足夠讓天下所有的愛情慚愧，是可以堂而皇之發表在知音和故事會的那種愛情。

他這要將愛情加工成紙漿的板磚，這讓我們怎能相信愛情，相信愛情就是泡饃，掰成專家級的蒼蠅頭，才能讓命運的廚師給浸碗絕世好湯。

在西安，幸會蔣濤。他是一切金風的玉露。微胖，步伐慢，卻總能走在我的前頭，他是活體的這個城的地標，他的加長款的青春期已加長成了電線桿，不出意外，次日將加長成一列開往北京的列車。

祝《戀愛得自由》一路順風。

序8
我以為他是一位80後留學日本的女孩

何襪皮

旅美人類學博士生、小說家、詩人

在我看到蔣濤的照片（至今未見到本人，到現在這個時點已經見了N次鳥）前，我以為他是一位80後留學日本的女孩。因為以為只有女孩喜歡用iPhone整天隨手解救拍，說話又那麼萌。天知道當我知道他是男的，且非80後（我想他需要替自己的年紀保密，不然也不會做那麼多面膜了），我有一種看電影第六感的被顛覆的感覺。蔣濤這人思維很跳躍，我看他的這部小說就更確認了。這就是他平時說話的方式：一、不太有邏輯；二、不說粗話，文雅；三、透露著一顆童心。這是他平時說話的方式，寫作的方式，也是美容的方式，養生的方式。

好吧，再說說小說，首先我最困惑的是，那個「我」是誰。因為蔣濤和我同時出現在裏面。就好像那種照相技術把一人的兩次成像擱一個畫面裏了。作者自己，蔣濤，我，這三個角色夠讓人精神分裂了。其次，他的片段式敘述，把故事的邏輯打亂了，所以只有故事裏的人物自個兒才能看得懂。至於我們這些旁觀者，拼不出那個年代，那個城市，那些個關係，只能嚼著那些有趣的句子，對那個年代的自己小小的共鳴一下。

序9

蔣濤是個搖滾青年

文帛

媒體人、搖滾發燒友

蔣濤在1992年的時候，留著長髮，我們隔著很遠的兩個城市，至今都沒見上面。那個年代，書信聯繫，隔三差五就有印著知名雜誌的牛皮紙大信封拍到我桌上，每每我都倍感有面子。他用黑色的水筆，隔行寫，乾淨耐看，還附贈地下小冊子，黑色封皮。那時很喜歡他寫的東西，深呼吸地看下去，一氣呵成的快感，年輕時的澎湃洋溢。斷了聯絡十九年後在微博找到他，又見詩集《那一年，我們在西安當螳螂》，白色封皮體現著一個人有滋味的活法，黃色封皮裏還折騰著活色生香。這個名字幾乎激動了我的整個青春歲月。「你要堅持少女情懷哦！」他說，「好的。」我繼續。

蔣濤，沒時間磨磨嘰嘰，滾著滑鼠我飛速看完了。說實話，剛開始時有點暈，你的事，無關我，好無聊。快到中間時琢磨出一點味兒來了，混亂，一切混亂如同我們曾經的青春，我們都是這樣在混亂中穿越，就像一首歌的名字：青春殘酷物語。接下來，接下來我又開始深呼吸，一大段一大段我曾經倒背如流，如今仍記憶的文字流淌開來，蔓延我身體的每一個細胞。好吧，以上根本沒提，但是我承認，激動我整個青春的不是蔣濤那兩筆破字，而是我尋著一種氣味而去找到了蔣濤。這些文字，指引了我人生觀價值觀審美觀的方向，直到今天長髮男青年和重金屬仍是我心目中美侖美奐的標準。雖然多年後我已經升級到諸如DT、Metallica這樣的國際大腕，但是我現在手發軟心發虛無力應付其他的狀態，體現了我心底仍被深深撞擊的真實感受，這也是為什麼我過了十九年以後還在執著尋找蔣濤的原因。看到你歲月的手，卻發現不了你歲月的心。我從未懷疑我現在遲鈍了，趕不上你的跳躍思維，我已經從洋溢變得隱忍，如果硬要往好的說，那我們已經從荷爾蒙逼人的賁張青年，變成了欲語還休欲蓋彌彰的調情高手。你湊合看吧，都大媽級了你還能要求多高。

序10

蔣濤皮膚白皙

陳原
大學職工

蔣濤皮膚白皙毛髮濃郁有一顆善良的心要幹壞事很矛盾啊
喜歡女孩不計較女孩喜不喜歡他

目　次

正 文

開始

這本書的原題叫「西安真正愛情故事」，是不是有點「東京愛情故事」的方向，是我在日本待了五年後來到北京，似乎一切工作都並不重要，因為我知道那對我來說不是一個未知的未來，而只是一個過程，你只要在事情到來時注意選擇一下便可，因為一切是註定要這麼發展過來的。而你在北京的最首要的任務，你每天上班前就開始想的，是尋找愛情。

非得串起來

楊葵說是有許多珠子，要想個辦法串起來。說一個小說用年代串起來，我說我是在尋找傳說中的愛情故事，始終在找，找呀找，找呀找，找到一個好朋友，敬個呸，呸呸呸呸呸，走調了。

對，我始終在尋找傳說在西安的愛情故事（其實沒準兒是真的），當然也順便來點正在進行的未遂的愛情故事，這就是我的主線，來個千里尋愛情故事記，或者或者叫過五關，斬六將，千里走光棍兒。

楊葵說好啊好啊（他沒有用這種語氣），這個線索也挺好，可怎麼看不出來呢？

於是我就忙別的去了，一定得串好，但尋找和回憶不會按什麼時間順序或邏輯性發生的，如何去串，娛樂串串燒，燒雞公，公而忘私，私人護照，照妖鏡，鏡泊湖，胡鬧，就胡鬧，就就就，不對部隊，不對不對，從湖來，湖光山色，色咪咪，咪咪，咪咪，咪咪

這樣串也不行。

這樣過了幾個月

轉眼間過了幾個月。

一天晚上

一天晚上，蔣濤從幸福花園回家，發現又要到夏天了，他害怕那年夏天的狀況再次發生。

那個夏天就是在99年

有時候你那麼慌張，蔣濤在一個夏夜從單位走回租的房子，看見過街天橋的台階上蹲坐著一個女孩在埋頭哭泣，蔣濤頓生歹意，並邊琢磨著歹意邊走過女孩，然後放慢腳步，這樣走著轉過了路角，在終於決定實現歹意時，就轉身朝過街橋的方向走去。

那個女孩不見了，我要告誡所有城市女孩別晚上坐在過街橋的樓梯上低頭哭，把蔣濤這樣的好人影響壞了不好。

大多數時間，特別是在白天，在剛來北京時房子裏只有很多短袖衫和帶回來的讀物，沒有電視和VCD看，所以開始寫寫，在小本子上。主要是想寫西安以前的或以前傳說中的愛情故事，我們經歷的和更多聽說的那些過程，當然也少不了現在的。

為了什麼起見，我在此聲明，本文內容純屬虛構，但應該堅信那是真的，才會有意思，或者說才會有收視率。

在尋找不上愛情的空閒時間，就在想愛情，我在日本時幻想過一個短頭髮有點捲有點黃的北京小妞的樣子，可能那是我要找的。

椅子

關於書，我敘述，然後的引子如下：

給和西安沒關係的人們
給順便想知道一下西安的人們
給要去西安的人們
給到過西安的人們
更給從西安出來撈世界的人們
當然也得賣給在西安的人們

立志

我想與張楚一起去回憶發生在西安的愛情故事。因為他把事情是那樣看的，而我是把事情這麼看的。

然後是張楚先寫（我們到翠微附近的一些商店去買本子，經討論，買了四個牛皮紙皮兒的工作手冊，寫上西愛1號、西愛2號、西愛3號後來與我剛買的手機一起被盜故稱為塞翁失馬和西愛4號，我們準備每人拿兩本寫，一段時間後交換，互相刺激，接著寫）：

（注：本文中所出現之部分錯別字和標點的不恰當及中文拼音係作者因故為之，不必多怪！）

（注：假裝順應數位化生存的潮流，文章中不該用數字的地方也用阿拉伯數字了，請體諒數字英雄的尷尬。）（又注：前面這個注是以前注的，我忘了為什麼注。）

張楚先寫的：

> 我用比年青老的有為的看自己。看見很多煩惱和痛苦。用我還沒有在社會中生存的更年青的生命看自己。自己可以活得有更多的愛。更美麗。

（我和張楚對汽車洋房的概念進行了討論，他在問一個人是如何結婚，我綜合了我知道的事例和他聊，在望京的那家永和豆漿裏。）

張楚的汽車洋房論

浪廢時間。浪廢時間。服裝不對。攝影機不對。

5・3・1・6・5・6・1・3・4・6・5・3・2・1・2・3・4・5・

（注：此乃音樂，你自哼之）透過流氓手段搞到手。始luàn終棄。從來不會通過不流氓的手段。

長時間的定期約會。互相幫家裏做事。跟互相的父母親見面。在不得已的情況下。爭取單位分房，買床、買家俱。結婚用品，由於新房離家過遠。很少睡在一起，外企高工資的國家單位。國家單位職工的孩子考不上學去當營業員。心理不平衡，所以不好好服務不願意老去酒吧的人，年收入十萬元以上的人可以老去酒吧，去看電影。孫周的電影是一些時māo思想的duīqì，演員演得很僵硬。為什麼要完成這麼一部痛苦的認識？就是那種老的有為了以後的認識，還要把這個認識告訴給觀眾，給年收入十萬元以下不願意酒巴的人。

張楚說什麼也不寫了。因為很長時間都沒有見面。西愛1號就到此結束，但關於對愛情傳說的迷戀讓夏日裏無所事事買菜做飯的蔣濤繼續由著性子在寫。以下是蔣濤開始寫的西愛2號（不過張楚理論在後面還有敘述，詳見某某頁。）

解釋尋找愛情的行動

為什麼要兩個人一塊寫（現在還是沒兩個人寫），因為種蒜苔是本行，一個人的事，養雞是副業，而且要機械化養雞。

種蒜苔回去種吧，我們現在要養雞。

現在再解釋。尋找愛情是正業，寫尋找愛情的這麼多的字是副業。

尋愛第一步：什麼是西安

有一首歌叫〈西安〉：

關中有炸彈的女孩
晃蕩你多年的身材
覯異性頂多瞟一眼
秦時的冷淡漢時豔
娃父母
來自南北方
娃從小
食無穀雜糧

無贅肉
俏麗顯風光
妄想上
西安　放到眾皇妃的地方
西安　到處是神仙羅漢日鬼堂
西安　千年的美麗她不在
西安萬歲的基業不復來呀
灰雲彩有時放神光
人爽快有時不穩重
出遊的孩子也勇敢
臉上是秦俑的尷尬
慫管娃
就拿刀劈人
上街吊棒
不行硬下手
寧可勢倒
也決不認māo
旗不倒
西安　放到眾皇妃的地方
西安　到處是神仙羅漢日鬼堂
夥計喲　現在的美麗是靠你了
夥計喲　今後的風光也靠你們了

正文開始

你就跟著飄

你就跟著飄

飄來飄去

就這樣飄來飄去

飄來飄去

就這樣飄來飄去

飄來飄去

就這樣飄來飄去

飄來飄去

就這樣飄來飄去

一　起　來　一　二

你也別仔細啄磨

我看了兩場甲B聯賽（那年還是甲B），在陝西省體育場，是我有生以來（那時這麼認為）唯一看過的兩場足球賽，陝西國力隊3：1勝廣東太陽神隊（1999年5月1日），陝西國力隊8：1勝廣東白雲山隊（1999年5月8日）。國力隊進攻時，球迷俱樂部和北池頭的球迷協會擂鼓，五萬近六萬球迷中大多數吹喇叭，客隊進攻過來時球迷們主要喊liào倒或放倒。當掀起的人波消失在某個看台時，其餘看台就zhongzhi直指，群起而喊zeī。當裁判罰國力隊時，全場就喊裁判zeinima。

解釋我串1

因為是慾望最明顯的地方，我注意到有漂亮女孩穿的少而時髦，坐在看台上，我用老陳的老望遠鏡看見對面看台上的女孩，看不太清的時候就在足球場上找與陝西球員不一樣的外籍球員。

解釋我串2

我尋找記憶中愛情故事的同時，在北京的小屋裏體會一個遠方愛情的擦肩而過。

硬是給擦肩而過了。

愛上你不是我的錯

我愛青青。

這是我現在的一個心情的表現。

青青現在要做比較難的選擇。

如果你是青青，做什麼樣的選擇。

青青的老朋友希望她去深圳管一家珠寶店，第一年可以分紅幾十萬元，而且老朋友們已經給她找房子了。

青青在西安還要上一年學，才能考一個本科文憑。青青在朋友的公司幫忙，但掙不到錢，可青青表示不會在朋友最需要她時離開。青青也許要開一家美容院，她的小姐妹也在找店面。

我覺得兩個人應該在一起，是哪怕吃糠咽菜過日子。但我也同意有了經濟基礎，兩人才能過好。是不是，兩人都忙於生計，就沒有心思浪漫了？

非要等我發了財，才能和青青在一起嗎？

我剛上第一天班，我希望能和青青在一起，沒有為青青著想吧，是你害怕一個人打發日子吧。

你怎麼成了一個打發日子的人呢？

於是青青現在開始思考，去深圳？還是留到西安？雖然我渴望她能來北京和我在一起。可能再過一週，會有答案。

我什麼時候有空去描繪青青的好處呢？

你就不能三心二意，你踩著兩隻船。

誰也不能覺得找對方，虧了自己。現在是不是還有好多牛郎織女。一個禮拜見一次和一年見一次就是不一樣。我跟青青說，我為了找青青就必須得去北京。

北京在愛情下面成了一個負擔。

北京是一個心理負擔。

在網路時代的野蠻時期，誰都可能成為世界的發信中心，地點已經不再堅持她的重要性，傳統的唱片業、旅行社應該消亡，我也沒必要上京撈世界，首都沒了，我和青青到環境達標的珠海和威海去過日子。

幾萬個我和幾萬個青青把珠海和威海搞得烏煙障氣的。

你說我該怎麼辦？

解釋我串3

在想青青的那個夏天，我開始尋找西安傳說中的愛情故事，最容易回憶起的是初吻，真是證明忘不了，也沒搞個儀式什麼的，咳！

韭菜味的初吻

我說刁奕男（刁亦男想叫錢一樂）是種韭菜的。

同班女同學約老刁去城牆邊走路。老刁回來說她把他晃蕩（不嚴重地欺騙）了，她不和老刁談戀愛，雖然她很白。

她的腿是最漂亮的腿之一。我在下午為了給老刁報仇，就硬跟著她去了她家。她準備晚飯，我威脅她或叫我耍賴皮，要在她家吃飯，她父母快下班回來了。她說她父母只允許女兒的男朋友來她家。我記得後來我還是避免了與她下班回來的父母碰面的尷尬局面。

她沒有準時被她父母批准出來玩，在冬至那天，我逃避同學家聚會包餃子的勞動，在外面瞎轉，被後來的她認為我在一直等她，我也只能承認，她感動了一些。

我自然要送她回家。城牆上有石灰，我記得我幫她撣去石灰，她騎上車回家的。

在這之前，她靠在城牆上，中間橫著那輛26型的男車，我問她，我要是吻你會怎麼樣，她回答說回家會臉紅唄，我說那你就臉紅吧。

我記得我感覺到了她雪白的門牙，現在想起來，感覺不能說是很舒服。不像現在可以踢裏咕咚地猛涮，聽人說我受不了，受不了了。當時，回味比感覺更重要，覺得總算為老刁報仇了，所以我和那個同班女同學就不談則已了。（老刁杜撰了一個細節，就是在初吻後，我發現我門牙上的一片韭菜已經移到了她的門牙上。）

解釋我串4

我覺得那個夏天是青青的名字支撐我所有愛情腦細胞群的。

愛上你不是我的錯

青青好像決定待在西安了。

一個嚴肅正直的戴眼鏡的青年電影導演結婚了，雖然我愛他也有多年了。

那是在一次火車上，一個海軍女兵，小護士。

導演老玖需要或者說一個月才能見到愛人一次。這應該是很舒服的事情，我不得不驚訝好奇並多次想見一見她。

我見到了老玖錢夾裏的照片，我的錢夾裏只有我一張過了期的日本駕照上的長頭髮的相，我沒有能問青青要來一張哪怕是小小的照片。青青給我看過她的時裝照。

小護士來自杭州嗎？她是那麼清純，挑不出什麼缺點，怎麼著她都犯不了什麼錯誤。

青青的老闆從國外回來，送給她寶石項鏈。

青青可能是六點鐘來過電話，她告訴接她電話的人不用我非得今天給她回電話了。

公司裏的女孩們對男士拍裸體根本沒有顯示出興趣。

高個兒的東北算是漂亮的女孩兒，她使飯館服務員把員工餐裏的饅頭提供給了她，她要涼饅頭。四個人吃飯AA制52塊錢，嘉偉說每人12

元，嘉偉說他要付13元，老玖付了15元，蔣濤付了10元，為什麼女孩付了14元？這叫什麼AA制，怎麼算的！

外企的高級管理人員在沒有和女朋友一起睡覺時會說夢話的，這是一個事實，沒有人和我爭辯，我聽到的。

什麼樣的女歌手住6,900元的房子，好像她六點才回家，熬稀飯。

解釋我串5

蔣濤在想青青之餘，在回憶中學時令他現在興奮的事。

愛上你不是我的錯

蔣濤在上午十點左右，從火車站回到了西安市26中，那天他可能還是十八歲。

剛好是課間，他坐進了緊挨著教室門的第一排他的座位裏，後來的兩節語文課，他在深睡，下課也就是中午放學時，語文閻振老師搖醒了他，是不是晚上開夜車了。

我想有三個可能：

第一，他病了。

第二，他找了個好的補習學校補習去了。

第三，（蔣濤忘了）

我萬萬沒想到，他去旅遊了！

這上面都是班主任韓省魚歷史老師的原話，從「我」字開始，他對高三文科班學生們說。這是預選一週後，離高考可能還有兩三週的時侯。

也許不是因為愛情吧，我要集攢一些精力並注意談話方式去解釋。在後面的文字裏。

女孩是不是都吃這一套

這一招好像挺靈。

李林標是我的導遊朋友，他腦殼後有一塊凸起的地方，當然也長頭髮，那裏就是歷史上說的反骨。

這一招和青青有關。

我決定下午兩點去游泳。為了老李要鍛煉身體我勸老李游泳，老李累而睡不著，我的理論是老李頭累了，身體不累，需要累了身體才行，內分泌失調是二十一世紀第四醫學的解決目標。

我決定下午兩點和老李去水裏累身體。

我兩點二十分在路口等到了一身白的青青，青青是個愛情的符號，灰塵在春天晚期強烈的陽光中懸掛在空中，比較均勻。青青說，她還是不去了吧，她都不認識我的朋友。

這一招就是，青青把友字說完的瞬間，老李已到她背後說了一句：「誰說不認識。」

然後青青就跟著去游泳了，雖然沒有要求她下水。

這一招靈，這一招在十二年前也用了一次。

簡單地說，就是美麗動人的小棟站在街口，她和老刁吵了嘴，她說老刁從來就不關心她。

我面對她說，誰說他不關心你，不信你回頭看，

老刁剛才已慢慢地站到了她的背後。

女孩就是這麼容易被感動嗎？

解釋我串6

解釋我串，大家記住了沒有，沒記住的一起飄。

今日事今日畢（日讀成兒的發音）

人是不是最好不要把今天的事拖到明天去做？究竟上海人和山西人誰更扣門兒，這是革命工作的首要問題。

可能是山西人對陝西人顯得大方一些吧，都是北方人吧。可美麗新世界裏的小阿姨陶虹上海人為什麼對鄉下親戚姜武那麼計算，住她家每天要交二十元。

有名的電影攝影師是不是因為結婚多年還是有很多過去的女朋友的原因，他不瞭解我們一些普通觀眾的眼睛多看幾分鐘女演員的背部某部或某動作會很快樂嗎？攝影師他為什麼不明白還獲什麼獎。

人願意在什麼情況下二十四小時不睡覺

跟愛情有關嗎？

時代的脈膊

時代的脈膊在所有上班族女孩的右手腕上。嘭、嘭、嘭地跳著。

怎麼著也得弄塊地兒，怎麼著也得弄間房，別老在熱帶溫帶叢林裏追逐，順著她散發的體味找她，在動物的發情期，男的和男的碰在一起打鬥，都為了得到她，說白了就為了蹭她一下，科學家都這樣說。

北京語言學院的小飯館裏大餡水餃和炸豬排同時出現，讓提供原材料的中國的豬們體會到了文化差異，為他們的工作去向提供了新的選擇。國際化。

當水被叫做礦泉水而裝進塑膠瓶子，被球迷帶進足球看台，被飛快地點在邊裁身後的地上，水拋棄瓶子，摸了邊裁球衣一把，邊裁沒吭氣。主裁判向看台打手勢，得到聲音。

所有的愛情都得回歸到床上去說，說不清，越說越rán。在說之前，別吃熟的辛辣物，那使你慾望，別吃生的辛辣物，那使你嗔狂。許多老人知道，在人生的中期，你在愛情面前應該比較綿，哪怕被人說個子不高呢。

解釋我串7

讓那個夏天小飄一會兒小雪之後，我們繼續關注男主人公蔣濤和暫時的女主人公青青的愛情命運。

不是青青不掙錢

青青不管到了哪個公司都會給人留下好印象，但好像都沒有掙到錢。

老玖在家裏待的時候號稱在看書，老玖不接觸桑拿，不讓老百姓摸他，這和他是上海人無關，與他一直住北京有關。他費時間看書，而脫離群眾，那他會成為小有錢階級的代言人。精明。

王維鈞覺得一種理論的可行性。

人不用看書，人把書枕在頭下，睡覺，大腦就把書裏的資訊吸收了。

我承認並實踐這個理論，當空姐劉問我銀行裏有多少錢時我說沒有的原因就是這個，我買了在外國很貴的書很多，圍在我的床邊，我很少去看，因為我覺得書裏的內容我知道了。

我想起中南海毛澤東的大雙子床，一半放滿了書，二十四史資治通鑑什麼的，其中一小部分是讓毛主席臨睡前閱讀的，大部分的主要任務是陪主席睡覺幫助主席在睡夢中的血液循環呼吸和思想。

真愛我真愛我愛情到底是什麼（有旋律）

愛情是宗教嗎？讓那麼多的人去悟。

丁丁在年底有五百萬元，他不願意在南方為自己買兩棟房子。他給我，我就在西安近郊蓋一所寺院，禪宗寺院，叫「搖普寺」，是一座現代建築風格的樓房，只有我知道是什麼樣子，你必須來問我。裏面有許多帶空調洗澡衛生間的個人室。

這源於我在東京築地見到的淨土宗的築地本願寺，是一種阿拉伯式（拜占廷式）建築風格時的感觸。

我沒有往更深的地方想。

我好多年一直沒有搞清五戒中不邪淫的含義，不斜著淫？其實就是不要和人家太太發生關係這應該做到與愛情無關。

李軍和半邊天的張越談他倡儀的第四種情感說親情、愛情、友情之間有一種情感，不到愛情這步，卻比友情更近一些。混水摸人的企圖？

我倒是喜歡李軍的幽默。

李軍的幽默或叫失敗之一：李軍開店，文化人開店，開始發愁服務來源，發愁沙子，發愁拆下來的前一家倒閉店的門頭和垃圾。有經驗的手下人說，你不要急，不用想著打廣告，趙堅站在路邊，一招手，一個蹬三輪車的人停下來，問這人哪裏有沙子，多少錢，那人沒一會就拉來一車沙子。趙堅站在路邊，又一招手，一輛三輪車又停下來了，趙堅說這有好些三合板問那人要不要，但有個條件，拉走後要打掃乾淨。

許多事都被拉三輪的解決了，在開業前幾天。

有人說他來打掃廁所，不要錢，但希望得到泔水。很多人都知道李軍的餃子館跑不了，所有的東西都讓先用著。

改革的春風吹遍大地，李軍在黃昏在店門口站著吹拂涼風，興奮和緊張的情緒被他的性格對付著，店裏的人們在完善店堂的裝修。

這時，一個南方人拿了個電子琴，向門口屹立的李軍推銷，李軍想隨便把他趕快打發走，聽了人家報了130塊錢後，李軍說：「20塊錢！」李軍想人家一聽就會走的。只見那人一皺眉，一咬牙：「20塊錢就20塊錢，給！」

作為老闆，李軍不能讓手下人覺得他說話不算數。

當朋友們看到店堂繁忙的裝修現場的一角放了一個小小的電子琴時，會百思不得其解。

李軍的浪漫胡說之二：

好電視節目主持人跟李軍說，等演出辦完後，把我也炒作一下，她要出名嗎？出什麼樣的怎麼大的名。

李軍開始描述。

就趁這次演出，把你炒起來。

找一家四川小報，或是某某防空報什麼的，寫一篇〈齊秦在西安墜愛河王祖賢在台欲哭無淚〉。一時間全國各種報紙紛紛轉載。

沸沸揚揚。

一個月後，好主持人召開記者招待會闢謠。

我跟齊秦是朋友關係，我們只是談得比較合得來，我們只是比一般朋友關係更近一些。……我歡迎他再到西安來，不是為了演出，是為了來看看朋友，當然也包括來看我了。

這塊兒還得加一條（本故事中所出現的人物事件純屬架空，情節純屬虛構）的說明。

解釋我串8

在離青青的愛情越來越遠的時候，我開始關心上司女孩小曄為代表的北京女孩的愛情。

北京人之間談不談戀愛

北京人怎那麼多的話要說，內分泌旺盛並且失調的表現。北京人要是和老實的西安人你談戀愛的話，真能用唾沫淹死你。真pín。話語像機槍一樣掃來，像在圍上甘嶺，一次又一次衝鋒，你無話可說，口渴死了。

唾沫用多了極消耗精力，不管男的還是女的，兩個北京人戀愛或過日子，話成天地互相說，晚上只能失眠且有氣無力，不能快活了。

身體快樂嗎？現在見面時的問候。

快樂的身體基本上不說話。

人就是那麼jiàn，在一起時不談戀愛，不在一起時才會經常想念。青青就是這樣的，她一直沒有答應和我談戀愛，但卻在電話是裏說她失戀了。她說她覺得我不理她了。

青青還是沒有答應我談戀愛，她讓我別想那麼複雜。

解釋我串之鄭重宣誓篇

我鄭重思考我其實想要十四個孩子，幫幫我吧，孩子他媽！

怎樣在中國生十四個孩子

這個問題很簡單，十四個家庭就根據獨生子政策生十四個孩子吧。

日本板金店的三好先生，娶了比自己小很多的老婆，生了十四個孩子，每年電視上播一次。我喜歡看。

收養十四個孩子，或供十四個孩子上學，希望希望工程。

在山裏生，生那麼多孩子幹什麼？

孩子長大了又得談戀愛。多麻煩。仙人為給秦始皇找長生不老之藥，帶五百名童男童女去蓬萊，可能一不小心漂到日本，日本列島無人，孩子們生活十年，互相配對，生下的娃娃長大了，性格曖昧，粘粘乎乎。這跟愛情無關，環境趨使而然。

但也不能老對身邊走過的女孩太關心。

解釋我串9

那怎麼也不能如此這般這麼樣如此。

大一的寒假作業是吊棒

吊棒，是社會學和情報學的一大難題。能正確解決好人際關係，是人類研究至今的學問。

西安的閒人兒們在閒人兒階層產生時就用自己的獨特方法向社會學的難題進行了挑戰。

在街上直接認識人，然後讓事情發展。

戴眼鏡的青年導演在火車上認識人，然後結婚。

冬天的故事要在氣溫低的時候再敘述。

解釋我串6

在被思念青青的思念逼糊塗後，我開始分析愛情。

愛的感覺是500塊錢

早上就討論這個問題，是強加給你的，雖然大多數時刻是溫柔而遲鈍的，這時要討論錢的問題。

一個前提是我沒有錢，其實口袋裏有58塊6毛錢，錢包裏有一張一百元錢，6毛錢是三張2毛的，要分三次給路邊爬著的人的缸子，另外主要要坐車。

工作使你要用手機，工作不給你，但要借給你，讓你分較少的次數還，這是第二個前提。

然後就是錢數和你的慾望的鬥爭。

公司借你3,000元。你可以買一個諾基亞單氫電池的手機應該是2,880元，你得到的號碼就是所謂的末尾帶四的那種。

你發現你已經在在乎手機的牌子、電池（你覺得放一次電再充一次電，你已經覺得麻煩了）。你在乎號碼了。

一個上海朋友說他多一個新手機，加上你去入網剛好3,000元，是單氫的電池。不luōsuo了。

2,880＝你什麼都別想。

3,000＝為了朋友，也什麼都別想。

3,350＝你想用好電池了，你接受姑姑的500借款

3,750＝你又想用一個好號了。

3,850＝你沒有好號，你滿足青青的建議，你和她拿一樣的手機了，但她們公司的大老胖子也是那個手機。

4,250＝青青一樣的手機，好號，好電。但不是你表弟建議的雙頻。

3,860＝尤總一樣的手機，尤總是個苦幹二十年奮鬥出來的有錢人。這時你發現你失去了青青愛的感覺，也不是好號。

4,260＝尤總一樣的手機，好號，怎麼怎麼「發」。

6,160＝青青的另一個建議，青青的女朋友都拿著。

6,760＝什麼問題都好像解決了，青青的目標，所有號、電池、性能、亂七八糟的慾望都滿足了。可西安的李林標勸我不要嚮往那種手機，那是暴發戶，或被人包了的女孩拿的。我也確實見過，一個選美小姐參軍被司令的兒子包了，她用那閃閃發光的玩藝兒憤怒：老張那塊表我不要了，我也不請你吃飯了。另一個被算命的說是狐狸精的女孩，她坐不住了，她去迪廳跳舞去了。她們都拿著閃閃發光的小手機。

拉屎的人在看互聯網的週刊。這東西隨風飄去，這東西順水漂流，灑到誰家的地裏，共和國的土地啊！

解釋我串10

當愛情被帶到北京時，我不得不在發展中國家等待金錢的折磨。人間如彩畫，譬如工畫師。你的夢被你反覆地畫著，然後實現得很慢，你的理由越來越蒼白無力，因為人們發現人的壽命不允許你的夢實現得太慢。

錢嘛紙嘛酒嘛水嘛（天津口音）

女孩在一起談論愛情嗎？女孩在一起說段子，說編造的已婚婦女的段子，居心不良且得到快樂女孩們不太注意比她們更年輕的女孩的事，那會使她們難過的。人總朝著難過相反方向前進。戰鬥英雄也這樣，不打倒鬼子臨陣逃跑不浴血奮戰不不怕犧牲就會難過的，挨連長批評，被指導員拉去做工作，英雄會難過的。

英雄在江山拿勢，美人在湖邊涮足

鏗鏘玫瑰是一句好詞。堅強女人，麻辣豆腐，尖椒肥腸，坐懷不亂，強弩之末，艾得熊，大堂經理，門頭溝小姐，孔府家酒，素蘭小姐要出家，宋徽宗。

女孩們商量週末吃烤肉，然後把肉撤去，換上喝的，然後打牌，打到保齡球場場租便宜時去打球，算是鍛煉吃了肉的肉體，其實該瘦的人繼續瘦，該胖的人不斷胖。在週六凌晨兩三點的時侯，女孩們在晚風中，在夜色裏，在不需要男人的情況下四處散去。週末是充實的嗎？週末的時間被充實了。

遊戲、食物和樸克牌反覆佔用所有人的時間挖人不止，生生不息。

在沒有男人的世界，女人兩極分化，重新形成男人和女人，孩子在這個世界裏顯得不太重要，他們被忽視在爺爺奶奶家，他們被爺爺奶奶寵愛而長不成器，沒有爺爺奶奶的經驗，他們不敢談戀愛，甚至避免與異性接觸，就像我不去和她們烤肉一樣。

這種人在不得已的情況下，模仿牛郎織女，選擇兩地分居的方式，結婚。很久時間見一次保持思念保持精力，不那麼顯老，其實都是無可奈何。

當你不同時期的女朋友同一天和你通電話時，你口袋裏沒錢，雖然不一定和錢不關，可你已經開始精神分裂了。

怎樣使工資由一千來塊一下子漲到兩萬多，這是革命的首要問題。小女孩想多結交一些朋友，她星期六早晨有事兒，那會是什麼事？跟我無任何關係，女孩都二十七歲了，可這還像個女孩。

解釋我串11

我發現我在北京的夏天通過追尋高中時代的愛情傳說來渡過尋找愛情的過程。

解釋我串之邦外篇

我發現我在看完《三國演義》VCD劉備去世前的部分，和《水滸傳》四十三張VCD後開始發現寫我這個東西是在打一個比《三國志》更複雜的電腦遊戲。

拉條子拌麵

這段有題目，就是想不起來內容了。

每到週末，朋友們應該聚會嗎？

吃肉，泡酒吧，打牌，談論不在場的人名。這時可以產生愛情，這裏沒有愛情。

每到週末，朋友們應該聚會嗎？向關中和陝北的農民一樣每到過年才吃肉嗎？

在牌桌上才能看出一個人的性格，這是一個藉口，使打牌的理由無限制地增多。

如何和西安的青青結婚

人一喝牛奶，睡神就招喚他。用快板，反覆說幾遍，一！二！怎麼兩地分居並且結婚。

愛上你只是我的錯

愛情是什麼什麼的盡頭，不要什麼和什麼，也許還有什麼的什麼，愛上你只是我的錯（重複兩遍）

因為後面跟的是原因，這首歌是愛舞曲愛日本的台灣青年李雨寰的歌名，他使人容易搞錯，也為了容易記住他。

青青奔向革命聖地，青青和老闆奔向延安，青青開車，老闆愛開車，老闆懶得開車，老闆的車老得換檔，老闆的車在長途上換檔的次數較少，老闆和青青為延長的油田拍專題片，歌頌石油工人，拍專題片，老闆不拍，老闆得去，青青不拍，青青也得去，那麼楊導演去了，楊導演不拍，那麼，會有一個人叫攝影，他拍，其他人在他周圍，主要在說話，青青在山路上在車裏，很安全，老闆得開車，老闆技術好，兩隻手都被占著，別的事只能想想，但也無能為力。西安的姑娘們穿得比前幾天少了，外地在西安的姑娘穿得更少了，王英有漂亮的鼻子和好看的眼睛，王英每天會應酬一些人，王英見過很多比蔣濤好的人都看不上，王英是誰，她二十歲，蔣濤是誰，誰也不知道，西安的高新技術開發區，建起了一些高樓，一個主要的十字路口會讓你覺得是在北京，先富的起來的人在那裏買房，有人說陳小藝也在那裏買房，王英的小姨在那裏有房。

青青在這裏住過三年，三年是怎樣的日子呢？可以想像，不難想像，又怎能想像得出來呢？

我愛青青。

解釋我串13

其實在西安的時候也來北京了，為了在中戲的新年舞會上抱文藝女青年，我把這種習慣拿回西安的大學裏普及了三年。我遇到了中戲女孩接受你的喜歡之情並轉化成漂亮信封信紙通信的友誼。

冬天裏的一把火

冬天梳中分頭，帶石頭圓墨鏡，較硬的小領襯衫，深藍的結很小的領帶，反著穿的日產黑色棉襖夾克，黑雪花牛仔褲，膝蓋有人工剪或撕的口子，露出的不是膝蓋是軍用絨褲，褲腿biǎn在戰鬥靴裏，戰鬥靴是豬皮的，88年冬天在北京有一些中戲的學生在穿，那個人可能叫柳青。

我大一的時候有一陣留中分頭。利用寒假找到中學同學寶寶、老布、認識了浙江溫嶺小陳大俠，襪子白帥張瑜，還有健康男歌手環環。還有已經被小紅犧牲了的好青年永紅。

小陳大俠的主要任務是在家煮牛奶泡銀耳。寶寶的主要任務是兩手拎沉沉的兩桶水。

老布有尖尖的三節頭皮鞋，好像大家穿皮夾克或西服，統一的是大家都打小結領帶，張瑜的襪子很白，耀眼。

那時，每天主要是要到社會舞廳去走老闆步，一種變異的交誼舞，有許多十四歲以上的女孩，把頭髮前額的部分高高吹起，像一個在招的手，叫招手停，我說叫劉海倒立（今天想的）。

跳舞認識人是較容易的，相對來說。

我想學的是如何在街上，如何與人在短暫的時間裏，進行有效的情報交流，以達到兩個個體的關係連接。怎樣和人迅速親切。你喜歡的樣子的女孩。日本叫「軟派」。

那是一次失敗的軟派。

國字型臉的女孩中也有漂亮的女孩，當然不是說她多麼漂亮，她穿著超短裙，光腿、高跟鞋，這說明這件事沒有發生在你大一的寒假，而在大一的暑假你又和全國人民在忙，那麼，推敲起來，這件事你應該是在上大學前的那個暑假做的，那還可以原諒，你那時還沒決定談戀愛呢，還可以原諒。

你要求環環和張瑜在後面跟著，你在端履門口趕上她，她有魅力的超短裙和高跟鞋吸引了你？你們向南走，出了城門，她同意拐進了護城河邊樹林中，天色已黑。她對你說話始終沒有感興趣過，張瑜和環環出現了，他們使氣氛變得友好起來，四個人一起去吃西瓜，女孩蹲著吃的，我看見了她的要害，但也沒什麼興奮的，還是把注意力放在交流上。四個人來到了女孩租的農民房，女孩說要洗澡，三個男同與就告別走了，張瑜這時又進屋和女孩說了些什麼。

後來，寶寶告訴我張瑜和那個女孩好了一下子。

於是冬天，我大一的寒假，我又和這些人來到街上，大家依然打著領帶，我卻一無所獲。

枕頭，頭髮掉在枕巾上是頭髮老了還是人老了。

青青在西安打來電話，電話的鈴聲讓你安慰，三個低音，三個中音，三個高音，你要不接就老是三個高音，你和青青用一樣的手機，和愛有關的手機。

青青在陝西體育場看演唱會，在露天裏打電話給我，北京在下雨，我在一個人待著。張楚安詳，不太緊張，張楚在體育場唱歌，唱三首，吃蘋果螞蟻螞蟻和孤獨，青青會看他唱的，青青會想念我的，我也在想青青，這一天我主要在想青青，也同時想過張楚晚上在唱歌，那裏沒有下雨。

北京在下雨，我拉起窗簾聽雷聲。

我斜爬在床上，花床單。

我要求青青晚上給我再打電話。

西安很吵。

怎樣和青青結婚兩地分居，就是得讓青青打電話給我。

關於勾引人

閒人兒當時在西安是一個階級，閒人們有較統一的時裝，較同一的手段，那是一道風景，現已被改革的大潮用商業思想將其毀滅，閒人兒中很少有文化人去記錄一些往事。

閒人的服裝勾引人。

閒人也勾引人。

屋子裏飄著毛毛，讓人心不安。

是張靈甫嗎？在第五次圍剿時，占了紅都瑞金，他們在瑞金塔下照了一張像。

你京（盯）那外面有棵富（樹），那富（樹）上有個巧（鳥），那巧（鳥）的灑（頭）還是溜（綠）的。學著念陝西醋溜普通話，四頻道換八頻道的效果，預備起，說！

你京（盯），這不四（是）千（天）安門嗎？和刁二勁一起來北京玩的三個夥計中的小蓀，在公共汽車上發現了天安門，就這樣告訴了大家。

他

1999年5月23日21點45分，張楚踏上陝西體育場的舞台，這裏有四萬七千個座位，還有更多站著的人，青青在正面的看台打來電話，我在北京聽見張楚較低的問候聲，和觀眾的叫聲，樂隊的音樂使青青聽不見電話聲，21點19分青青還不知是哪支搖滾樂隊在演，九點零四分青青打來電話了？我怎麼記不起來了？我難道沒接？

我5月22日20點36分及15點10分給青青打這電話。消去所有打進打出的別人的號碼，手機裏有五個打進打出的電話都顯示青青的名字，我的PIN碼和密碼也是關於我愛青青的意思變的，我的呼機裏鎖住一條訊息，那是4月15日下午3點50分青青呼我而留下的號碼，就一直鎖住吧，等青青來北京時看到。

人在刷牙和洗澡時聽到電話聲會狼狽不堪，那會影響到兩個人的關係，我會成為黃半仙嗎？我被日本高中生在東大足球場上踢翻了，扭了右腳脖子，這讓我躺了三個月，每到下雨天，她有點疼，不過會好的。

刁二勁他們四個人就像張靈甫和他的軍官一樣四個人在天安門前一，不對，四個人在天壇前一字排開，合影留言。每個人身上是黑呢中裝只jì下邊兩個扣子或是黑呢西服但領子翻出來立起來，每個人都穿草綠軍zhuī子褲褲口窄，每個人白襪子，西安的黑布白塑膠底板鞋，也叫滑點鞋，每個雙手基本上插在褲兜裏，每個人基本上都目光看著鏡頭，基本上微笑。

刁二勁在散打隊裏不能待久，也許是不願意練功，但他可以用左腳搧你的右臉，在興慶會園門口。

毛毛從沙發墊裏長出來，但不沾在你的屁股上。

碩士語言流忙

你不知道再接到青青電話時用寶貝還是老婆來回答，你想在下個電話裏托青青帶棉衣來還有要討好一次青青。

有些男人初次見面還好像剛強，可一談愛戀就癱軟，喝麥乳精和奶粉還有嬰兒營養米粉和在一起的糊糊，動不動一手插腰一手扶牆地歎氣，或一上街就感到眼前一片粉色，一種眩暈，一種倒向大地的感覺。還有一些臭男人就乾脆有不知去向。

孫茜是誰？一個四川女孩，爸爸叫孫什麼曾經在成都22中學教書，孫茜和爸爸現在都可能在德國，怎麼找得到呢？

大清光緒年間的帶蓋蘭花湯碗是個什麼東西，其實就像一朵玫瑰花一樣。報紙上說，世界上只有英法等少數國家才大量種植玫瑰花，那麼耶誕節和耶誕節前一天和情人節還有每天夜市上出現的萬朵玫瑰花，其實都是月季花，都因為是薔薇科就可以拿出來胡弄情人和偷情人？

夜市上六歲的吉他歌手啊，要錢就是要錢，別拿著吉他托著地，職業道德，撥的弦只有一個音。讓我嚇一跳，六歲就會彈吉他，那麼十歲就可以當歌星了吧。讓吉他就小些吧。

解釋我串14

其實沒有人懷疑林待遇的病是假的，如果老思念或尋找就會得得病的。相思病，霍去病，安樂死，辛棄疾。

鳳凰得病在家中

關心你的朋友其實挺好，關心你週末怎麼渡過，我們在三里屯，你為什麼沒來，關心你星期天一個人在家悶得慌吧，要不要多認識一些人，在上次你見過的那個女孩家吃她包的餃子，你預料他們吃完飯會去打保齡球或坐酒吧的，所以你還沒去，而萌萌說只是吃飯了，在10：52分，你問她，她說大家吃完飯就各自回家了。大家在家裏好好待著呢，就像我也好好待著一樣。

我待不住。又不能給青青打電話，好在可以以等青青電話為由，待著，張楚唱完了，擦汗。然後沒事了。

他會餓嗎？大家回到賓館吃團體飯。李林標是個固執的人，他見到張楚了嗎？一切發生在祖國西部的一個城市。

關心你的朋友關心你的寂寞，關心你的親戚關心你的錢包，錢包好了會不寂寞嗎，錢包不好會寂寞嗎？你關心寂寞也不得不關心你的錢包。

你能堅持住給青青打電話嗎？不能。

就像你冬天宣稱要結婚的那次，你打八萬日元的電話在98年最後幾天和99年開始幾天，那時動搖的你使你思念祖國，使你狼狽而且發呆。

明天早上你會醒來嗎

即使街上的人都還堅強。

汽車保密，洋房也保密。狡兔三窟。你在陝北定邊有一大塊地，可以蓋一大排洋房，你的同學劉子鑫許給你的。你在三原的原上有一眼窯洞，冬暖夏涼。

23：06分馬納提前到家，十一點要關大門了。

張楚唱的是搖滾吧，別的樂隊都很煽動，他很靦腆，雙手抱著話筒，但十佳歌曲裏沒有他。我說他是嘉賓。

我說我明天會給你打電話的，那就看你方合便了，再見老婆，嘿嘿，我叫你老婆，那好再見，我明天會給你打電話的，那就看你方便了。

你走時我應該送一件禮物給你，你都送我了，每當我看見鑰匙時（我給過她一個鑰匙夾）。其實你送我的禮物，就是我臨走的前一天你穿的粉紅色的時裝裙和白涼鞋站在我面前在我的房間，你側著身，右腳向後翹起右膝抬起，這就是我不能忘的你的樣子，你給我的禮物。

毛毛透過泡泡紗的內褲紮我屁股，略癢。小腿上的毛扎小腿，癢。自做自受就是自已坐著自已受著。

我接電話的第一句還是叫寶貝。明天早上預計八點起床，練法輪功的鄰居（現在早就收單位批評不練了）六點就走了，早市九點結束，你十點上班。

腿上起了個小包，是讓腿毛扎的嗎？扎吧，因果相報。

青青明天應該八點上班吧。

晚安，青青。

解釋我串15

在北京光尋找而沒有行動就會睡著的。

It's a Monster

長頭髮的女人夜晚來到你的床上，在夢裏你摸到了她眼角的皺紋，你沒有吭氣，你沒有堅決拒絕她，你讓她爬下，背朝著你。你覺得你不能和她結婚。

你醒來，其實也是在夢中醒來，你欣慰現在你想和青青在一起，那一年的晚春，你親得青青臉上起了皰，在初夏她不得不穿高領毛衣去遮擋脖子上的紅印，在不能穿高領時，她向兩個老練的女同事解釋是她洗澡時摳的，這種解釋多麼蒼白，這種解釋多麼可愛。

基本上鳥在早上叫，兩隻鳥在樹上叫，重要的不是叫的內容，因為叫是一種情感的交流，比如重要的不在文字的內容，而是與你一種情感的交。

在這世界上，允許鮮奶和腐蝕了的優酪乳共同來爭奪市場，允許了豆腐、腐乳和臭豆腐的同時存在，誰也沒有滅誰，誰也沒有擋誰的道。

少數的成功的搖滾人是王致和腐乳，但大量的豆腐、豆腐乾、豆腐絲、豆漿、豆奶和更少的臭豆腐在忙什麼，還不趕緊生產？

長腿絲襪

孤獨的人買兩個饅頭，吃一個半，做一碗雞蛋番茄黃瓜湯都喝乾淨，大腦遲鈍。地攤在馬路邊排成一排，最顯眼的是萵筍和長筒絲襪的圖片長腿絲襪。

怎麼還不回家做飯？都是現成的，一回家就吃，有家的黑臉男人在說他經常說的一句話，吃完飯幹什麼？摸長腿絲襪，不，大多數的人民看四處傳來的電視，思想跟著思考，二十天過去後就會喪失獨立思考能力，基本上在上班時可以有內容聊。

青青在和老師吃飯，老師號稱老師，不老實在家待著，願意和漂亮姑娘吃飯，圖個啥？老不死的，青青然後要看電影，不一定和別人去，可怕的情侶座啊，我知道它的厲害。青青說她的女伴在演電影，她要去看看。後天她就要去延安了，當了領導都要去延安朝聖，青青沒當領導。

我為什麼不去看電影呢？我忍著，我吃飽了撐得也不看電影，原因難以啟齒。

伊沙用「最健」這個名字出了四盤專輯：《新長途路上的搖滾》、《搞定》、《公雞下的蛋》、《無恥的力量》。

解釋我串16

我發現不僅是傳說中的愛情故事會回到我的大腦裏，就連傳說中的其他事也相繼回來。

新長途路上的搖滾

從安康到陝西最南端的鎮坪縣要坐九個小時的長途，其中大多數時間腳和腿被凍得沒有知覺，大多數時間在翻越大巴山。

我發現比我年齡大的人比我更寂寞，那麼當我年齡是人類中最大的年齡時，我是最寂寞的。

我是最寂寞的，青青比我小，沒有我寂寞，張楚比我大他是被稱做歌壇寂寞高手的，手高也寂寞，那還不如手低一些，眼高手低，我們這些人。

我和寶寶去的鎮坪縣。

寶寶身體魁wǔ，去追債。我身體苗條，去了女監，勤勞的婦女好幾個人睡在通鋪上，她們忍受不了這裏懶丈夫的打，跑到湖北或河南又嫁給了當地的農民，在偷著回來看孩子時，被逮住，無知中犯了重婚罪，她準備做滿一年後，和鎮坪的男人離婚，去找她的新丈夫結婚。所有話是在爐子邊談的，老公安態度和藹。

我和寶寶吃了燒餅夾油條後，各走在馬路兩邊，相距十多米，像是在偵探片中一樣，街上寒冷沒什麼行人，我們的目標沒有想好。

在一個小飯館，兩人一人要了一碗水餃，算是給我過了二十歲生日。

解釋我串20

現在你們可以發現我在回憶二十歲前後的日子。其實高中時代的愛情傳說才是我想要說的。

搞定

我以高出重點大學錄取分數線的優異成績又上了一次高三，在一次期末考試最後一天下午，大眼睛的黑男同學韓君遞給我一個條兒，有人約我下午四點到環城公園的亭子去。

這是一次正式的約會。

寶寶以左手出拳快而聞名，左瓜跆，他力敵六名體工隊的漢子贏得勝利。後來那個體工隊的鐵腳在一次喝酒時問他吐血了嗎，他付之一笑。

我請寶寶在一個他能看見我，但我看不見他的地方暗中保護我，我隻身走向公園中的亭子。

我見到兩個小女孩坐在亭子裏zhuìzhuì不安的樣子，你們多大了，正在上初二。於是我的思路整理出三句話，你為什麼找我？（讓我也過個我陶醉的癮，現在的日本歌手都是為了找到這個感覺才搞樂隊的，一點也沒搖滾精神。）第二句話是交朋友可以但你們還小，應該好好學習（我像個正人君子吧。），其實我早就決定中學不要談戀愛。現在想想，稍微覺得有些可惜，那時那麼收斂。不過我也網開一面，說了第三句話，我把我的通訊位址給她，說可以寫信。（以後我媽就老能下班帶信回來給我。）

我考上大學是我的一次失敗，我決定把四年快樂地渡過去，我儘量被動地學習就行，在開學第一天我決定談戀愛。

新生在教學樓前集合，一個大眼睛的女孩從樓裏跳來遞給輔導員什麼東西，後來她和一女生又從我們的人群前走過，短頭髮，像個可愛的洋氣的上海姑娘。

語音撥號，對著電話像叫小狗一樣，喊青青，電話就通了，趕快洗澡，替我摸你。

我上大學開學的第一天，老J是她班上的團支書，她比我高一級，我是新生班的團支書，日語系的小系，四個年級都聯繫較多。

我想著你就是了。這句話是青青聽了，我愛你青青之後說給我的，我在忠於青青，我稍微欣慰，關上手機的電源，繼續說事。（青青說她可傲，屈服了我許多。）

我在老J她班教室的鑰匙口裏看見老丁認真聽課的樣子，四點鐘在輔導員的辦公室裏我才知道她是團支書，我以談工作為名，約她七點出來，她比七點晚了一點才來，我在圖書館裏坐不定，在門口碰見了她。

拚命掙錢，努力工作，和青青結婚，和青青生孩子。

其實，那天晚上一直和老J在散步，結論是她覺得剛認識還不太瞭解，她拒絕和我談朋友。

在以後的團工作上，她一直很幫我。

你喜歡描寫嗎？還有許多修辭手法。在馬上放寒假時，我告訴老J，我要到她家去過年，在安康，我忘了她怎麼回答的，反正她覺得我不會去的，在放假的前一天，我去北京了，她知道。

那是一列由北京開往重慶的火車，我爬在小桌上反覆睡，靠過道的人只能歪歪扭扭地仰著頭張著嘴睡，他們的口水流不出來，我靠窗戶，窗戶很冷，在大年三十的前一天早上我到了安康。

老J沒有起來，老J聽她媽喊，你同學來了，老J的腦子裏反映各種，不可能來的中學同學的樣子，她在迷糊中吃了一驚。

到女孩家是我在高中時慣用的伎倆，這一招比較靈，我在女孩家裏基本上能受到她父母的好感，小白臉，學習好，你以後要多幫助她，那不幫到糜子地裏去了，女孩覺得她媽引狼室，卻有口難言，誰讓她稍微有一點愛美之心後就成績下降了呢！我在一個星期天和寶寶串四十個同學家的門，裏面有我想知道的可愛女孩在家裏時的樣子，乖不乖？

老J在家裏要幫著準備很多蒸碗和涼菜，這裏的習慣，過年每天都是酒席。

她覺得不能一直陪我，有點過意不去。在年三十下午，我們騎著自行車來到了城南的小山上，這裏可以俯瞰忙碌著的安康全景，我們並排坐下主要在看，我用手搭在她肩上，也沒企圖達到什麼目標，就被她轉過來把我給吻了，柔軟沒有香水味，有小孩般的乳香，我是那麼被動，結果是好的。

她爸爸媽媽知道她女兒是個很有主見很有能力的人，既然是能領到家裏過年的，一定是怎麼著了的，我就鑽了這個空子。

酒席有講究，上青下白四角紅，四方桌上她父母在上手坐著面前可能是涼菠菜，我們倆在下手坐著，面前是蓮菜，兩邊是大姐和大姐夫，三姐和三姐夫，她有四個姐姐，她們家五朵金花，四個角是四人肉菜，肚子豬肝什麼的，兩腰可能是顏色不明顯的，共八個涼菜，都沒有調味，而中間有一大碗調好的醬油醋的調料，沾著吃，然後蒸碗換掉涼菜。

其實我是有一種心理準備的，如果她不理我，我就在一間有電視的旅社，看了春節晚會後，大年初一回家。

三十夜裏，她爸不許她出去，我沒有機會反撲，坐在她家的客廳裏，我們倆中間有一個炭火盒，提供溫暖，她很容易地阻擋了我幾次越過炭火盆的企圖。

讀者文摘，在深郊野外，一個女孩為了試探她的男朋友，就用一個草結繫在小草屋的門上，第二天早上發現沒有被拉開，她就和這個男朋友結婚了，多麻煩。

大年初一的早晨，我坐火車回西安了，火車裏幾乎很少人。

後來她告訴我，她父親老問她，我為什麼不住在我們班的安康同學家時裏？我說那個女孩家房間太小了。

解釋我串19

我因為上大學才決定可以談戀愛並在第一天迅速付諸行動（動感超人！與本話題無關），片面一見鍾情，不叫談戀愛。哦（OICQ中最傻逼的回答），我想起有一個小說還是電視劇的題目來著，叫《那時，我們不懂得愛》，多麼傻逼，我沒說這個電視劇，我說這個題目呢，我說我自己還不行，我才不說我自己呢，我就是這麼戀愛的，我就要一眼就決定愛不愛，但一定要看一眼啊！見光死也成，請吃一嗰（故意錯別字）50到105元的飯也不難過。哦，我想起來了，那個傻逼題目叫《粗戀時我們不懂得愛》，其實我是初戀時我不懂得做愛。

那個低收入的夏天，青青支持著我的生命，雖然她現在已經當總經理不願見我了。

風中蜜

更多的時候是在北京走路，聽高中生一樣的男女說話，羨慕年輕的生命，羨慕七毛錢一袋的消毒牛奶，懶洋洋地躺在一堆，癱軟。

我擔心青青，青青明天早上要開車去延安，我擔心路不好走，青青是十分叫人放心的女孩純潔而且認真，在通往陝北的大馬路上風景比不過青青臉上的微笑，陽光比不了我對青青的思念。唱，你是我唯一的企盼，心中卻暗自等候，海是你不朽的浪漫，卻越來越多美麗和幻想，來讓我看你，卻讓你陪伴我，在風中不休是你仍舊的心，風吹來的時候生命在呼喚，是誰在把我把握，風吹來的生命在呼喚，搭拉滴答耷拉地，不會唱了。

你是我的唯一，青青，在我晚上什麼都不幹的時候，想你。我想念你的笑，想念你的晚餐，想念你兩天沒洗的白色襪子，我想念你的藥，那種叫珍珠粉的白沫，想念你的外套和你身上的味道，較香……。

其實我有一把槍，叫滅蚊靈或叫氣霧劑，我放到離枕邊近的地方，準備消滅蚊子，這不算殺生，是超度蚊子。青青在做手護，什麼意思？青青在做手的護理，晚上回家我再給你打電話，我愛你，我愛你，別那麼肉麻，我愛你，別那麼肉麻。

往後，就沒什麼好玩的了，澡堂子拆了，到哪兒洗澡啊，我家安了熱水器，可以洗鴛鴦浴。熱水器有什麼好，哪兒有這泡得舒服。

公雞下的蛋

我射中了蚊子，用香噴噴的氣霧劑，但在日光燈下我沒找到屍體。

日本音樂資訊中心裏的那個小女孩較可愛，我成為會員，以她手裏接過那件深藍色的T恤，我這個月總不能穿著她們的T恤每天路過兩次她們門口，我上班要經過的門口，T恤也不含蓄一點，讓你背著日本音樂資訊中心幾個字，在人們反美情緒漲落的99年初夏。

優酪乳一定不要和牛奶摻著喝，即使是果味的，還有蚊子來找我嗎？即使是個女蚊子，我就不殺她了嗎？

洗臉池低，我個子不高，那是為孩子準備的嗎？洗澡也洗靈魂嗎？中居正廣覺得睡覺太浪費時間了，其實睡覺在修復身體裏的組織，為了第二天的戰鬥，就像我剛上初一，熊貓走過來擠眉弄眼地說，流眼淚可以保護眼睛，怎麼才能流眼淚呢，擠點桔子皮，或擠點辣椒面，乾脆揉點沙子，不就流眼淚了嗎，起到了保護眼睛的作用。

李叔不愛吃瘦肉的兩個原困，瘦肉沒味，不像肥肉到嘴裏有一股油香味，瘦肉纖維粗，塞牙，吃瘦肉跟沒吃肉一樣。

中國新時期的最猛的青年作家就得白胖得一踏糊塗。人吃肥肉對大腦有益，腦子本身就全是肥肉嗎。胖子好吃甚於愛。床上運動累，不如嘴裏來的香。

青青明天要六點半出發了，工作和玩似的，青青的老師，那個老不死的，勸青青要找個年齡大的，有錢的，可以支持她事業的，年齡大有錢的有幾個好東西？青青還是覺得我挺好的，等我定了性，青青就答應嫁給我，我要是不定性，她就永遠不嫁給我。

工作跟玩似的，她們兩個車開往陝北，然後十天左右，去好些地方，我會想念青青，保佑青青的。

他們說十點以後打長途半價，十二點以後打三折，我覺得手機打長途不打折，只有中國的手機在雙向收費，搞什麼搞，不像話。

手機第一次要放完電。我也想放電。

無聊的力量

十點睡覺太早，十點不睡覺做甚。十點無何奈何然後睡覺，決不能看電視，殺死蚊子你就放寬心了，睡覺吧，青青都睡了，早點起不就結了，你這個樣子還會有什麼靈感，你憑靈感嗎？你哪有，你憑人生經驗嗎？你哪有。

十點鐘，夜不那麼靜，最健在燈下寫詩，他的製作人阿蔣在燈下想人。

昨晚上燈泡爆了，在半夜，整個圓玻璃掉在桌上幸好有一個塑膠袋在，沒有粉粹，我就在旁邊睡，阿彌陀佛。

青青每天下班開車時，就想我在身邊該有多好，我下班往樓下走時，想起青青也下班了，我買菜，回家做飯，和青青在一起吃，該多好。

我們努力去實現嗎？我們努力去實現吧。

汽車和洋房，我們總不能選擇死吧，雖然我們覺得沒有意義。

解釋我串21

視覺21怎麼能賣得動呢，大眾媒體就要給大眾看，新週刊名字多俗美，人民日報，北京晚報，女友，家庭，還有蔣濤的體貼，多麼叫老百姓愛看，視覺，視覺是個什麼東西，眼珠就是眼珠，看就是瞅，覺什麼覺，那是睡覺的覺，辦一個睡覺雜誌，老百姓準愛買，誰離得了睡覺啊，當然還有那種睡，和誰睡，怎麼睡，多那個的！可問題是沒辦法睡著覺還看睡覺雜誌，不睡覺看睡覺雜誌就沒意義了，那就得叫醒著雜誌了，醒著又有那麼點政治意義，什麼國人漸已醒，睜開安（眼）吧，繡森（小心）看吧，太繞嘴。

總之我拒絕了當睡覺雜誌主編一職。（等你睡著了再來找我，我和你說夢話。）

對了，21是個屁，有什麼深刻含義，我這段就叫解釋我串21了，怎麼著，那就是個屁，21個屁！

公開的情書

那是影響過我和刁奕男的情書，在別人都貼大字報搞運動時，男主人公和兩個朋友把自己關在一間小屋裏，餓了就吃饅頭鹹菜，渴了喝開水，夜以繼日地學外語，使他覺得在人生的天平上加上了一個微不足道的法碼。

還有一本韓旭紅的小說，怎樣表現一個男人站在懸崖上面對火紅的落日，熱淚盈眶，用一個平面去表現兩個對立的平面。

這種人可能談數次戀愛，但每次都是認真的。

他覺得用真情是能感動對方的，每次他用真情，所有和他分手的女友都和他關係很好，沒有因為吵架或不快而分手的，大多數是由於時間空間的變換。

有個性的北京人穿不重樣的T恤衫，全北京至少每個夏天有一億種吧，一千萬每人有十件。

在中學，我掌握了寫記敘文的訣竅，就是將真實的情感表達出來，簡單而且感人，如何用文字感動人，已經不是現在的目的了。

你憑什麼要去感動人，別人自己會自動的，在他的生命旅程中。悲歡離合，不是這個詞，情人會飽嚐離別之苦的，這無不是一種幸福。情人就開始飽嚐離別之樂了。

有人互相愛著，互相思念，即使不在一起又怎麼了呢？比成天在一起滿足會感到心靈的歡唱。

吃不到葡萄也要保持高姿態，兩情若是長久時又豈在朝朝暮暮。那就別見了，怪不長久的。

青青說，我要是不去北京，她就一個月才見我一次。

解釋我猜22

我的內衣雜誌成本太高了，我狡猾地想把她定價為22元，所以我就琢磨全國三十八個城市的十萬要買我的雜誌的人或閒婦們覺得22貴不貴，230寬296高128頁128克進口銅250克封面無限膠，多麼嬌，無限驕！

工作顯然是不重要的，我說老百姓不注意進口銅還是國產銅，只是注意圖片清楚不清楚。薄、露、透是今年的流行趨勢，我們關心圖片清楚不清楚。我關心哪個年代的吻讓你記憶猶新。

解釋我猜23

現在宣佈本年度OICQ最佳昵稱頒獎典禮現在喀什，我宣佈，一等獎：公主墳；二等獎：體貼雜誌；三等獎：永遠都疑心；鼓勵獎：舞、餒餒、肉包子、不太樸素、生命如歌，請二等獎以下的獲獎者自即日起，每週四下午到車公莊大街乙5號鴻儒大廈五層會議組領獎。（一年有效。）

寶雞啤

寶雞啤就是寶雞啤酒用塑膠繩結紮在一起，我們沒有買成捆的啤酒，我記得我用網兜拎著，把手leī得出紅印子。

寶寶，小棟（女），我三個人就這樣進了山，山裏面有一個叫南湖的水庫，風景區，湖中間的島上是動物園。

在高考預選後的一天，小棟來到我和寶寶的中學，三人來到城河邊，城河剛改建好。咱們上哪兒玩去吧？我和寶寶都同意，寶寶說可以從家裏拿兩百塊錢，我和小棟每人有五十塊錢。

凌晨三點鐘，小棟媽媽的老關係地方官拿車來接我們，小棟一到漢中就給他打電話，他把我們安排在地委招待所，便密告給小棟她媽，準備白天讓我們回西安。

我和寶寶在我們的房子大談老刁和小棟的愛情，我們知道他們倆分手了，老刁其實不愛小棟。我有點不安好心地大聲說著。

我和寶寶、刁都是26中的，小棟是西安中學的。我第一次在革命公園的英語角見過小棟，她應該很動人吧。

週末的晚上，刁在家看無聊的電視裏的《傲慢與偏見》，他要報考中戲，這不能讓人容忍，主要是我不能容忍他有事兒幹，我沒事兒幹，在他家。那些穿那麼多衣服的外國人又不脫衣服有什麼好的，不停地說話，說話有什麼意思，我的本能使我不斷地干擾老刁電視。老刁祖上三代都是溫和的人，他保持著這樣的傳統，他問：「那不看電視幹什麼？在你想好去哪兒前，讓我先看著。」

我搜集可以興奮的點，在腦子裏，跟慾望有關的一些線索，小棟是近幾年來比較均勻的比較動人的目標，本地名人的女兒。我和刁推敲出了名人的所在單位，離刁家不遠。

我和刁敲門，你們找誰，小棟在家嗎？你們是哪兒的？26中的。

門打開了，動人的小棟，她一個人在家，在星期六的晚上。關鍵是門開了，我們無意間說中了開門的暗號，小棟是聽到26中才開門的，她的家庭教師就是26中的，一個長得可以，褲子有些高吊的青年教師。

小棟說一個叫李棟的人住在她家附近，老給她送花，還在學校門口等她。

宜家家居賣的炒勺39元，鍋蓋為什麼賣49元，豈有此理。

青青和大夥晚上去唱歌了，我給她打電話時她在開車沒接，她給我打電話時，我要打保齡球，這次主要對手是湖南銅彎豆黃南風，85：86、67：80輸了兩局，99：80贏了一局，100：100平了，這使我喪失了打保齡球的慾望，下次我可不想去了。除埋非青青要去的話，那另說。

皮特在日本Amuse公司工作的自慢話，有一個月皮特每天晚上要和人吃三頓飯，而且吃壽司，喝卡拉OK，皮特找到管財務的報銷八十萬日元，財務部長說：「你比會長都報銷得多。」皮特回答：「我比會長掙得多，我每一分錢（一日元？）都沒有白花，我也可以不去花這些錢，我可以自己花錢做自己的事，你們同意不同意？」

你的老婆青青累了一天睡了，你放心吧。

我們開始幫小棟驅除李棟，我們告訴李棟，大致意思是我和老刁對李棟經常出現感到不愉快，希望他不要出現，另外我們也告訴他我們和附近省體委散打隊的人交往甚密，李棟就再也不出現了。

我和老刁都為小棟的出現而興奮，我是陽性的，刁是陰性的，有一次我們順便見到了小棟，收到她的小條：願再睹你們的風采，再聽你們的笑語之類的。

有一次，小棟告訴我，她怪為難的，老刁太高我太矮，其實我比小棟高，我覺得好一些。我想我們三個人應該準備一個小品，代表陝西去參加中央電視台的春節聯歡晚會，我有自信，陝西的節目一直沒有上過春節晚會，這次應該考慮一下，我寫了劇本，讓老刁的編劇爸爸參謀，還想獲得省領導的支持。當我還在努力進行時老刁打了退堂鼓，原因是他和小棟談戀愛了，這使我（我忘了怎麼了）……

其實春節晚會的節目應該早早就訂好了，很遺憾。實在是沒有經驗。結果那年是郭達的《產房門前》一炮打響。

在寶寶，我和小棟去漢中前，刁和小棟分手了，刁一直一個人在西影廠的宿舍裏苦學，學習成績由班上的十一名變成了三十三名，可見一個人在西影廠學習的效果。

我和寶寶在黑房間裏說刁不愛小棟時，聽見門外一聲：「蔣濤，說完了沒有。」小棟的聲音，嚇了我一跳，開門追去，小棟反鎖了房門，好不容易敲開，小棟爬在桌上哭。（我忘了怎麼勸的。）

後來小棟來到我們屋，小棟睡了一個床，還有三個床，我和寶寶分別睡下，小棟說：「我把匕首就放在枕頭下，晚上誰要過來了，我可不管誰，會亂捅的。」

寶寶是光明磊落的硬漢，有賊心的也只有可能是我，可我是一直喜歡小棟的，這關鍵時刻更要表現好了。

第二天我們沒有按地委領導的囑咐，而去了風景秀麗的南湖，我拎了多瓶寶雞啤酒。

南湖賓館流傳著八壺電水的故事，一大報記者和一小報女記者在此幽會，男記者為給女記者洗澡，問服務員要了八個暖水瓶的熱水，他把八電壺水，說成八壺電水了。

老公安夜裏來查房了，我把一張中國電影報記者馮湄的名片別在胸前，小棟的房的我們的房只隔一堵牆，但她門朝西，我們門朝東，小樓一圈陽台是過道，天黑了，整個南湖就我們三個人住宿，周圍全是黑的，天上有比城市天空多一百倍的星星，小棟約好，她敲一下牆我們也敲一下，表示安全。開始還遵守規矩，後來簡直在胡敲，大家敲累了就睡了。

在打汽槍的攤上，我和小棟打賭，我要是連中五個氣球，她就吻我一下。

後來，我贏了，回到西安得到了一個不情願給的吻。

對了，寶雞啤酒是在半山腰的小亭子裏喝的，一個四川師傅，用剛從獵人手中拿來的腰子和最新鮮的蒜台，來了一個火爆腰花，多麼香，多麼香。

解釋我猜24

我發現那時得到一個吻比現在和誰睡覺麻煩多了，那時還旅遊，還風光還火爆腰花，不像現在老離不開各種各樣的床。我剛到北京也是只有一張雙人床。

網路時代的愛情

青青不知道昨凌晨4點59分我給她打了一次電話。

青青7點47分進廠拍片子。

青青喜歡藏藍和白色，當我穿著一些藏藍T恤時。青青一邊和女孩說話一邊想：「他說要走了，應該對他好一點。」

花裏虎

慾望支持你的正確思想，你又想起一支美腿，它沒有長在人身上，應該是一對美腿，我們把她們安在誰的身上，我親愛的姑娘，讓我安給你一對美腿吧，在這時代的晚上，你會讓我安嗎？你會讓我操作嗎？讓我把這美腿鄭重地端起，在這時代的晚上。

青青5月26日23：09、22：51、22：39、22：33、22：32、22：32（5月25日21：45、5月24日22：38、5月24日21：32），共給我打了6次，我在打保齡球。

I love you more than I can say，我愛你比我想的多，這是我跟青青說了我愛你之後說的，然後是我的翻譯，真正流行的翻譯是：「我愛你在心頭口難開。」

不要信什麼大師的話，大師說青青夏天要遠遊一次，青青在冬天到來前會把棉襖送給我的。

我愛你，我知道了。

你寂寞，我寂寞，這個時期考驗你的心。

在晚上九點半我倆都約好關機後，我打電話想告訴她，是否考慮來北京工作。

解釋我猜25

如何克服兩地分居是個千古的難題，牛郎織女要一年見一次，不過季節還可以，夏天穿得少，但女人要一個月倒楣一次，醫生說新婚夫婦（可能是三十歲以後）適合兩週房一次事，那麼一年見一次豈不是要讓人失眠失死。千萬別再去湖南衛視的玫瑰之約了，讓湖南妹子挑來挑去不說，速配成了也見不到。

江山美人

你擁有了江山，也就擁有了江山裏的美人。其實很有一種可能，就是美人不愛你。李林標的觀點：你有手機，也證明不了你是幹什麼的，但你沒手機，那是絕對不行的。管煒看到的情景，菜農騎著三輪給各個飯攤送菜，一邊蹬三輪，一邊打手機，手機的外殼有一些經久不褪的菜葉子。

這年月，誰能擁有江山，誰能擁多久，擁有了江山也只能表示一下對美人的好感，不敢擁有老婆以外的美人，這個錯誤是化不來犯的。

聽說，領導的飯和愛人一起吃，當然是工作人民做的，堅持四菜一湯，兩葷兩素，但領導心忙於思考，每天工作均超過八小時更多的小時，所以白胖，壽命也不短。

解釋我夢26

從大學那會兒到現在經過了數年，我終於又恢復了對夢的記憶（就前天一次）。是否能就著這股勁兒恢復我對愛情的感覺。其實下面的好像與愛情無關，誰要能分析出關係來誰請我吃飯。

計程車開過了地兒，不能掉頭，只能看著隔離欄杆那邊的車順著氣兒地開，你坐的車離你要去的地越來越遠，你突然糊塗了，不知道該恨誰？司機怕交警，交警又不在，是隔離欄杆的事兒，沒有隔離欄杆的路口也不幸，因為有不能掉頭或不能左轉的標誌，還是司機不知道地兒，還是你自己不認識道兒。

第一個不符合邏輯的情節。開過了一個大彎兒，計程車司機讓我重新再擋一輛（意思是你愛找誰找誰去），還是我生氣地下車又重新擋了一輛。

好像是北京城（我估計不是）建在了山上，東邊的城牆建在峭壁上，不過有彎曲的公路橋直通東門，我坐的那輛夏利就開進了東門，發現不是公路，而是園林，遊客稀疏。

第二個不符合邏輯的情節，夏利車在彎彎曲曲的石子路上走，遇到了台階，我和司機師傅用一根棒子橫穿過夏利車的底部，把它抬下台階，我覺得不是很重。

之後是司機師傅打開車蓋要往裏面注水，我發現眼前出現了另一條路，在稀疏的陽光裏。

完了。這個夢就完了，沒有意思的夢，如要跟數年前的夢相比，請留意直羅鎮、風行水上、高手高手。其實也那個。

解釋我猜27

碰見女人容易，尋找愛情無望。努力回憶，為了祖國美好的明天。

鐵砂掌

在杜荷軍過生日的時候，我和于奕男從南面奔往北部。杜荷軍在西安中學屬於狂人，英語能說，發音要用很多吐沫，熱情，快語，戴眼鏡，平足，但沒有85中的陸昊青春，陸昊在中學就是團市委的委員，是我這樣的要求上進的中學生的一桿旗幟，我和刁也去他家拜訪了一次，後來他進北大進製呢廠，是傑出青年，我在日本看見他的報紙在青年報上，我剪了下來。杜荷軍可能是革命公園英語角的口語最好的人，他是更接近我們的一杆旗幟。

那時候，中學生很注意校際來往，26中還不是重點中學，但在武鬥時那裏的操場以停放武鬥中犧牲者的屍體而聞名，對面是張學良公館，裏面有漂亮的小樓，即所謂的洋房，在向遊人公開之前，小樓裏面很破，有些窗子是用紙糊的。我第一次讓脫光了進行體檢是在小樓的兩層，女生可能在一層也讓脫了衣服，從那時起男女生的內科就分開了。趙四小姐辦的幼稚園可能就在26中和建國路小學之間吧。

在西安的道北（鐵道以北）主要說河南話，鐵路職工們也都說河南話，好像大多數人的上輩多少年前從河南來，不過現在他們都要遷到南郊電視塔附近，因為那裏要建新的火車站。

房間裏飄浮的灰塵不一定是土，不要老埋怨遠方飄來的土，我發現了我的死去的皮膚的細胞也飄在屋裏。

為了統一口徑，咱們都說河南話。十幾頭人圍起來喝啤酒。

啊，我喝啤酒的年代啊，我從三歲就開始愛喝啤酒，（我已經戒了有十一年了。）我記得我喝的最新鮮的啤酒，那是管煒高中畢業後白手起家擺書攤擺冷飲攤後比較順利的時候，他叫了我、寶寶、老布去了啤酒廠，因為他認識了兩個工人，在其中一個值夜班時，我們六七頭去了啤酒廠的麥芽車間，好像是管煒背了一書包的回民街買的五香花生米，我和工人哥們兒去了冷藏車間，從第二天就要出廠的大啤酒罐裏倒出一水桶鮮啤酒來，那是夏天，冷藏車間很冷，麥芽車間比較溫暖，大家圍在麥粒堆邊坐成一圈，其他人主要在劃拳，我不會，只能專門吃花生米。（5月28日21：17，青青不在服務區內，那輛車開到山上去了嗎，還是開到蒙古去了？）

啤酒，是每人手裏一個玻璃杯，在桶裏一舀，一口悶進肚，無限好感，無限新鮮。然後就是不停地小便，然後把小便撒在麥芽上。

我們算計著，那批酒應該過元旦時上市，在那個冬天我們大夥兒誰都不買瓶啤酒了。而改喝城固特曲了，那年城固特曲賣得挺好。

在杜荷軍的生日酒席上，一個較為瀟灑的年輕人開始介紹一些他的職業特點，他們管上衣外兜叫外倉，管上衣內兜叫內道，其他兜有不同的行話，記不得了，還有一個北關人。（5月28日22：47，青青從山上下來）（青青明天早上要拍晨練6：00）（22：57，青青關機睡覺了）。

還有一個北關qiào車王的事，他三秒鐘可以qiào一輛自行車，他用一把長長的鏍絲刀：一，把螺絲刀捅進車鎖；二，往上一qiào；三，他已經騎在車上了。親愛的全國自行車愛好者們，我們一定要揭露這些階級敵人的鬼花招，我們要放下包袱，開動機器，勇於同壞人壞事做鬥爭，要用智慧去戰勝敵人，我以後就到摩托車修理部買了一個鋼筋梅花十字鎖，那人聽說我只鎖自行車，他說沒必要，可我的自行車就從來沒丟過。

老布講過小偷練功的事，我也為小偷的頑強毅力所震驚，就是在滾開的水裏，用手指夾一塊很小的肥皂頭。真麻煩。前一陣子，看報，北京的一些小偷用筷子夾買菜的大媽或小保姆的錢包。不過我看見北京不少抱著小孩的小保姆在問你要不要VCD。以後我們用電子貨幣什麼的，現在的一般小偷不學習電腦該怎麼辦。

小五是在鐘樓附近的閒人兒，也是閒人的紅sá，紅sá，就是厲害的主兒。小五又瘦又小，從小受人欺負，沒爹沒娘，有一天他一狠心，把一根燒紅的鐵棍，用手抓了一下，後來他就變狠心了，就像龍總說的，要想發財得有個膽，文化人有知識，沒有膽，沒資金所以發不了財。小五有了膽，就成了紅sá。現在紅sá們不是吸毒死了，就是被無產階級專政的鐵拳所粉碎了。

鐵砂掌，好像是每天在鐵砂裏一掌一掌地戳出來的，鐵砂在鍋裏是否慢慢加熱，手變成了糖炒栗子一樣的顏色？

練鐵砂掌不比出國拿個碩士簡單。高迎可能拿不到博士學位，文學哪能有博士？

解釋我猜28

在我回憶愛情時就不能不回憶閒人兒，閒人兒為我樹立了一種新的價值觀，學校和家裏沒有的。閒人兒根本就談不上學習好，就在社會上混，但能找到漂亮女孩，不管是硬下手還是一直蹲在人家門口，老師沒教這些，即使是生理衛生課也沒上，不考試就沒人注意了。還是要學習好，學習好的同學一直學習好，一直沒有漂亮女朋友，遺憾終身。

現在覺得硬下手就是排除萬難，一直蹲著就是去爭取最後的勝利。

景泰藍

傳說日本人參觀景泰藍工廠用手在褲兜裏的筆計本上記生產工藝，回國生產出了景泰藍？一個峨影廠的人，為什麼對上初二時的我講他是中國收集到了中國建國以來發行的所有的郵票，一張不差的人。他為什麼給我講，那開封招待所裏的一個小瓷瓶是中國四大瓷器裏的均瓷。一種有好多裂紋的小瓶，灰亮灰亮。

當我小時候，一個人穿著一件大衣在天津街上走的時候（上高一時），有一個中年人問我那件破棉猴賣多少錢時，我回答到：一兩黃金。那人就傻了。那就是解放前，咱爸用一兩黃金買的美軍棉猴，據說爬在雪上也沒事，那我也沒爬過。

為什麼我有一套說岳全傳的小人書，咱爸領我上開封出差時，廠裏派人領我上街轉，我不喝汽水，我不看電影苔絲，卻讓那人給我買了一本三毛五分的說岳全傳裏的《岳雲》，我已經有一本了。三國演義小人書我到現在也沒有搞齊，而且也不知道缺哪本，反正是兩、三本，都是諸葛亮或蜀國倒楣的事兒。定軍山我也有兩本，有一本我想塗成彩色的，但太費彩色鉛筆了，塗了幾頁我就打住了。胖姑給我買了一本王叔暉的彩色的小人書楊門女將，在我要拿回西安前，被她收為己有了，好像小孩不宜看哪麼貴的小人書。

建國路的政委（一個小夥子紅sá）說歐陽的眼睛散光，散光就是說這女孩沒有男女意識，歐陽就是國字型臉中漂亮的女孩。

我佩服閒人的一個原因是，他們在很平輕的時候（十四歲）就有漂亮的女朋友，而像我這樣學習好的，就老失戀，比我學習好的就更慘了，我好歹還浪漫一點。

閒人兒，執著。

有一陣流行小報，有一篇文章叫百日戀，就是一個剛進廠的小夥子，每天在橋頭等廠長的女兒，當然漂亮（插圖上的裙子段，小腿好看），路過，小夥子每天都向她問好，一百天過去後，她們就結婚了。

我剛轉到26中時，一個或一群女閒人一樣的同班女生，老蹲在樹陰下，脫長了音叫「醬（蔣的四聲）——濤——」，我開始不理她，其中一個瞇縫眼的女孩（主叫者），但她叫了許多次，當後來我開始對她有好感時，她又不叫了。咳，沒堅持住。

可真正閒人兒，首先要跟蹤女孩回家，認準家門，每天等在家門口，用一些辦法接近她，才能得勝利。

而在今天，商品經濟席捲中國和姑娘，執著已經不值錢了，取而代之的是汽車洋房和鈔票。

真正的閒人兒，要敢於直面殘酷的現實，敢於直面慘澹的人生，學得技能後再上崗。

解釋我猜29

如果尋找不到愛情，那我可以去羨慕那些抱著愛情的人，包括最早的閒人兒們。可不要在書出版後，人們問我找到了嗎，如果我憨厚地說找到了找到了找到了謝謝大家的關心之類的話的話，那真傻逼。

不過我又發現我在尋找比愛情更珍惜的那個時代閒人兒的影子。

東北虎，西北狼

陝西國力隊的標誌是西北狼。

在四人幫橫行的年代，社會治安得不到保障，老閒人不會去搭理十四五歲的小閒人的，這是一個沒有秩序的地方，專打各路紅sá，大家都不粗壯，都玩的是一個膽字，sōng管娃，動不動就敢拿刀劈。寶寶有一夥兄弟，寶寶和重重是主打，老zà有掄鐵鍬的行為，利東不知道幹什麼，老布主要是繞到背後拍磚的。管煒不是這一夥的，管二爺愛使腳，飛腳。但管二爺有厚厚的眼鏡片和像麵包一樣的手。

老zà是個值得懷念的人，他在很年輕的時候就去逝了，他面白身材好，義氣。有一次我在等小棟，我和刁碰見老zà了，站在路旁聊了一陣，這時一個suìsóng騎車帶著小棟過來了，老zà就立刻表示要不要捶那個suìsóng一頓，老刁連忙勸住，不忙，不妨。老刁和寶寶們說話各方面總是義氣相投，但我從心裏更愛他們，雖然說話容易格格不入。

老刁是搞藝術的，他們叫他刁，管我叫皮，可能是他們私自叫起來的，皮有韌性，比高松叫我樂經（樂隊經紀人）好。寶寶到現在還管我叫皮。

解釋我猜30

在一切回憶都在夏天進行時，我的思緒還是離不了青青的遠方的行蹤。

丹頂鶴

青青在山上拍石油工人鑽井，曬得鼻頭紅了，他們說她像丹頂鶴。青青在衛生間滑了一跤，他們在外面聽到了，說床倒了。

金英姿要去美國了，去洛杉磯上學，她還要上十天班，她把電腦給鐘斧的父母了，鐘斧好像是三個月前去成美國的，這之前他已經等了至少五年了，當英姿在北京時，他在西安學外語，然後坐在城河邊想英姿，他頭髮長長了，每天幾乎不吃飯，有時喝點水，變得越來越瘦。他是說話慢的人，是會讓人喜歡的那種為數不多的人，他管我叫蔣sa ，說我是最後一個理想主義者。

我會每天光喝水等青青嗎？我自從1月15日成人節被踢足球liào翻在地扭了腳之後，肚子一下子養了起來，我不看電視，只想青青，作夢，肚子怎麼也下不去。青青，看在你紅鼻頭的份上原諒我吧。

他們打電話給老宋說要用籠子帶一隻丹頂鶴回去。（5月29日22點41分）一語重千金，I love you more than I can say。

怎樣隔著千里愛青青，那就是每天打電話，除了經濟上的原因外，青青會每天打來的。怎樣隔著千里結婚，是一個怎樣實現的問題，要考驗三年，要看愛得持久不。

婚禮迎親坐大奔，農民過年吃肉

幹部不要特殊化，就是要普通化。

普通化就是家裏有鋼琴，調鋼琴的人於是可以吹，他給領導調過琴，然後多收普通老百姓二十元。

解釋我猜31

我發現一個人在北京渡過夏天，需要在家周圍遛彎才行。然後我發現了一道涼菜叫「鄉村悄悄話」，十六元請猜是什麼菜？（答案在解釋我猜32）。

效果音

扭秧歌，在桑塔納2000旁邊打鼓，防盜警報也均勻地響著。

解釋我猜33

親愛的讀者朋友，當您看完《西愛1號》時，其實還有《西愛2號》在同時發生，就是說那個夏天，在另一本故事中蔣濤還在思念青青，還在尋找愛情。

《西愛2號》的廣告詞

美麗動人，不能忘卻

不可相信

POP的文章，用了思考的文章

真實性，不可思考性

即讀性，軟刺激性

一個更適應廣大南方青年讀的書

一本年輕的書

一本在台灣和香港流行的書

本書戲劇改編權給謝琳

電影改編權給刁亦男

解釋我猜34

其實人總回到原點，回到原點就是又要開始尋找愛情。

完不了的日常生活

在對付每天的日常生活時，我們準備描述一些西安真正的愛情故事。想使沒去過西安的人知道那裏一些所謂的傳奇，希望有人嚮往。去過西安的人卻找不到這些故事的內容，雖然可以找到那些古時傳來的地名。

張楚表示自己是一個農民。西安的報紙上說種蒜苔的農民歎息自己的蒜苔現在賣不了好價錢，外地不來收購，賣給本地，價格越賣越低。

蔣濤扮演農機站的技術員，他在北京找到了一份工作，就跟要到農機站上班一樣，明天他要去上班。

今天下午，後來下了雨。下雨前，蔣技術員找張農民來談農村致富之路。

西安的劉空姐結婚了，他結婚前把好朋友王空姐介紹了蔣技術員的哥們兒李日語導遊。而沒有太理蔣技術員。空姐的擇偶條件在年收十萬元以上的西安小夥兒中。西安空姐幾個中隊有幾百人，西安年收十萬元以上的空餘小夥兒應該有一千人吧，應該夠用。

這是蔣技術員談致富之路的原因之一。張農民首先把新蒜苔給滾石，滾石負責拿到自由市場上去賣，反正慢慢賣著。賣得了也不會賣很多。

蔣技術員要蓋一家工廠，做淹蒜苔罐頭和蒜苔炒肉的真空包裝。把蒜苔用各種方式去賣。當然也要賣刁奕男農民種的芃菜。

這些事他們會努力去做的。

和這本書有關的事是，蔣技術員來到張農民家的後院，見張農民坐在坑上閒著，就煽動他在後院養雞。這是副業。

這本書就是那隻雞。

雞的名字叫「西安真正愛情故事」。

接著我猜35

與張楚相談這是導火線，後來張楚又回西安了，我換了若干個工作，印了許多盒名片，從我上初三印第一盒名片起，我印了許多名片，這成為了我的嗜好。

一個便宜的錄入公司促進了我要完成這個東西；後來又看到酒吧裏的一些出版人士在騙小姑娘，把她們騙成美女作家，還有啤酒主義者在用文字換酒。還有梁靜要把吉林的二十三歲的模特兒隊長和BANANA的一百七十三公分的小模特兒介紹給我。

一個愛情的原因

我們知道我們死時不需要汽車和洋房，我們又總覺得我們會有一天有汽車洋房，所以我們不努力去爭取得到。

兩個目標，一個是汽車洋房，一個是死。我們不能就去選擇死吧。

我們只能選擇汽車洋房，但又不努力爭取得到。

愛情會和汽車洋房一塊兒到來嗎？

我們的年齡會和汽車洋房一塊兒到來。

蔣濤想分析一下他的初戀。

他的初戀

蔣濤不願意承認他沒有初戀。他經過十年的分析，發現他的初戀由七個人組成。一、他第一個覺得心動的女生，他覺得她可愛，他與好相約，他如果入了黨，讓她請他吃飯，她答應了，可他始終沒入上。

二、第二個人，是他的初吻，冬至，他和她在同學家包餃子，他送好回家，在城牆跟兒，他隔著自行車問她：「如果我吻你，你會怎樣？」她回答：「回家會臉紅唄。」他說：「那你說臉紅去吧。」三、第一摸。四、第一次被初二女生約到公園。五、上大學開學第一天追得同系二年年級的女團支書。六、第一覺。七、最後的初戀，好像追了十年的女孩。她那天去唱歌去了。

李一峰的電話1390926×3×4

陳原的呼機126-500×4×4

解釋我猜36

西安的空中小姐是我所迷戀的，當記者的時候就去採訪，空中的感覺，離愛情遠，每次從名古屋飛回西安時，總覺得能碰上七年前採訪過的人，結果是碰上了一個。

空中的小組

空中的小組令人遐想嗎？基本上不了，她們很累。一個扭了腳的人路走多了，腳會痛的。

心裏只想著一個女人的男人的星期天是怎麼過的，他所有的通訊都是在等這個女人。他在夏天進入時和別人一樣也感到熱，他不喝冰鎮啤酒，他不喝咖啡不喝茶，不抽煙，不看電視，不看VCD，他不搞諜報工作，不學習文件，不讀武俠小說，不去大學生體育館打羽毛球，他不去髮廊洗頭，不買正版CD，不和老闆約在橋頭見面，他不給同事買生日禮物，他不覺得無聊，不太睏，不想碌碌無為，他不在家要寫五場戲的電影劇本，他不知道游泳池的票價和地點，他不回憶前一個做時裝模特兒的女朋友細長的白腿，不是太興奮，他不用準備晚飯，不用急，他不能不嫉妒長頭髮的搖滾青年約另一個模特兒去看他們踢足球，他不介意搖滾青年的快樂，不再想肚子胖的事，不知不覺他就不行了，不做什麼越軌的事，不去想，不上街，不穿長衣服在家，不知道就是不知道，不理你，不關心自己，不是，不是我不明白。

青青在工作，歡歌笑語聲，是為中央台拍的專題片，去了八個人，十好幾萬呢。

領導的愛情

領導是個虛構的詞是個抽象的概念。我管李軍叫領導，因為他是實業開發委員會的副主任，領導李軍有溫柔的初戀，屢次登在女友上，誰想看誰自己看。

而說起領導，又不是李軍的事。

領導不要搞特殊化，那就是搞普通化，領導基本上是在當領導前完婚的，只要人好說行，這是根本，政治成分一定要靠得住，領導的人品要值得信任，領導不好色，人畜無害，領導當然可以找歌唱演員，可以找大學研究生結婚。領導不一定非要娶上級領導的女兒，上級領導的女兒可以嫁給工人。

林標的行為是要不得的。林標和空姐吹了，又和阿黃女孩見了一次面，阿黃每天都要回家，沒人陪林標seì覺

建立一個宗教，叫青青教，把青青供起來，拜一拜，每天早晚各一次，飯前飯後各一次，平時嘴裏要老念「蔣濤離了青青不行」，「蔣濤離了青青不行」。

可青青就是不給我照片。

所有的人際關係都是明擺著的，你能找誰，你不能找誰。這個時期你主要要待在家裏。

現實一點，現實是什麼，是讓你動搖的力量。你認為的最好的東西遭到動搖。

洋房是什麼，洋房不是三室兩廳一衛或四室兩廳兩衛，洋房就是像張學良公館的兩層小樓一樣，也可能還有第三層或地下室。資產階級剝削思想，腐化墮落tuí廢紙醉金迷迷爛的奶油色的資產階級生活方式，早上吃麵包和奶咖，有馬便、乳姆、保姆、廚師、漂高丫鬟，粗笨丫鬟，燒火的丫鬟楊排風，玲俐的丫鬟紅娘替在街上拉人，會施連環計的丫鬟兼養女貂嬋，好美也！

吃蒜不好，熟蒜使人產生慾望，生蒜使人犯嗔。最好是一起吃，吃了熟蒜後，生了慾望，亂給人打電話，然後吃了生蒜口臭，决不肯出門見人的，青青要把人折磨死了，她還說見了面也不讓我欺負她，我不欺負他，誰欺負。青青在遠方在折磨我，熟蒜在炸醬裏，還不是我放的，你有本事別想青青呀，那不就不折磨了嗎？可我沒本事呀，我願意沒本事，我願意想青青。

可青青就是不給我照片。青青說只有她能管住我。

幻想一種簡單的愛情，和二十歲的鼻子好著的女孩。只是幻想一下而已，科學幻想嗎，小靈通漫遊未來，小蔣濤漫遊女兒國，二十歲女孩的女兒國，哦，對了我把烏托邦的女王陛下的座位給青青了，青青女王陛下我會爬在地上，親親青青的腳背和腳趾，青青穿一種香港買的半高跟白色時裝涼鞋，露出大面積腳背和伸出長而好看的腳趾。

電影長大成人，退休的理髮師到髮廊裏幫忙和髮廊的小女孩有一手，家裏鬧得天翻地履的，電影快完時，他們都老了，家裏也不鬧了，傻坐著唄。

管我吧，青青。虐待我吧，青青。

把我變成個已婚男子，如果婚外戀就會遭到社會的遺責，我這人就怕遺責。

青青是你不忍心叫她傷心的人，你甚至可以傷別人的心。

造是我喜歡的樂隊，是一支酷似涅磐樂隊的日本樂隊，主唱鈴木重樹兼吉他，貝斯是板本，鼓是自衛隊退伍戰士來自橫浜，這sōng叫啥？對了，叫涉谷。當兵時一次他們在日本新瀉的雪山中行軍，風雪很大，只能看見你前面走的一個人，然後什麼都看不見了，設想敵人佔領了平原大城市後的行軍，是對體能的極限的考驗，只有你失去知覺倒下為止，不然就漫無止境地走。他退伍後，把退伍金全買了皮夾克，好幾件。然後跟哥哥學打鼓，成為鼓手。（叫涉谷，這人。）

板本是一家有小姐坐台的風俗店的店長，鈴木是拉客的，他們和其他視覺美樂隊的區別是，他們有很棒的身體，可以bokoboko地把人揍扁。他們很快就不幹那份工作而成為了索尼公司旗下的新人。

可能西安適合鈴木和板本的生長，我也希望西安的閒人不要吸毒，要有寶寶一樣的身體。

沒有人呼我，你呼我吧，但我不能都告訴訴你們，我只告訴一些人，不然就打爆了。我選四個男生。十二個女生，我告訴你們呼號，請將簡歷，通訊辦法和全身照片寄給我。地址是：100044北京車公莊大街乙五號鴻儒大廈五層，蔣濤親啟。

解釋我猜32

那道涼菜就是豬舌頭拌豬耳朵。

我要喝牛奶了

可口可樂是人發明的，牛奶是牛發明的，我們為什麼喝了牛發明的還要再喝人發明的。優酪乳是怎麼回事，牛就做不出優酪乳來？人真壞，把牛的奶搞酸。

坐台

坐檯就是坐在檯子上，作家就是坐在家裏，做飯就是坐在飯裏，你不是祖國大機器裏的一顆永不生銹的鑼絲釘，你是祖國大鍋飯裏的一顆米粒

有人拉shǐ忘了chōng，他像科學家陳景潤，他搞藝術，他從來不煮雞蛋，也沒手錶，所以不會犯牛頓煮手錶的錯誤。

電腦快還是人快，電腦寫不了小說，電腦不吃熟蒜，沒有慾望。

日本有二十四小時現場直播一個女孩家的電腦網站，她一天到晚真實的生活。世界末日，可以透過衣服的紅外線攝像機也是世代的象徵。不過只要楞嚴經在，就是正法在的時代。我家就有楞嚴經。

青青教

青青在集體中快樂工作，在集體中不開手機，因為我也認識集體中的人，我們的交往還處於地下狀態，青青在集體中沒有開機，我沒有在

集體中我開機了，我也喜歡青青的集體，我的集體我自己造。

啊，還有一隻丹頂鶴，輕輕地輕輕地怎麼啦，青青曬紅的鼻子。

青青寺應該首先在廣東有一間，那裏濕潤，青青更喜歡濕潤，那裏的飯肉是肉，菜是菜，清爽。還有一間青青寺應該在西安，青青認識管寺院的秘書長吧，青青家在西安，我也是西安生的，我的名字叫安生。還有一間青青寺在我們偉大祖國的首都北京，可能報批不好批，得走關係，托熟人兒，我在北京認識的人有限，一時半會兒還批不下來，不過這裏離上班的地特近，走路幾分鐘，坐車就一站地，即使公司搬到北影後門，那買輛自行車不就結了，騎車去也就十幾分鐘。

對了，青青再打電話來就跟她說，不是她老闆要在北京設辦事處嗎？她來就好的，不過得事先告訴老闆才行，不然老闆才不幹呢。

沒有人呼我，沒有人打我。青青在集體中。

GSM

全球通。（除了日本，日本這個傻bī。）

秦檜發了十二道金牌叫岳飛回去，岳飛不信，給皇上手機打了個電話。皇上說：「沒叫你回來呀，那一定是誰在陷害你，我來查，你先忙你的。」於是岳飛就打敗了金兀術。

梁山伯離開了祝英台，回到了山村自己家裏，祝英台打他的手機，得到的回答是：「您要呼叫的移動用戶不在服務區內，請您稍後再拔。」於是祝英台就寂寞難耐，寂寞難耐愛愛，愛情是最痛苦的選擇愛情是最遙遠的未來，唱著唱著，也不想找別人，也不上班，難受極了。梁山伯出了山後給祝英台打手機，得到的回答是：「對不起您要呼叫的用戶沒有開機。」他想不會呀，她從來都不關機呀，一想不妙，結果一切都為時晚矣，才釀成這一千古愛情悲劇。

嗚——嗚——，我都哭了。

癡癡地等待，就是說這人吃飽了撐著的沒事幹，如果有事幹的話，忙還忙不過來呢。

著作等身，你的書摺起來要和你的身高一樣高，這要費很多時期。我們偷點懶，寫書也出帶子，也拍電影，還做麵包，把書，磁帶，電影膠片盒摺在一起，再加上麵包，就很容易超過身高了。

好好幹，幹到底。長久地愛，這是青青要求的。

I love you more than I can say，我愛你在心頭口難開。

解釋我猜37

回憶傳說，傳說中的主人公，和他追尋的愛情。

永紅的愛情

永紅是個可愛的小夥子。關於他的愛情，是在一個夜晚，我和寶寶坐在五路口的十字路口正中間的交通指揮台上，寶寶告訴我的。

可能是在另一個晚上，一個週末，我、刁、寶寶、老布、老zā，重重，立東在立東家的樓下，星期天和星期一學校放假，老師們要去麥積山春遊，那我們幹什麼，我們也春遊，也去麥積山。七頭人就奔火車站走去，半夜了，馬路上沒人，我們走在正中央，老布和重重，一會兒就不見了，一會就又回來了。寶寶過了好久才告訴我，他們搞到錢了。過了幾天我才知道他們身上裝了兩百美金和兩千人民幣，在我上高二的時候。

七頭人上了夜裏的過路火車，火車上好像沒有情況，我們就從咸陽下車了，我也不知道為什麼。大家還是在馬路中間走，我們發現了有兩三個民兵模樣的人在巡邏。

枕頭是誰發明的，人為什麼要睡枕頭。

寶寶讓我和刁在兩個路口望風，其餘人一律撲向了馬路對面的一排露天拒台，什麼都沒有，我當時心裏希望他們要是能打開一個書亭就會有書了，但書不好拿。

巡邏的人好像在向我們靠近。重重劫了一輛手扶拖拉機，把我們拉出了咸陽，沒走多遠，開拖拉機的要拐到一個村子裏，我們開始在馬路上走，準備走回西安。

這是第一次也是唯一的一次從一個城市走向另一個城市，我曾寫過夜裏在北京走了一夜的事，但也沒有在城市間走路。

夜風吹，馬路兩邊有白楊樹，除了月色，都很漆黑。

我們走到路近一座未完工的新房子裏，大家倒地就著了，立東過了一會兒就趕緊把我們叫起來，潮濕的水泥地會讓我們睡下去起不來的。人生的轉捩點？

大學一年級我就有穿軍用雨衣在廣場上睡覺的體驗，基本上不會得感冒，但身體會垮的，影響了我的長跑成績。

七頭人是繼續站起來走。走到天濛濛亮的時候，馬路上出現了遠郊菜農的隊伍，他們騎自行車或三輪車，重重幾次試圖坐上，結果都失敗了。

在天剛亮的時候，大家坐上了郊區開往市內的頭班車，這是個星期天的早上大家一下子就進了珍珠泉浴池隨便一洗就回到鋪上睡到中午。老布說給每人買一雙新板鞋，寶寶抑制住了他、寶寶知道他們經常換上新板鞋後，就把舊板鞋脫在櫃檯下，走了，舊板鞋其實還沒洗過而且也還新呢。

七頭人決定進了一家飯館的包間，圍在大圓桌周圍，每上一道菜，便會在幾秒鐘消失，幾個人始終圍著一盤菜在吃，端菜的速度趕不上吃的速度，大多數時間是大家圍著圓桌中間的一個空盤子在發牢騷，後來把菜又叫了一遍，才降低了吃的速度。

然後各回各家，各找各媽，在星期天的下午。

5月30日23：57分了，青青沒有開機，也沒有打給我，氣死我，不氣困我了。嗯……（什麼意思！）

蔓陀羅

蔓陀羅是一種花，一種相思人之間的花，其實是我胡說，我只不過是想青青而已，今天不給你打電話也沒什麼，你擔心只是一種擔心，青青又沒什麼叫你不放心的，你都同意她吃珍珠粉了，還能咋。

想開的花朵在想開的上午用勁綻放想念的女孩在想念的晚上用勁地想。我想我自已因為她關機也會失眠很久，我想在天亮她睜開眼睛能感到我送過去的光芒。

解釋我猜38

我不得不被動地用回憶來減輕我現在所感到的尋找愛情的壓力。

永紅的愛情

永紅打牌，借了小麗三百塊錢，錢沒還，永紅就和小麗好了。是不是後來結婚了。老布也結婚了，重重和莎莉也結婚了，立東和文文結婚了。寶寶在鬧盛情糾葛bo yong yong。

散佈在北三環上，陰空萬里，我只能看到一部分天。

食物與愛情

軍事禁區裏臨街的房子的二樓的窗房開著，職業軍人站在那裏，剪指甲，看三環上上班的人流和車流。

食品與衛生

林標不能容忍，女孩不和他到夜市吃飯，不能容忍，女孩不吃麵。西安的手工麵啊，兩塊五毛啊，有牛肉丁二三十啊，有豆腐乾丁二十啊，有芹菜丁二三十啊，有胡蘿蔔啊，有你的口水啊，醬油醋辣子香菜，美麗便宜，大方好吃。女孩不吃麵，吃炒菜，吃蝦剩一大堆，說她自已胃不好。

林標是日語導遊，在西安，當日語導遊是在年輕時富起來的一個職業，現在已經不行了，外院本來每年只有十幾個學日語的畢業，現在卻成了幾百人，外院蓋起了樓，學日語的小姑娘找不到掙錢的工作。

解釋我猜39

我努力不使回憶進入大學時代，可是從電腦的鍵盤縫中老流出來一點點。

詩人最勇猛

首先詩人不瀟灑，不穿時髦衣衫，不亂色引女孩，但詩人最猛，能和女朋友連續做最低四十分鐘伏地挺身，也有仰臥起坐，青年雜誌戴眼鏡的編輯很短，搖普辦的代表是大學三年級的學生（被詩人在小說中稱玉面長髮），和詩人去師大洗澡要把編輯叫來，和他比尺寸。

紅海鷗

紅海鷗是一個雲南姑娘，紅海鷗來了賽，在雲南大理不管蝴蝶怎麼飛到蝴蝶泉，紅海鷗是每年飛來的。

紅海鷗穿的是非常深藍的套裝，很高跟的黑皮鞋，在飄動的褲子角下邊，晃動一下皮鞋的尖，一小片肉色絲襪的腳背也就跟著出來半秒。

她在外院的教學樓中間的路上在走，我和劉子鑫在她前面七米左右的地方在走。劉子鑫是世界上最好的大學同學，他從陝北定邊來，用陝北話叫溜子腥，他講究穿著，上學時他還穿著喇叭褲呢。劉子鑫開學時晚來了幾天，所以他就睡了靠門的上鋪。

劉子鑫來晚的原因是他的好朋友死了，他都不想活了，但由於他死了後父母會傷心的，所以他還是活了下來。

我回頭看紅海鷗，紅海鷗也注意到了我。

後來，紅海鷗宿舍裏的人管我叫小鋼炮，我穿軍用棉襖，肥牛仔褲外面套長筒戰鬥靴，去食堂是拿個鍋去的，那個淡藍色的鍋，我童年時的美好回憶，我媽每天准許多拿兩塊奶油點心，養成了我從小對食品的限制，我很難對食物暴飲暴食。

在城河邊上，我們坐下，她把小腿放在膝蓋上，我能清楚地看到那個高跟兒，已經有些磨損，我觸摸了一下。

紅海鷗拿了兩張陝西省歷史博物館的票，那天她穿了短的套裙，和極高跟的絲絨面涼鞋，我給她拍了一捲照片，她只給我留了一張，其餘的連同膠捲都燒了。

等我到老了的時候，我會想什麼。不會等到那一天的，我見到了已老的她只能說，你變得這麼老。

她還在深圳給她老公煲湯嗎？

雨這麼大

青青已經兩天沒有開機了，雨這麼大。暴雨不終日，就是暴雨不會下一天的，沒有那麼多水。

好處的喪失

像曠野的玫瑰一樣，沒有什麼好處可撈。

愛彷彿數次可以得到，彷彿只有這最後的一次最堅強。如歌，愛情是寫不出來，揮灑不去，從來不富有，就像潮，愛，她不是一直勇敢向前走，真心地擁有。

愛彷彿是數次私自的請求，真愛彷彿是所有的起點，每枝花都有真正的擁有者。

解釋我猜40

上面是我聽林憶蓮的鏗鏘玫瑰的自製筆記。99年的夏天這首歌在北京飄動。

寂寞的靈魂

溫柔在黑夜裏如何表現，洗洗睡。關於日本中心的那個女孩白而薄的臉上經常皺眉。

商人彼得在上網，英文的網，使他想起故鄉的雲，一種無名的惆悵，理解彼得就跟理解我在日本的心情差不多。

一個小姆指頭，值多少錢，二十萬人民幣，一場情義千秋的關係，A讓B向C運貨，D發現A沒有把錢打過來，C把B扣下，B說殺了我也沒用，我去要錢，B留下了小姆指B去找到了A，給A看了手，問A要了錢，B給了C，其實你不用搞清他們的關係，生意是做了，只是裏面搭進去了一個小姆指頭，價值二十萬元。詳細的情況聽王軍給你們講，王軍六月裏才回來。

鳳凰28型是最好的自行車，前後都是漲鬧，根本買不到。而現在什麼車都是好車，什麼都不是。

寂寞的歌

我每天回家，把手機和呼機放在桌上，等青青晚上一次電話。脫長褲，拖兩遍地，脫光了，洗澡，洗衣服，晾衣服，然後做飯，我做得飯很好吃，很快吃飯，吃飽了撐得了，無所事事，等一個電話，然後睡覺，起夜數次。廉頗老矣，尚能飯否。廉頗雖能食斗米，能挽強弓，但席間需三遺屎，廉頗腸胃功能不太好。

（情緒激昂，朗誦。）

何處是我游泳的地方？青青，你在哪兒？我對著高山喊。山谷回音，她剛離去，她剛離去；我對著手機喊，青青，你在哪兒？手機回音，對不起，您所呼叫的用戶沒有開機，sorry然後什麼，什麼；我對著延安賓館喊，青青，你在哪兒？賓館回音，她吃飯去了，她吃飯去了；我對著餐廳喊，青青，你在哪兒？餐廳回音，她和領導在一起，你別暴露了，小聲點，她和領導在一起。

（深沉渾厚的男中音，接輕快的男聲對唱。）

我站在高山之巔，望黃河滾流，奔向東海，驚濤澎湃，掀起萬丈狂瀾。張老三，我問你，你知道青青在哪裏？我知道就是不告訴你，氣得你能把我怎麼樣，我問你，在家裏，種田還是做生意，拿手機拍片子掙得是工資還有勞務費，我跟你去延安，拽住青青不放手，跟著我回北京，過著日子享太平。青青和我從今後，恩恩愛愛不吵架，貢—獻—力—量—白頭到—老……。

其實歌就是這樣唱的，我一出手，就比心太軟好過多少倍。

解釋我猜41

我發現你在集中精力想念青青，別走火入魔。

7月22日

我夢見是7月22日，是世界末日，青青不信，青青穿著一身白，雪白的短裙、白襪子，白球鞋坐在高大的草坪上，如果到了，我以後說什麼青青都聽，如果沒到，以後青青說什麼我都聽。後來仔細一想，還是我喪權辱辦。如果7月22日是世界末日，豈不大家都玩完了，不過生命是一條川流不息的河，在極樂世界，大家逍遙自在，青青乖乖地跟著我，成了我的小尾巴。可7月22日沒到。我以後就成氣管炎。在離開西安的前一周，我每天見青青，成了她的小尾巴。

林標說世界末日不是8月16日嘛。

世界末日搞那麼清楚幹什麼，人類多偉大，根本不在乎天會蹋下來，天蹋下來有彼得和刁奕男頂著，一個頂著美國那邊，一個頂著中國這邊，誰讓他們個高的，張醫生可以頂婦女那半邊天，誰讓她是一米七四的模特兒呢，

5月21日22點，李軍在延川縣一個鎮，是煉油廠，招待所，條件很艱苦。李軍在掙錢。條件很艱苦，招待所也能收到信號，煉油廠的招待所，手機真方便全球通。從世界打到陝北，在這時代的晚上。

太危險了，危險的關係。青青兩天沒有開機了。

5月31日22：36分青青打來電話，我們說了5分47秒。

神經病蔣濤22：44分時回青青電話，我們說了4分41秒

然後在22：50分蔣濤又按錯了，我們說了20秒，其中的話，你作夢想著我啊，我愛你，老婆。

青青在5月26日打了5次電話過來，我在打保齡球，沒聽見，青青說千萬不要和別人說，在別人眼裏我是很高傲的。

就像張揚在新疆打架，寫明信片給孟京輝講了此事，落款上寫了他的囑咐，此事千萬不要張揚，張揚。於是全校就張揚起來，大家都知道了。

兩天沒有開機的青青昨天晚上在山上的基地過的夜，基地的人很熱情。徑中徑又徑。

對了，青青答應給我寄一張照片了。萬歲，青青教，「蔣濤離不了青青蔣濤離不了青青」。念上四百遍。

7月4日

是美國獨立經念日。

在大街上的理髮師，為什麼要戴厚厚的眼鏡，這和他的職業有關，大多數時間，他倒騎在椅子上看過往的行人不戴眼鏡的話會太累。

陳忠實說作家要寫一部可以當枕頭的書，他可能有一本。

瘋狗一樣地向前跑。

趕字數。年輕的黃南風在快下班前想吃水果，下了班後她吃了三串烤筋，女孩們近來下班回家時開始打的，於是就成了我的班車，我那麼早回家，也沒了牛奶和優酪乳。

7月6日美的國獨立紀念日。

北京的李雪九點鐘吃飯，晚上十點要領我出去玩，我還要上班呢，夜裏兩點打我手機，手機未開機，生活習慣不同就是鬧不面事。

盧曉音是瓊瑤培養的台灣女孩，她是經常問候我但對我也沒有什麼意思的女孩，她有男朋友在高雄，估計沒我帥，可憐的祖國的寶島台灣沒有帥哥，竟出些很醜很溫柔的人，我從千葉的麗澤大學出來後進了東京都立大學，我每天要從八王子市的南大澤到新宿的茶屋法國餐廳打工，從中午十二點打到晚上十點，曉音要見我只能晚上十點來找我，我們住在相反的方向都很遠，曉音跟我去我家，按我的作息時間兩三點才睡十點起床十二點打工，可曉音一進來倒頭就睡，到了早上六點鐘，我還在努力往十點睡呢，她卻要起來散步，搞得我不能休息好。

所以作息時間不一樣的女孩，千萬別和她結婚哦。

而王ruá是個大學生，她每次都會因睡到中午睡到下午而不去上課，而王ruá拿到了礦院的學士學位和名古屋大學的修士學位。

解釋我豔遇42

我對梁靜說這是個典型的東北女孩，梁靜就上去熱情地打招呼，在西單的地下，原來她就是我今天要見的。張敏像張敏，像李嘉欣，像張曼玉，像馬華，她說她像自己，她沒有缺點，說吉林今年零下四十二度，長相上沒什麼缺點就是缺點，不能當明星，只能當女朋友，限你一個月時間，當不當！

我在OICQ中的個人設定中寫了：今天我買了一套書，名叫《香豔叢書》。好，那下面開始提問：這套書出自哪個朝代，我是用多少錢買的？答對有獎！其中鼓勵獎是和五名女舞蹈演員戰士蹦迪一次。

以上行為都動機不純，我承認，還不是讓歲數給逼的，我發現別人對年齡和愛情為什麼不敏感。

活法

我發現青青是用身體活，而我是用文字活。人文的文。

青青是中長跑國家二級運動員，然後做體育老師，然後做時裝表演模特兒，然後心好，為人正派，經常有朋友相助。而我卻老得寫字，寫各種字，來掙工資。

劉麗英是我在第三屆紅星杯迪斯可現代舞大獎賽的初賽是認識的。就因為我和她在一組，她老擋著我，我本來就在轉頭，後來她瞪我了一眼。

我採訪了決賽，在後台我見到了劉麗英，她說她後來棄權了，我問到了她的學校和她家，那時候沒有電話，也沒有呼機，我得知她男朋友倒汽車，就帶麥克蛤蟆鏡穿風衣去找他了，他以為我是來打他的。

在一個雨天，我在她家的樓門棟裏等她，寶寶在另一個門洞裏，要是她和別的男孩出現的話，別的男孩可能會倒下，劉麗英一個人回來了，穿著雨衣，我和她說幾次話之後，一切就變得沒有結果了。她是個有英氣的漂高的女孩，她現在應該胖了吧。那時候全憑騎自行車找來找去找愛人的。

6月1日21：53兒童節的夜晚青青打5分41秒，我回了8分17秒在21點58分，那麼現在是22：09秒。

我白天給青青打時，青青的包阿堅拿著呢，老闆要去接，阿堅遠遠地繞開了，阿堅怕暴露了，我估計也已經暴露了，誰讓老闆當初給牽的線呢。

（千萬不要輕易把女孩介紹給正在尋找愛情的蔣濤。）

青青明天下午要回西安了。青青才不輕易答應和人結婚呢。我愛青青，我愛你，聽起來多肉麻，那你作夢想著我，嗯。

李播音員懷疑丈夫有外遇，老闆勸她，只要沒有固定的一個人或兩個人就得，只要沒固定就還有救。一夫一妻制自有它合理的地方。

青青說她要是想管我的話就肯定能管住，我說我只要是沒有固定的情人就行。

還是老話，你快來管我吧。青青說她大哥就是跑北京的，我說我睡沙發，你睡床。我說，老闆要是讓你來北京，就是沒發現，要是不找你來，就是發現了。

我覺得青青的工作是製片兼場記兼後期編輯？

我這麼乖，在家寫一部叫西安搖滾普及辦公室的小說。

在這時代的晚上。

青青說每天接到我電話還是挺高興的。

你可不能每天都吃炸醬麵啊。我的炸醬麵裏有肉沫，豆腐乾、芹菜、煮的時候還要放洋白菜，吃的時候還要就生黃瓜和番茄，我每天都喝酸牛奶，昨天沒有買到。

你真可愛。

那你愛我吧，你愛我嗎？你想聽實話還是假話？

想聽假話？想聽假話？！沒想到吧，你以為我想聽實話呢，想不起來了吧。I would say I like you（可能不是原話），那麼實話呢？實話是什麼？實話，實話我不說了。

順天樓

高高興興上班，平平安安回家，就是在單位受氣了又沒地兒撒。平平安安上班，高高興興回家，就是混了一天，錢也不少拿，

小夥子老了，小夥子長滿頭白髮後就在樓道裏大喊，給沏壺茶水。他把水強調得很重，歲月表現了他無悔的對水的渴求，渴了後的求，在早上大家開始上班的時候。

解釋我猜43

對女孩名字的敏感，王君博愛工程樂隊主唱前女朋友叫李吉娜，傷心的往事，當飯桌上，人們找不到糖醋里脊時就問：里脊呐？王君就聽了傷心。

歷史中我認識的女孩的名字總是連著，怪無奈的，孫延孫萌孫茜宋茜楊茜郭萌李延（表弟）王岩岩波詞典（工具書）王新娜王新路（副總）王志平（鋼琴調律師）王英金英姿金國奕金曉慶刁奕男刁勁男（這四個都是男的），說來話長，就此打住。

宋茜孫茜的茜

茜，這樣的女孩是怎樣的女孩。

那個時候，在中學找女孩是用很簡單的方法，宋茜和我不在一個年級也不在一個班。其實，她剛上小學我就見過她，紅燈芯絨上衣，帶花邊的小圓襯衣翻領。小紅丁字皮鞋。

一般是在課間，校園裏的活躍分子總是要利用課間做一些事的，但只有十分鐘，我在操場上捕捉住她，直接可以達到結果，像李小龍的截拳道，像丐幫幫主洪什麼天，步驟不能達到結果，想談戀愛之路，溫長而沒有結果，結婚屬於步驟。婚後夫妻生活屬於步驟，婚前的那種可以叫做直接。

你叫宋茜吧，宋茜和小楝是一個中學，她剛轉來我們學校，放學後我找你有事，宋茜好像只是看著我笑。

有種女孩第一次會答應你，以後就不答應你了，你以後和她相處也很難。

學校要開動動會了，你來廣播站當記者吧，典型的以權謀私。

寶寶和管煒扔鐵餅，一個第一、一個第三、鐵餅場地在省西北體育場外，我校的運動會是在那開的，現在已經成了陝西東勝國力隊的主場，辦一次演唱會要二十幾萬。可我校的運動會是在那兒開的。

六個體工隊的人是一個女孩叫來的，打管煒，寶寶對付了五個，挺胸擋住了一個人的飛連環腿，管煒對一個，寶寶主要是在出拳，打得六個人落荒而逃，刁奕男是運動會廣播站的戰地記者，目睹了這場戰鬥，他寫得通訊結尾是我校寶寶和管煒將六個歹徒打敗並乘勝追擊時，本記者身體虛弱，不勝追趕云云。

我又一次不在現場，往後寶寶每年都有一場捍衛正義的惡戰，我都沒能在現場目睹。

少先隊員，共青團員要勇於同壞人壞事做鬥爭。

打住、打住、寫著寫著就寫串了，關於寶寶的事蹟應在XRO一書中隆重推出。

宋茜在運動場上走來走去的，花邊領袖的襯衫，花邊很多的裙子，長統絲襪，小白蹄球鞋，我給她拍照，後來洗出來都是灰灰的。

一個女孩坐在我的桌前，桌上放著荷東迪斯可的舞曲、太陽慢慢滑落，我站在女孩身後，時間過了很久，我伸過頭吻了她，她豆大的眼淚噗嗵地滾落下來，打在我的臉上和鼻樑上，那眼淚好燙啊。

黃昏落日，我送女孩回家，多麼美好。

幹事是扯蛋，幹事是扯淡。我想沛哥是真的。

解釋我猜44

從生理反應上做促進血液循環的事和幫助回憶愛情的啟蒙部分。

雞兒硬了

非非詩人楊黎在四川師範學院（？）的宿舍樓的一扇窗戶前肅立，對對面的宿舍喊，用四川話：學院的女生們，你們聽著我是著名的青年詩人楊黎，我的雞兒現在硬了。

莽漢兒李亞偉，女孩，你要是敢看我一眼的話，我就上去把你看個夠。

那個在托兒所大班的時候，我們玩背人，讓女孩坐在大房間一邊的桌子上，然後男孩將她背到大房間的另一面的桌子上，有什麼意義，邢衛東是高個子，他背得很正常，我個子比較矮，好像沒有人覺得我背得合適，我努力爭取，從邢衛東手裏接過一個女孩，背了起來，背女孩，真不錯有一種快感，第一次，我的雞兒硬了。有時老問咱爸為什麼，咱爸說那是憋尿，也許是吧，我不懷疑，但有時尿不多，為什麼也憋，我也沒仔細想過。我現在才明白，那些好心腸的北方莊稼漢在電影裏動不動就說，妹子，我把你背上吧，對了，豬八戒也有這一手，原來有快感啊！讀者妹子，我把你背上吧？

在路上

那人到一些地方，見了一些過去的女朋友，很有性格，總結了一下思想，上升到哲學領域。

青青在路上，從延安奔往西安的路上。

歡歡笑笑

電影裏的韓月喬可好看了，她現在在幹什麼，逆光裏的女孩那時結婚了，現在也該孩子多大了。熱帶叢林歷險記裏的女孩穿得很少，熱唄。海狼裏的女間諜殺了怪可惜的，好不容易穿那麼薄。還有誰？楊匯是個可愛的小女孩，可驕傲了，她愛上了帥哥，可帥哥不愛他。走向深淵的女孩也就得那麼妖豔，這些人來容易給人留下印象了，不適於當間諜，拍拍電影好了。但女孩子拍電影別找金曉慶，不過你也找不到他。

苜蓿肉，孫悟空這兩者之間有什麼關係？可以有多種答案，讓我想一想。

6月3號0點17分，青青從延安回來，在樓梯給我打的電話牽掛是一種睡不踏實的體驗。

解釋我猜45

以黃南風和程石為首的公司職員們在263聊天室用李得勝這個名字輪流跟妹妹們套瓷，以套到電話號碼為止，我的任務是打電話，負責與妹妹網友見面，請客吃飯，標準為每人二十五元，計程車費不含，必須保持見面過程中始終彬彬有禮，但允許用帽檐擋住視線，做靦腆狀，被問到你在網上不是很凶嗎時可支支吾吾，但禁止晃晃悠悠支離破碎，那樣太傻。

黃南風（女，湖南常德人，喜辣椒，消化系統失常）的任務是在網上再見到餐後妹妹時立刻解釋說蔣濤去陝北拍片，半年後才回，現在網上的李得勝是別人，然後就不理餐後妹妹了。

後來，程石竟然肆無忌憚地用蔣濤的真名來聊天，然後留我辦公桌上的電話號碼。我到了別的公司後，老收到陌生女孩的電話，是因為出納劉霞好心地把我的手機號告訴了各路電話。以至於程石剛想在我原來的辦公桌電話裏和妹妹說話時，電話已被樓上轉給我了。

程石對樓上喊，把電話轉下來，劉霞就在樓上振振有辭，那是找蔣濤的！

程石一下午的努力覆水東流。

動作片

女孩和男孩接吻，有兩種情況，她接吻時思考或不思考，而男孩和女孩接吻，男孩是思考著的，他要吻她。

黃南風早上一直在笑，她是在笑著說。她做了一個夢，李自成打進北京來，崇楨皇帝拿著根繩子發現，怎麼北京的樹都給砍光了，正好老玖一幫人在這邊，他們告訴崇楨，你去景山公園吧，那裏有樹。

女張楊夢見我了，我一個人很憤怒地和三個女孩講日語。

青青終於回到西安而且睡到中午，她將用一下午的時間去皮膚護理，她的鼻頭都曬紅了，那她還想去廣東。

7月22日

其實7月22日好像不是世界末日，那一天全球通的手機號碼要加一個零：從那天起，我是不是要聽青青的話了。

女孩的名字也可以叫張娜，女孩的呼機停機了，那是因為女孩結束了那個與這個呼機相關聯的一段戀情。

居然王新陸和張彪都沒有結婚，他們像搞藝術的人一樣不結婚，他們開廣告公司，而龐濤作為少年天子他要在6月22日結婚了，我好像沒有什麼慶祝他的心情。

明天我終於要游泳了，跟黑黑的紅兵，在一個小圓的房子裏的游泳池裏遊，在夏天，那裏的水也很溫，要是不穿褲頭的話，就像是在泡澡。

天氣變熱，小姐的脾氣也會躁起來，沒有結果的愛情也會變熱。時代楷模。

朋友在最關健的時刻會幫你，也會在最關鍵的時侯，失去蹤影。好久不見的朋友說和你好久不見，但又不安排見面的日子，於是會又好久不見。好久不見的朋友說和你好久不見，但不安排見面的日子，於是又好久不見。好久不見的朋友在電話裏說和你好久不見，但又不安排見面的日子，於是又好久不見。

一首歌裏的一段要喝三遍才能時間夠，才能表達愛你在心頭口難開。一碗飯要用三口以上來吃，因為碗比口大。

一個愛情死亡的原因

是因為一個愛情產生的緣故。

導演張楊喜歡雪白的胸

世界上有一部分人喜歡雪白的胸，也不能完全怪他們，科研發現那是由基因所造成。

其實主要的時間裏是在接吻。三徒弟和孔孔都好像是一個老師教的，他們倆一接吻，就把舌頭伸出來。

我和刁在高中是共同收了兩個女徒弟，我又單獨收了個三徒弟，刁覺得大徒弟很純，我覺得三徒弟最性感，二徒弟性格像我，眼高手低，所以到現在，我和刁都不理她。孔孔那時也上高一，但在別的學校，孔孔一次去刁家找小楝，刁說她挽著褲腿，穿一雙涼鞋，手裏拎一個麻袋，麻袋裏有一隻貓。

孔孔和三徒弟這樣的漂亮女孩是沒少讓家裏人操心。

三徒弟她放了學跟我去我家，主要的時間是在接吻，時間很長，她平時見不到的深情的目光，我的手用很長的時間解開她襯衣的扣子，是緊綳的豐滿的背心，第一次摸到圓滑的胸，手從背心外向下滑，向下滑，滑下去也沒有結果，她的背心和褲頭是連在一起的。

我送她回家的路上，在光線暗的路上，這條路也同時通向我的小學，我們在某個地方站著、吻著，看誰堅持不住。

6月3日21：19分這次打了可能有十分鐘，青青說以後我不要給她打了，她晚上關機，她覺得我太弱了，為我省錢。青青要加入保險了，怕萬一有個病什麼的，十五號到十八號左右她來不來，如果她來了，就是我們沒暴露，沒有來說證明暴露了。

青青的女朋友向青青借錢了，她的老公因經濟案被抓了，這就對了，現在有幾個有錢人是清白的？女張揚反對希望工程的原因是因為捐一個小學要十萬人民幣，而那些人一頓飯或幾頓飯就把十萬元給造了，你知道你的城市裏，最貴的酒樓在哪兒，有人自己掏腰包一頓吃幾萬元嗎？倒是記者張君茹，在黃黃要請她吃飯時，她說我一個麵包一瓶優酪乳就夠了。

青青要我陪她爬長城，但她說我腳不好，別爬了，我說腳好了，可以爬。

我想你了，你把愛埋在心裏，等我想嫁給你的時候，我會嫁的。結婚並不是一件好事。你還年輕，現在要安下心來工作。你那麼耐不住寂寞。

解釋我猜47

愛被婉拒後會像無頭的蒼蠅四處狂奔。飛毛腿或無處藏身。刁的第一個劇本沒有愛情。

月亮代表衛生紙

關懷帶來打擊，衛生紙帶來灰塵，牛郎織女帶來一年見一次的婚姻，鵲橋帶來只能相見不能有夫妻生活，科學天文知識帶來年郎星和織女星根本就離得太遠的科學依據。長路奉獻給遠方，玫瑰奉獻給愛情，思念奉獻給青青，工資奉獻給房車和手機，我拿什麼來奉獻給你，我的肚子。

一本關於電影業的理論書籍，除了一張上半身裸體的女人的照片外，什麼還能吸引你，尤其裏面是用日文在講美國的一些電影。

馬太效應。在科學界有這樣一種情況，對已有相當聲望的科學家一旦做出新的成就，給予的榮譽超過其所應該得到的，而對那些還未出名的科學家則不肯承認他們的成績。

陳勝是河南人，吳廣是河南人，唐僧是河南人，岳飛是河南人，小姐王英是河南人？洪秀全是廣東人，康有為是廣東人，孫中山是廣東人，演藝部主任青青是廣東人。

在1982年，全國人民每天花7毛3分錢，買了什麼？大家一天吃了62.3萬噸糧食和3.2萬噸豬肉，每天犧牲多少名豬啊。

那一年每分鐘死十二人，每分鐘生三十五人，一千多人離婚，兩萬多人結婚。

解釋我猜48

在尋找愛情第一次被逼得走投無路時，我回憶一次中學的打架事件，有血嘩嘩地流，沒有愛情的蹤跡。

愛它沒有盡頭

它只有快樂，是人生幸福的源頭。

聲音，一次強調聲音的電影，強調籃球被拍打到地上的聲音。強調人的喘氣聲，汗水滴在地上的聲音，誇張，誇張，寶寶的右拳觸摸並經過人臉的聲音。

中午陽光的聲音，合格的錄音師，你必須錄下中午陽光的聲音，在所有故事發生的舞台，陽光的聲音幾乎沒有斷過，在那個夏天，當我們還年輕的時候。

你聽不清的對面樓上高一女生們的聲音，宋茜為什麼站在陽台上一動不動，她在哭嗎，她又收到了那個霹靂舞星的信還是拒絕嗎，還是一段回憶，不能再來的內容。

女孩穿裙子，腿有隔著絲襪被風撫摸的感覺，習慣了也就麻木了，她避huì一隻男人的手嗎，那手也應該像風一樣，他在成為教父之前，他在逃往義大利西西里島之前，他觸摸了凱瑟琳絲襪口與內褲之間那一段溫存的體溫。每個女孩都有兩塊溫存的體溫，不管她長得什麼樣。

張娜不知道是什麼樣子。皮膚經過護理後會光滑嗎？女孩在十七歲時，皮膚就停止了生長，以後美不美，就看你如何保持了。夏夢每天早上只喝一杯橙汁，鄧麗君每天早上七點要在她長住的賓館裸泳。彼得讓中國丈母娘不要做肉或包子餃子，但他又覺得青菜沒味道。

腳走路，其實不是腳在用力，地上有地氣，地氣在使你走道，在陰天或下雨天，你受傷的腳會疼，因為這時地氣弱。

伍佰的腿那麼粗，一定是擔水長大的。（因為踢足球的腿是另一種粗法。）小葉把這句話聽成了：伍佰怎麼那麼cuó，一定是吃泔水長大的。

（繼續轉播蔣濤中學時代的事件。）

血從脖梗流下，血流成河的聲音。

吳越在演哭的時候的表情是很生動的。懷舊的，愛情，不，戀愛的犀牛是懷舊的，希望有老演員，胖演員的出現，來彌補慢的不足。

售樓的女孩在售完最後的幾套房間後會失業的，但公司又為她們入了保險，有人入交美金的保險說服務比較周到，每年六百元是什麼保險，女孩不信什麼保險，存一筆錢是真的，或者死就死唄。

領導為什麼要審一部戲，領導吃飽了撐得了，領導主要是取得了上級領導的信任，領導懂個屁，他根本就無資格去審一部戲，特別是搞過藝術的。

你打保齡嗎？有時跟公司的人打到兩點。手機為什麼要雙項收費，為了收更多的錢唄。

青青工資八百，上個月手機費六百，青青晚上關機了並讓我不要給她打，她可能的情況下給我打。

彼得認為結婚只要是好人就行，只要能在一起。彼得離開了日本的高薪工作，他覺得在中國經濟方面差些。他說他沒有買一輛車，然後他還想要什麼？他有洋房了。他不去風俗場所。

解釋我猜49

蔣濤發現回憶傳說中的愛情故事的主旨在被回憶的右傾機會主義腐蝕著。

驚人的事和有意思的事

不要在晚上嚇唬人，把人有嚇死的。

經常是大院子裏停一輛解放卡車，卡車基本上要停到空地，空地基本上是孩子們的據點，藏貓（學名捉迷藏），站住不許動，打沙包都不是特有勁的活動，玩打仗比較有使命感，裏面還要有人犧牲，我身體那時還瘦小，當不了司令，所以我要求當警衛員，警衛員也挎盒子槍，這裏有老實而且又不太聽話的孩子，讓他來當犧牲的戰士，說他最光榮，我們一開始打時，就馬上讓他中彈，讓他犧牲，躺在一邊，在一下午我們都打得很激烈，而他只能覺得自已光榮，一直躺在較遠的土堆旁。

玩尿泥，我們主要是從單身宿舍的樓道裏的衛生間接來水玩的，偶爾也少不了用現成的雨水。但有一天，說起來玩尿泥這個詞兒了，想應該正宗的是尿泥，於是大家每人獻一泡，可誰也不去和，只有一個人用小棍拔一拔，於是大家散去。

再談卡車在空地，在燈下卡車有它特有的陰影，卡車有跟牆很窄的縫隙，夠一個孩子躲進去。這個孩子跳出來嚇人的時侯，把人嚇死了。

女孩穿裙子時不要穿短的絲襪，哪怕是長裙，這是國際慣例。老家是河南但滿口東北口音的在北影廠生活的已婚女子為什麼吃飯就得去買雞和魚還有大桶可樂。

腹部脂肪一旦生成，在理論上講是很難消失的，在肉蛋奶充斥的北京城啊，無數雪白的肚子在大街上在高樓大廈裏在國家機關大院漂流著，如果不稍加阻擋的話，就是離地不到一米高的白花花的一片，鋪滿北京城。

京女

在日本稱京都的女孩是京女，有一種古典的風騷。

京者就是西安的一個派生物，那麼，西安的女孩稱得上是京女嗎？不合適，西安的女孩有她自己都不太注意的好身材，但不太傳統，沒有習慣，那麼北京的女孩叫她們京女吧。

京女比外地的女孩所追求的東西要好，但實際遠遠達不到外地女孩的浪漫，京女不懂風情，不懂風光，不懂風水，更不懂風流。京女不化妝，不穿絲襪，不穿高跟鞋，她大量的時間不是在用身體過生活，而是用嘴去說生活，她沒有長時間的吻，長時間她因為說吻的話題已轉到說凳子和桌子的樣子，他們忽視說床的樣子，她們注意所有的資訊，在每天說話之外的僅剩的一點點可憐的時間裏，她們過得還不如一個普通的大媽那麼充實。

當京女還在鼓動他的男朋友給她買一塊不值錢的手錶時，四川女孩已經得到汽車和洋房還有在四川給父母的單元房，杭州女孩被煙頭燙過得到了西湖邊的二層酒樓，四川女孩又轉手賣掉了飛機，西安女孩手裏沒錢，住在上海，使勁花錢。東北女孩忙於三份錢。

知識越多越反動，有知識的欺負沒知識的。錢越多越反動，有錢人凌駕於人之上。美麗越多越反動，美麗的姑娘比不美麗的姑娘。

現在只要在某個姑娘待的場合去三次就行。而天仙配裏的董永一生只有簡單的社會關係。只能敬老愛幼，不能玩別的。

京女第一個星期六是五月的最後一個星期六穿長裙，開衩，第二個星期六穿超短裙，是六月的第一個星期六。

6月5日22點39分青青說忙了一天差點忘了給我打電話。

小京女有一個小辮子，白晰，眼角望上qiaò，她有兩套衣服，小白短袖，一種紅的休閒褲，小白襪繫黑鞋帶的黑底小白皮鞋。第一次和第二次辦會員證和領T恤是這身兒，第一個週六是大灰藍T恤，黑褲子，發亮皮面橫帶圓頭厚底厚跟的鞋，清澈半透的肉色絲襪。

看關於兩個京女的描給略有不同吧。

我可以有機會給小京女拍照嗎？

6月6日，我又把BP機摔了，摔了一下，電池飛了，抹去了5月15日下午15：50青青呼我時的手機號1390924×6×6。今天我有了一輛黃色的女坤車，好便。

解釋我猜50

大家注意，男的開始有移情別戀的傾向了，如果現在不及時遏止，後果不堪設想，後果其實也可以想想，時代不同了，男女都一樣。

性感

性感神秘的女孩明明。

為什麼我認識的女孩都不性感的原因是我不性感的原因是我的肚子出來了的原因是我連躺帶養了三個月的原因是我踢足球被踢翻在地右腳嚴重扭傷的原因是我跑得太快的原因是主力隊員們表揚我有進步的原因是我是踢得很臭的原因是我根本就不愛踢足球的原因是游泳和健身不能讓我的肚子縮回去的原因是我想運動的原因是游泳和健身不能讓我的肚子縮回去的原因是我想運動的原因是我根本就不能像日本人那麼愛工作的原因是即使是性感的女孩我也搞不定的原因是我家房子可窄的原因是那是市中心青年愛去的地方的原因是我想去那兒感受流行的空氣的原因是我喜歡的原因是我喜歡人的原因是人很好玩的原因是有男孩還有女孩的原因是那是兩種性別會互想吸引的結果是你會感到女孩性感。

一個果會有一個因，但你找到最後發現因和果的總數是個奇數，你找到了最後一個果，而因不存在，你就給bié死了。

世界上，男和女的總數也是奇數，配對配到最後，多一男的，那就是你，給活活憋死了。你會叫汁，同性戀的事，同性戀裏也是配成的對兒，其中一個其實是女的。

世界上，矛和盾的總數是奇數，多一矛，沒地兒戳，活活給bié死了。

喂，請講，呼506××77，您貴姓，姓蔣，蔣介石的蔣，機主貴姓，姓青，您電話，請留言，請講，告訴她說我愛她，告訴機主說您愛她，對，還有別的了嗎，沒有了，好先生請掛機。

寶貝兒，你這人真怪，我怎麼怪了，你打過來兩次，你是不是在看電影，你把我想的每天老看電影，那你為什麼不接，我都按的是拒接，想給你省點錢，我過一下馬上就給你打過去了，好不多說了，我明天白天給你打過去（其實還沒到這兒），你聽我呼你了嗎，聽了，她說什麼，嘿嘿，我記不清了，我愛你，再見，我要跟你結婚，再見，那作夢想著我，哼，再見，再見，寶貝兒。

6月6日21：57分發生了一些事兒：

每一段都要精彩，但每一段都可見表現得平平淡淡，忘了告訴青青，我今天買了一輛黃色女坤車，鎖在樓下花壇的欄杆上。

集中火力，集中優勢兵力，攻下隆化中學。

對了，我的新自行車的牌子叫偉哥，是飛鴿集團的聯營廠，那家一天把偉哥能賣一百輛呢，安徽夫婦加小孩。

鎮宅

要一把寶劍掛在牆上，鎮宅；要一本書放在桌上，鎮我無知的大腦；要一個青青在我旁力，鎮住我狂奔的心。當愛情產生時，是在說我愛你一百遍以後，其實也不對，是心裏不曾想也不曾忘，成為身體和心靈的組成部分時。

閉門造車，皇上允許你的車在街上亂跑嗎？管理你，交通公安部門給你上牌照嗎？

列個提綱，歸納一下西安的愛情。

星期一的人很木，有週末娛樂殘餘綜合症。星期五的人有週末逃避工作懶惰綜合症。

6月7日22：41分青青說白天你也別老打電話給我。

八條長裙帶出8種風情

我不信。並不是所有的自行車都被偷去，並不是所有的創業女性都在掀起溫柔的革命。

兵馬未動，糧草先行。

要找我辦事兒，先給錢，要找我玩，先付帳，要跟我談戀愛，先給錢，這還要看老娘願意不願意。山東呼保義，河北玉麒麟。急時雨就老給人錢，小大款，不過也zaī到閻婆惜手裏了嗎。

愛情她像餅乾，吃一口會撒好多。

這裏的空氣是新空氣，這裏的羽毛是新羽毛。

在上晚自習的時候，大家會胡亂坐座位，你胡亂坐，你身後開始有女孩向你問問題，那是一個幾何問題，你發現你並不善於給別人講題，你是一個獨立思考的人，你發現她死死地盯著你，她是不是那種專心聽講的人，我也沒有講明白。她也沒有聽明白。

另外五分鐘，她借我的課本還課本，夾了張條子，我裝沒看見，她努力強調，使我看到。

她在等，我和刁叼著煙上公共廁所，刁等我，騎著一輛大車在黑qūqū的操場上轉，我接近她，她問我怎麼才來，我說上廁所去了，她被噎住了。

我問，你找我做甚，她再次被噎住。她努力想浪漫一下，她努力地看星星，想拿星星做一回比喻，你好像天上的一顆星星，讓我抑望。

拒腐蝕，永不沾。所有孔穴的進出。

星星堆滿天，我只要求從前。

老刁騎車過來騷擾我們，我讓老刁再去黑騎一會兒。我終於明白她的意思了，她喜歡爸爸，她爸是個高級工程師，她的媽媽很賢慧，給她爸打洗腳水，伺候她爸一輩子，她的意思嚇我一跳，讓我做他爸那樣的人，她做她媽那樣的人，多省事兒，我學習好說法要去考高工，她不好好學，賢慧賢慧就行，女中學生也無才便是德，嚇我一跳。

康樂宮，每三個性感的女孩中有兩個穿同樣性感的涼鞋，有一個腿很粗，從一輛計程車下來，另有一組同時下來，也是三個女孩，六個人在八點半的晚上，昂首闊步走進去，已婚未婚男子們不敢直視她們，她們是夜晚的女王。

我必須知道龐濤的秘書的名字，我忘了，明天應該見一下葉曉。

你別寫小說，你要寫字，你要組詞，造句，毛主席指導我們，從群眾中來，到群眾中去，你在家待著翻看詩集，寫歌嗎？

誰說我不打飛機，我對燈光下飛來的蚊子有高度的警覺。

解釋我猜51

我又發現一個事實，我尋找的愛情離我越來越遠。在所不辭。

洗腦

一個你不喜歡的形象，她會有美麗的歌喉，你反覆聽她的歌，然後你會因為婉婉的嗓音，原諒她的形象，繼而接受她的歌，這一切都是在你的心裏進行的。她依然脾氣倔強，高傲，她並不知道你的存在。

婚前煩惱去

孫師傅我是出於信任才這樣拜託您的，您說小孫把那三十元拿走了，那您就先給墊上吧，我們一塊去把地板先買回來。

孫師傅，您不是這樣的人吧，我們原來不都是說好的嗎，一個月，一個月交工，可您看都什麼時候了，您是非要我陪著您往後脫嗎？

秦小琴，四川重慶來的。中島說四川女孩妖豔，一下就能把男人迷住，比如一舔嘴唇。她穿一身黑，一月只有一次休息日。

青青6月9日23：48分打過電話，我沒有開機。我可能在23：27分左右睡著了。

阮最愛的玫瑰花

手機沒電了，思念沒電了，愛戀沒電了，愛情留在空氣中，沒有化成聲波跟電波傳到遠方的長安縣，阮最愛的玫瑰花。

愛會在打瞌睡的時間流眼淚，愛會在睡中被驚醒，中午讓人無所事事，午飯讓人歲月蹉跎，一場商場的戰爭，瞌睡使字變亂，愛在迷糊中閃爍，當你把所有關於愛的事想一遍時，你發現你沒有的夢，夢裏夢外都可以聽陳明章的歌，阮最愛的玫瑰花，空調已經很老，小風涼絲絲的。

京男

不要有這樣的感覺，不要以為。這是一個錯覺。

認為北京的男人就是世界的男人，這是一個錯覺。北京的男人比外地男人相對來說接觸消息會多一些，更有機會遇見久居海外有時回國的中國女人。

北京男人更多地接觸運動，打籃球，打羽毛球，踢足球，有首長到亞動村找地兒打網球，看門兒的大爺招手，進去進去，網球場在哪兒？進去進去，問一個人，網球場在哪兒，直走，那個館就是，問過路的民工，網球場在哪兒，有，有。進了這個館，有很多人進進出出，白短袖，白運動短褲的，應該都是打網球的吧，網球場在哪兒，我領你們去，一個小保姆模樣的抱著小孩的女孩，那我們跟你走，後來我們明白了，看門老頭，民工，游泳館前的客人，女孩腦中的網球就是羽毛球。

毛是世界的男人，毛是湖南人，湖南人中的毛是世界的男人，四川人裏的鄧是世界的男人。不要委身於北京的四合院和公共廁所裏，不要看他打籃球，不要陪他去寫生，依偎他。

毛主席在窯洞裏思考謀略，警衛員想提醒首長吃飯，但看見主席若有所思，就沒敢打斷，飯熱了又熱，警衛員下決心催主席用飯，主席說了一句話。開頭是以沒想到做開頭的。

老婆在外地的丈夫怎樣渡過週末，喝啤酒，臉紅，付218元錢的帳，打消各種念頭，十一點左右回家。家裏除了錢，沒放別的什麼的。

解釋我猜52

會有好多女孩的名字出現，使你忘了要幹什麼。

王玉

女孩在週末五點半下班，五點半前給戴眼鏡的李導遊打電話，今天都週末了吧。李導遊氣憤。

在下午，我聞到了臭腳味，不太可能是我的吧，周圍三個女孩的？涼鞋不會，穿著鞋不會露味的，在找不到答案時，我發現了窗台上的豆豉鼓辣醬瓶。

6月12日9：50分打來，9：50分打出去，6月12日凌晨三點打來，已關機，3：50分呼我說青小姐三點打來我關機了，你打來的傳呼可肉麻了，我想死你了。

釋我猜10周年珍藏紀念號

在張楚喝豆漿時毅然開始造句。

造名練習

妖豔：他有一件妖豔的衣服這天沒穿出來。

我不喜歡妖豔的東西，可是有一些人是這樣的。

圓舞曲：圓舞曲的節奏，讓人跑小碎步。

月下老人：月下老人不要臉。

飛也似的：我飛也似的忘了以前的生活。

青青：青青的綠草。青青的綠草。那個人說：fǔ首幹為儒子牛。吃的是草擠的是奶。。

魯冰花：他和一個婦孩談了很長時間的戀愛，後來這個女孩大了成了一個婦人。他才發現她是什麼樣子。

刻舟求劍：我幾年以前就把自己huìhuò掉了。我以另一個一無所有的人在生活。但對以前的自己的記憶像刻舟求劍一樣很難找。

請用上面六個詞連成一段話。

青青、妖豔、圓舞曲、魯冰花。

月下老人刻舟求劍

有一個人刻舟求劍的時候。旁邊的路邊有人在跳圓舞曲，放的是魯冰花，他刻完了記號，看見一個妖豔也不妖豔的女孩走過青青的草地。有一個說了一名：「月下老人？」

造句練習

喜出望外：他喜出望外地知道了自己。他的痛苦和憂愁變了一種方式。

物以類聚：不一定在一起聚的都一樣。那個時候的聚是什麼。

鏈條式鍋爐除塵器：現在還有人去這種除塵器。但如果家俱的發展的直接用美國或著英國生產的。會覺得很亂。

旋風式鍋爐除塵器：不須要沙發，不須要旋風式鍋爐除塵器，須再按摩。

陽光雨露：我要陽光雨露嗎？不要。我要和按摩一樣的生活。

性感：性感。九十年代的性感是什麼？

請用以上六個詞連成一段話：

九十年代的性感是要有體毛。旋風式鍋爐除塵器和鏈條式鍋爐除塵器是體毛，我有一點喜出望外。的時候。物以類聚了。

上面的題是蔣濤出的，作業是張楚完成的。望京新城是一些樓，有四個大字在各自的樓上，這個城是用來望京的，當你只記住美國女同志侯帥住在這裏時，你只記住了那樓上的四個字，你記了樓號門牌號你忘了電話號碼，你只能在樓下的永和豆漿裏坐著等，就像徐靜蕾大清早買了豆漿和油條後，站在樓群中的樣子，

今天我知道了小京女的名字叫李波，李波沒有呼機，沒有呼機的女孩是好女孩。上班回家。打很長時間電話，一定是給女朋友打，給男朋友打，哪有那麼多的話，一個沒有星期六，星期天生活的工作是什麼呢？工資有多高。

我曹，咖啡有什麼好喝的。到我家裏來吧，你家有什麼好玩的，有我啊，你可以玩我啊，名人千萬不要和女文人有暖昧關係，她們遲早要都寫出來的，在她們一個人或跟別的男人在一起的時候。阮最愛的玫瑰花。

在西安和女人吃飯

咱們上對個兒吃吧，我吃不下，最近沒有餓的感覺。

兵馬未動，糧草先行，就是翻譯成先給錢，後辦事。那我們光點蔬菜吧，蔬菜一大盤，好久沒吃豆腐了，要一個家常豆腐，再來一個八寶飯，你不是胃痛嗎？我好想吃八寶飯，主食就不要了，就吃菜。

我還是比較想念王軍的，戴手銬的旅客。

青青，你要請我吃飯，好，沒問題，去哪兒呢？你說去哪兒，是給你送行，你說去哪兒就去哪兒，我也不知道西安這幾年有什麼好吃的，你不是說去老成都嗎？你想去就去，不過那兒人挺多的，去吧，去就去，好，我們擋車，你別，你別拉我手，看不見的，師傅把車就先停到這兒，我先去看一眼，你們等著，人太滿那我們去別處，那去昨天那家吧，又去，我覺得那兒人少，味道和老成都也差不多，不去不去，那我們去音樂學院旁邊的那家吧，行，那家老闆他剛從日本回來，那家還不錯，你認識他們老闆，不，我一個朋友認識，也滿了，你吃湘菜嗎？可以呀，那我們去外院，那裏有一家不錯，我去了兩次了挺便宜的，那好，我們去吧，你喝什麼，還喝健力寶嗎？來一個健力寶，沒有，沒有你替我上外面買一個一定要涼的。

牙怕裏，奧卡內嗄奈衣，這是一句要命的日語，用涼水洗臉，一個人能用涼水洗臉，那該多麼幸福啊，空調，裝什麼樣的空調，你需要空調嗎，有電扇，有電扇就行，熱，熱你就別穿衣服唄。我們不上外面吃吧，我給你們做炒餅吧，保證比外面好吃。一個人能用涼水，那你趕快去用吧。

解釋我猜54

回到北京，回到了不耷拉，回衣到熬北衣京，回到了不耷拉。

幻想李波

幻想小京女星期天下午要做的事，6月13日也應該很熱，小京女應該還穿6月12日的短裙，土色還是米黃色的，6月12日我每次見到她穿短裙，她合適，她會穿所有的鞋，因為她有漂亮而且腳背薄的腳，6月13日她會換一件短袖衫的，但我只見過她兩種短袖衫和兩種褲子，陽光對她是非常溫和的，她很白，她修眉毛並且經常皺起來，幸虧不會有好多人和我一樣覺得她的美麗。她當然說京話，她可以把話說得很清楚，她會瞪大眼睛，在緊張而且光的臉部肌肉群中會突然亂了秩序，那是她綻放出了xuàn麗的笑容。

我想像她的男朋友是我不願意想像的事，我會盡力回避這個問題，她應該有一個女朋友供她打電話聊天。她應該在中午之前騎車上班，因為她知道自行車可以放在樓後的陰涼地兒裏，她告訴我。關於她我不容易再想什麼，她是照片裏的女孩，那種姿勢在我的腦海裏時時浮現。

女孩會突然敲你家的門，在你還來不及穿褲子的時候，你幻想這種場面的發生，又極力在避免這種事性的發生，以至於你的生活平淡如水，你發現你已經非常熟練地在完成洗衣服，做飯，拖地這件事，這是一件令人驚奇的行為，你不是青年了，這對你來說是多麼自然的一個打擊。

我其實也養寵物，一只有時兩隻，很好養，不需要花費什麼錢和精力，也不用管她的吃喝拉撒睡，你在燈下的時候，她有時會主動過來，她是一隻蛾子，你消滅了蚊子之後，放她了一馬，她成了你屋子裏唯一的寵物。

解釋我猜55

無關。

小芹

小芹報告給王總，昨天晚上有人摸了她。公安局也來了，小芹說那個背影她很熟悉，像趙亦慢的，但她只有60%的把握。

小芹是公司裏的勤雜工，住在公司裏。

趙亦慢不可能幹這樣的事，小芹又不是長的多漂亮，他們可以掏一百多塊錢找小姐，小姐隨便摸，何況是公司兩個櫃子被qiào了，可員警當時也沒把趙亦慢抓走。

有一天小芹的哥哥領一幫人來到公司的院子裏，要公司交出趙亦慢。

王總斷定是趙亦慢幹的，然後就把他開了。

結婚

6月12日是龐濤結婚的日子。龐濤二十歲開公司，二十五歲結婚。

小葉在和北京幾個媒體吃飯時，重複一個笑話。

那時兩隻牛的對話，英國流行瘋牛病的時候，一隻牛和另一隻牛說，聽說瘋牛病越來越流行了，另一隻牛回答：是啊，幸虧我是一個駝鳥。

司機老劉離婚，法庭把他的三室一廳分開判給了男女雙方，老劉得到一室一廳，她原來的老婆和女兒得到兩室，老劉那間房有電話和空調，老劉不住。他六百五十元想租出去，我多麼想住啊。最起碼可以讓中島去住啊。算幫大家一忙。

小武

小武個子小，小武是個閒人兒，小武用手抓過火紅的鐵，小武打架不怕死，小武在鐘樓電影院附近經常出沒，小武那時很有名，小武現在過得怎樣？結婚了嗎？

寶寶喜歡牛蓉，因為牛蓉高大健壯，很美而且很害羞，寶寶躲在一堵半塌的院牆後面看牛蓉從8中放學出來，每天如此，寶寶又不去和她搭話，這是一種深沉的愛嗎？

解釋我猜之驗證傳說56

發現傳說來到身旁，總覺得不過癮。

傳說302小公共上的騙人把戲，一個外地打工模樣的人打開了一聽健力寶，濺到了另一個人身上，在早晨九點多鐘，上班高峰已過的時候。

那人大喊一聲，怎麼搞的！引起人們注意，於是外地人發現易開罐環上的標誌，另一個乘客主動拿過來往車窗外倒掉罐裏的液體後，撕開罐子，裏面有一個塑膠片，他說特等獎，有五萬元。

傳說中是幾個人紛紛要出錢買下，幾個乘客湊錢買，最後有一個上當的人買了。原因是那個外地人沒有身分證。

而我今天遇見的是三個騙子演戲過於急噪，居然沒人響應，一個騙子說我給你五千塊，一會兒有說一萬塊，又說兩千塊，一點也不思索地滿口胡說，塑膠片不知道讓誰拿下了車，三個騙子都跟著下去了，像演話劇，越演越快，熟練工種了。

騙子也要創新才行，否則又投資六塊錢白做一趟小公共。

河南口音的打工大叔，大清早再小公共上就那麼渴得非要喝一聽健力寶嗎，打工大潮的人們每天早上都喝健力寶的話，健力寶要瘋的。

我坐在車前部，看騙子沒騙成，沒來找我集資，怪著急的，看乘客各自各站下車，怪著急的，看幾個大媽叮囑騙子千萬要把塑膠片收好，回家讓家裏人拿身分證去領獎，怪著急的。

真不過癮，笨蛋，騙子。

解釋我猜57

傳說中的愛情來到身邊也會不過癮。

愛情手冊

星期一的早晨，女孩沒有目光，男青年的慾望變得最小，空氣在流動，空調機裏沉澱豐富的灰塵，不冷，半夜裏有人在爬樓梯，不冷不熱的空氣中不能完成張建茹所要求達到的稿件，大腦不在轉。青青早晨八點開始睡覺，下午五點到了美容院又睡覺，愛情睡著了。人在睡著的時候有愛情嗎。話劇導彈搗蛋裏的小妖精扭得很好看，但始終沒有讓坐在第一排的我看到她的內褲，她夾得很緊。

倒是我看見了小京女的，白色的、很溫馨，很妖美，在6月12日下午，一個難忘的形象。

我是否應該去聽聽許巍的新歌。

屈向東是個胖子，永遠有可愛笑容的胖子，經常出現在學生會的門口。莊塵也是個胖子，我在北京機場見過他，後來聽說他縱情酒色，在一家澡堂桑拿洗澡滑倒，摔在一面鏡子上，鏡子碎了，玻璃渣扎進肝臟，莊塵同志就這樣去了。

小京女的休息日是週一和週五吧。

你可以堅持多久不看電視，要多久有多久。你可以堅持多久不寫信，沒有要多久就已經很久了，你可以堅持多久沒有愛情，不是你要堅持就能堅持的，不是你不想堅強就可以不堅強的，愛情這東西我明白但友誼是什麼。

想念涼鞋，是在夏天想念你的每一個夜晚，想念你，是在夏天每一個比較熱的夜晚，當漁夫收了船回到船倉裏時，孩子他媽又開始斷斷續續地叫了起來，老漁夫在旁邊的船上哼起了新近流行的小曲兒，曲調昏暗，歌詞隱晦，老漁夫胸前的那一抹黑肌肉啊，在月光下與水面交相揮映，那小曲震震盪蕩，拐來拐去，飄到對河岸，在散步的書生耳裏，書生即興賦詩一首，題目：漁歌晚唱。下崗女工不流淚，昂首闊步走進夜總會。

月夜打折

6月15日22：03分青青打來電話6月15日22：27分青青打來電話，青青要選一天上長城或頤和園。

那個段子是完整的。小茜和孔孔在上中學的時候已習慣於晃蕩男孩，她們被男孩截住時，總是抱以笑臉，哄他們說下次約好在那兒見面但現在剛好有事兒。男孩們對得到的笑容欣喜若狂，但很快發現她們沒來，再逮住她們時，她們會撒嬌，表示決不違約，這種事反覆重複，大家就都習慣了。

在我上大學一年級的後半學期，我開始接到小茜的信，像情書一樣是我喜歡的，我很喜歡小茜，但總覺得她心裏有別人。

如果有時間給我打電話

這種留言，留給女方的話，女方可能會因為把你的名片放在單位而不能在晚上給你回，這是一種試探，也是一種落空。

青青把墊子拿走了，又拿來了，一切都是等著結婚。在北京不好混吧。動動腦子。日本做了一個實驗，三室一廳的家庭離婚率低，兩室一廳的家庭離婚率高，你結不結婚。

北京的人愛坐酒吧，這與張揚老玖的忍耐和生產還有機會的觀點相吻合嗎？

解釋我猜58

誰說北京冷，2001年3月9日星期五晚上八點來鐘，我在二十一世紀第一次被文字盯了一口，不信你看我左手食指。

想到未來的新世紀新千年新北京新奧運新年紀新白髮的日子裏月子裏，還要被蚊子盯咬萬千回時，前途一片暗淡。

電社台女人的情感世界

名片上有主持人的女孩，在電視台工作，在西安市搞到了住房，請注意這個詞，搞到住房，如果按播音員的工資來算，打死她也買不起商品房，倒是搞搞她，才能買得起商品房，不是誰都可以搞的，首先要把眼皮割成雙的。搞輛汽車開開，自動波，在大街上可以橫著開，可以劃條口子，管交通的認識你，電視台的播音員唄，在深夜說今天的節目到此結束祝觀眾朋友們晚安之類的話。

名片上寫著編導的女孩，五官還行，有些暴牙，夏天穿花長裙，遮住腹部不顯得太突出，遮住小腿，小腿上的汗毛較長，顯得她性慾強，這是件好事，她可以表現出事業心強，可以表示要做一個與眾不同的欄目，她像燈下我養的蛾子一樣，還在飛來飛去的以為自己是蚊子。可以與人進行一場血戰，可她是一隻不需要用雷達噴霧器噴的蛾子。她應該有男朋友，在台裏工作，可她愛理不理的，她用心和電影導演接近，直到被搞了為止。對蛾子的事不要太計較，你只能捕風捕影。因為蚊子都死去了。

蛾子在地面上快樂地飛著，她不知道今夜我一言不發，沉默嚴肅，我在等一隻帶血的蚊子，那是我的血啊！

人的簡歷應該由學歷來列成，還是由作品來列成。小京女會被朱主任搞得很忙，青青被小老闆在臥鋪車廂關心得很緊。

解釋我猜59

我的感情一不小心會溜到大學裏去發展和氾濫的。

旅遊系

旅遊系的男生李渲說他們看到我一天和三個女孩在一起走，拉手。

我和紅紅，我和她分手的理由是她太好了，我就像被化了一樣，就連我和寶寶談中學同學中誰被逮了的胡吹冒料的話，都會引起她的提心而會在我家飯桌掉淚的，她說我需要明快刺激的女孩。

蛾子在地上走，我們的水泥地在她眼裏已是坑坑窪窪，溝壑縱橫。

我和紅紅站在女生樓下，我不要她給我織的圍脖，我說我不圍圍脖。

小茜那天還在上高三，她給我寫了好多信，她好像是穿藍毛衣來的，我送她走出學校大門，按老規矩，我們要在路口人多的地方吻別，她和我都喜歡這樣，即便我們沒有同時互相喜愛過。

雲南的文穎是燙了頭的可愛女孩，她穿尖高跟皮鞋，我讓我們宿舍暫住的旅遊系他們班的男生阿克蘇替我將一個我在宿舍裏拿的國際象棋的一個立體的馬和一張送你一匹的紙條送給文穎，那天晚上最後的部分應該是我和她在學校散步吧。

李渲看到了這三個女孩分別和我在一起的畫面。

紙

紙在陝西話裏念字。西安最大的辦公樓裏，老趙在講不文明的故事，坐在後成的王女同志突然站起身向門口欲走，老趙，你先包（別）

講，讓大姐七（去）把字一換。

竇爾墩

藍顏色的花臉是竇爾墩，憂鬱的，藍色的，布魯斯是英語，藝瑪電影魔岩唱片的網站也換成了藍底，布魯斯www.imarfilm.com這是一個工作。

我終於在6月17日見到了青青，一種不敢愛又叫人憐的感覺，心裏有些壓抑，她在想什麼，大家裝得那麼平常，她像是不太熟的。愛情真傳大，墮入愛河的人智商很低，表情很生動，那就得當演員嗎？一切變得不正常，我不能正常地去拿她帶給我的墊子。

東北女孩執著地在奮鬥，你一定要給我姐買一個1克拉的鑽戒，你一定要讓我姐掙到錢。

6月18日凌晨1：43分開始27分鐘多67112463聽見了青青的哭聲，男人怎麼都這樣呢。

6月19日凌晨3：15分到3：48分終於聽見青青說我愛你，男人怎麼這樣幸福。

所以，我病了，這是一件值得隆重紀念的事。

我們要特別詳細分析所有的原因。

青青親卿如晤，吾至愛汝，汝就是不來見我，吾渴死，吾想你想病了，乃至吾頭痛，疼不欲睡，吾食薄衣VC銀翅強力感冒片，吾之心懷不能開放也，嗚呼，吾睡也。

愛情就是一場重感冒

愛情是興奮的狀態，還要不停地聽歌。

在我得了重感冒的時侯，躺在星期六裏，愛情在下午五點來我家看我，愛情真偉大，單獨來看我。

青青沉疼，傷感、歡心、激動、心跳、愛憐、惜惜、煥然、乾坤、同意、欺負、黃昏、模胡、炫暈、慾望、興奮、羞澀、美麗、伸展、蜷縮、迂回、緩兵、央求、忘我、深情感激、困倦、燥熱、滑膩，溫濕、柔軟、嬌嗔、風情、蔣濤。

不能忘懷，黃昏中的表情，會讓你難受一輩子。

前軲轆不轉

後軲轆轉，後軲轆不轉，前軲轆轉，到底是哪個軲轆轉，兩個軲轆都不轉（新疆口音）。

三個黑人，不、開始是兩個，來到我們公司，說要找一個姓李的總經理，這兩個人說他們是利比理亞的還是利比亞的，說他們國家正在打仗，他爸爸是個銀行家，他爸爸有一大筆錢，據說是兩千五百萬美金，他爸生前就認識李總，讓他們來找他，他們逃到中國，剛好我們公司的總經理就始姓李，但這都不重要，關鍵是這一筆錢，兩個黑人說他們想跟姓李的合作做生意。

我們公司是生產和銷售鍋爐的，他們總不能騙台鍋爐吧。我就跟總經理說，不管怎麼著，你可以見見，看他們說些什麼。於是就約在一賓館的咖啡廳，來了三個黑人，那天那兩和一個穿著筆挺西服的小夥子，那兩人說他是利比理亞麼還是利比亞麼的王子，我們就說，合作做生意，做就做唄，但我們得看看你的錢，也別兩千五百萬，兩百五十萬，十分之一就成，你們拿到我們公司讓我們看一眼。

第三天，他們真來了，先給我們看了一張紙，好像是美聯邦開的一個證明，上面寫了多少錢多少錢，挺正式的。然後他們掏出兩張黑紙，又掏出一小瓶藥水，往黑紙上一抹，馬上就顯示出是兩張嶄新的美元，他們說他們帶來的錢都是這樣的黑紙，但是藥水沒有了，這些藥水只有美國大使館有，很危險，不過可以買到，那就得需要幾千美金。

他們不就是想騙幾千美金嗎？

李軍說，利比理亞者在北非，膚色很白，不可能有黑人。

好，敘述到此結束，下面的問題是，上文中的我是什麼人，跟李總什麼關係？故事如果向下發展會有怎樣的展開？

6月22日9：26分北京的馬小組說她只想謝謝你送的磁帶。叫我如何不……（首次用省略號紀念9：57分。）

只想的只。

但願人長久

你說的愛情是那種像樣的愛情嗎？愛情一旦結果或受到肯定之後會索然無味嗎？愛情要加上汽車和洋房嗎？還有幾千元的鞋和幾千元的衣服。

還沒到那一步呢。

問我需要什麼？做事和愛情。

問我下一個月需要買什麼，涼鞋，可能買不到的。

青青把我叫出酒吧，你把小說裏寫我的部分用筆劃掉，或者撕掉，明天早上送來讓我看，不然的話，她回西安就不給我打電話了。

青青讓我當她的游泳教練，這句話說了兩次，她買了游泳衣，眼鏡和帽子，全副武裝，是向我的興趣靠近。

我的緊逼稍微公開化了之後，會對青青更好的？我的退場會帶來事情的簡單化？

使我不致瘋狂，被迫冷靜，青青總會製造黑暗並及時帶來曙光。是用心良苦，還是功夫使然。昏天黑地的愛情是這樣嗎？我不知道。

你要是真的喜歡他就喜歡，別騙他，你這人大大咧咧的，我說我還不知道。

你別想那麼複雜。你說過你好好愛我的，我哪說過，你那天說的，你說你愛我，我哪說過。

你像是在記日記，哪是什麼小說。

他們叫我去游泳，做了好多工作，我說我不想去，不想去就不去。

其實你去也沒什麼，你們不是在海邊游過嗎，咱家的青青早就讓人給看過了。

千里共嬋娟

千里之外才能共一下嬋娟，那就是說男女雙方必須得兩地分居，而且要遠一些，西安和北京這麼遠才行，太近不行，青青在這個城市裏，我也在城市裏，見不著或不宜相見是最痛苦的。我不想，我也願意。

11：36分我要給青青打的時候她打給我了就是這麼心有靈氣一點通的，我讓她到街上買一本雜誌，上面有本期熱點？擦亮眼睛看有錢男人。

愛情像夜行特快，走得很快，人又睡著了。醒來時已換了地方。我還是叮囑她要去買一本書，即使到了西安，我希望找一個想找有錢男人的女人，雖然我沒有錢。

音樂廚房

DJ剛和女朋友分手，DJ很難過他承認這是一次真正的愛情，原因是他不能在她上面終結自己，說白了，就是他還想找更好的，人總是望著那山高。

節奏快，鏡頭快，聲音快的課間十分鐘。

要一個地址，寫出你的情書，深情不已。

不要強調條件，不要等待機會，讓我們奮不顧身，在這時代的夜晚。

愛我，舉我。如果在床上，女孩對男孩說英文，love me hold me，其實不是舉我，而是抱我的意思。

解釋我猜60大壽

快速回到中學，失敗的童男失身計畫。

中學在夏天

在中學，在夏天，可能是地理課，生物課之類的，在下午，我敢曠課，雖然我幾乎沒有曠課過。

我一直喜歡王小雅，她是發育較早的初二女生，我留了一級的高三文科班裏，安君是她的男朋友，在期中考試的最後一個下午，安君閃著黑皮膚臉上的大眼，他更像初二的發育早的男生，他是在某一次在路上劫住王小雅的，王小雅那時只是笑，安君去過她家，說是她的同班同學，他較小的身軀沒有引起小雅媽的懷疑。安君遞給我一張條子說一個叫章曉的女孩，約我下午四點半到環城公園的亭子見面，我只知道她是初二的。

青青媽

青青媽打電話，說別看你的追求者很多，還是先找兩個慢慢談著。

王小雅

王小雅的危機，就在那天下午上課前。寶寶鼓勵我，這事啥難的，下午你家沒人，領回家了撬了。我還是覺得沒把握，總不能硬下手吧，我倒是希望寶寶同去，他是一支武裝力量，也是安全力量。

我終於看見她進了校園，她可愛，而且笑著回絕了我，下午是她們班主任的課，一個體育老師的課。

人記不清那時女孩的名字，是痛苦而天精打采的，王晶旌。

約會在早晨

7月1日也有，7月2日23：11分，23：12分兩次。

三瓶克羅娜

五根中南海，兩根輕三五。安楠像小女孩一樣地坐在酒吧裏，在酒吧屋外的露天裏，有一些老男人圍在周圍，談芭蕾舞演員的腿。

我第一喜歡獅子，第二喜歡馬。安楠第一喜歡蛇，第二喜歡恐龍。老孫第一喜歡狗，第二喜歡魚，第一是你，第二是你要找的對象。

A女要過河找C男孩，她愛慕他，但A女孩要過河得和B男孩睡一覺才行，A女孩要過了河告訴了C男孩，C男孩不接受A女孩，A女孩回到河這邊，一直愛慕她的D男孩和她結合了。你按順序排，我是DABC，老孫是CBAD，安楠是C打頭的，A是事業，B是金錢，C是愛情，D是家庭。

我是先打開門，再接電話，再關火，再哄孩子，再關窗，陳丹是先接電話再關火，再打開門，再哄孩子，再關窗，老孫是先關火，再接電話，再打開門，再哄孩子，再關窗。電話響了（家人）有人敲門（朋友），水開了（金錢），孩子哭了（愛情），窗戶開了（事業），你先做哪個？我們從狀態上講，這些比喻都不太貼切，孩子哭就哭唄，窗戶開就開唄，水開了就開了唄，不用太著急管，電話也不用接，好朋友會打好多遍給你的，門不用開，在日本，敲門的都是不速之客，推銷的或收費的，朋友要來的話，會事先打電話的。

安楠給我的刺激讓我晚上只睡了3個小時就興奮地醒來了，她是一條美女蛇。我腦子裏忘不了我對她說的：認識你真高興，我也是。

酒吧的二層，天花板低，光線暗，兩個初識的男女狂吻，緊緊擁抱，緊緊的，緊緊地，他摸她富有彈性的地方，光滑萬丈，她在他胸上zuo了一個牙印，她忽然一天來到我身體邊，像是一場革命來到我身邊。

這兩天她都一直在聽那一首愛情歌。

友誼會

最近目標明確，第一打什麼，第二生活，第三工作。

友誼會是什麼，是友誼的人會在一起。

欲窮千里目

當愛情沒有發生後，一切是欲哭無淚，欲速則不達了，你有大量的時間睡覺了，杜甫愛睡覺否？為什麼要讓經濟規律去適應國情呢。

國情。

《塞翁失馬》是和手機一起丟失的《西愛3號》

關心###的，請看###頁。

關心***的，請看***頁。

楊楠

回憶是兩種減不輕的疼。

我丟了我的包，我的錢包裏有她剪好的照片，在飛機前，可愛的笑容，遠離我的心靈，思念是一種苦，她直直的好看的腿，高底皮鞋，白色罩衫，袖口蓋住了手，那張照片丟了。

陳丹說，女孩在談戀愛的時候不聽歌，而在失戀時聽歌，反覆聽。

我從電話裏也聽見了，那歌聲，就跟我在她的房間裏一樣。

我曾經想過在寂靜的夜裏，你又一次栽在我房間裏，每一次發覺的時候，喚醒一個我和你，我是愛你的，我愛你到天明。

怎麼想不起來了，是一段數字的，一八一五六，一八一五七，一八一九二十一，二八二五六，二八二五七，二八二九三十一，三八三五六，三八三五七，三八三九四十一，四八四五六，四八四五七，四八四九五十一，五八五五六，五八五五七，五八五九六十一，六八六五六，六八六五七，六八六九七十一，七八七五六，七八七五七，七八七九八十一，八八八五六，八八八五七，八八八九九十一，九八九五六，九八九五七，九八九九一百零一。拾八拾五六，拾八拾五七，拾八拾九二十一，不對，拾八拾九一百一十一，拾一八拾一五六，拾一八拾一五七，拾一八拾一九一百二十一，他×的，沒這樣往下來的，這是一種情緒。

那天晚上我主要在盯著她的眼睛看，含情脈脈的，但程度也就30%不到，那也夠讓我小雞兒激動一下的了。我喜歡她的笑，牙齒不齊地笑，她有表示對我理解的表情，這讓我很感激。

回憶的東西總沒有當時來得精彩。我多麼希望還能和你在一起啊！

她居然讓車停下來，她憋不住了，我也主動要求去1號，在兆龍飯店，我故意拉著她的手要領她去看古玩，她憋不住了，多可愛。

豹豪，power house，有力量的房子，吸引什麼。

她喝了兩瓶克羅娜。她又憋不住了。吻我一下，她笑著擺頭，她把我推坐在洗手間前的椅子上，女孩們在排隊等著上，我拉她坐在我腿間，舒服地從後面摟緊她，讓她壓迫我的正面身體，一個時間不短的吻

一起在無人的二層，比電影精彩。能添到的和她能抓的，一個血印找到了地方、讓我輾轉難眠了整個夜晚。

唐真的大辮子

唐真有一條長過屁股的大辮子。大辮子一轉身又是一條大辮子。

寫一本叫萬象的書

包羅萬象萬象。她走過滾石周圍的酒吧，回頭率加注目率達到了

80%。那天晚上她一身黑，基本上樸素，那窄而低的一溜兒領口，露出她貼在右胸上的紅色小花兒。這是一個原因嗎？十八的姑娘一朵花。

她失戀了。

寫一本叫萬象的書，保持聯繫，寫上三年。但沒有人告訴我怎麼聯繫她，不管是蘭蘭還是菲菲。

博學也能吊棒

阿熊，宰相之材。看很多別人不看的書。

阿熊斷定她倆不是姑嫂關係。姑嫂不會親昵到手拉手逛天安門廣場的。張華是南方人，阿熊猜她是金華的，又猜她是附近一個產木器的地方的，答案是兩地之間的一個地方，義烏。阿熊作為一個西安人，能知道浙江的許多地名，使假裝嫂子的張華頓生好感。義烏有飛往北京和廣州的航班。

天安門廣場上的晚風使勁兒地吹啊。

兩個男同志坐在廣場上面對兩個女孩坐在廣場上反覆核實她們的身分。

蔣濤的手機響了。喂，你在幹嘛？在天安廣場上。在哪兒幹嘛呢？坐著。和誰在一起？和熊煒。男的還是女的？男的男的，他在西安當導遊，剛好在北京……

哎，怎麼了？怎麼了？

沒有沒有，灑水車在廣場上亂開，哪有人就往哪來。

啊，不說了，我就放心了，你們玩吧。

阿熊的手機響了，是熊太太打來的，你在幹嘛？和蔣濤在一起。在幹嘛？在吃飯。蔣濤是不是胖了？瘦了瘦了。

兩個男孩和兩個女孩坐在廣場上分別接了兩個電話後，繼續交談。

解釋我猜61

堅持中途而廢的回憶，堅持中途而廢的記憶，堅持中途而廢的原則，堅持在中途而廢的時候改主意，你們快發現你們快發現在書被翻到一半的時候，還是快到一半的時候，你們中的你已經問到了蔣濤快要中途而廢的氣味了。

中途而廢是那麼的符合歷史發展的規律。

爺爺搞對象那會兒

爺爺穿著月白的小花掛兒，當然是爺爺年輕時那會兒。

（23：33分你打來的電話使北京變得更有魅力。）

關於萬象更新

十月份到天津吃海鮮。小轎車，小轎子一樣的車，小臥車，臥著的車，飛也似地繞上了京津高速公路，海水溫度比地面溫度高出五到十度。那年萬象的商店賣了許多衣服，萬象有了閃光的手機，那手機不經常用布擦，就不會發光，烏烏的。緊身的衣服。

她是穿牛仔褲下得空調大客車。

吃海鮮的時候總不能到市內亂逛吧，亂逛也找不到呀。

23：33分你打來電話

我是屢敗屢戰，學李鴻章的。

我不是知道你為什麼打來電話，在夜晚，於是，北京城變得有魅力了。

堅持，收斂讓魅力在一個日子裏綻放光芒。

你說我呼你好幾天了，是好幾天前呼的。我容易失望，但容易平靜。你過了幾天給我回電話。這中間的幾天人是伴著失望的詞生活的，真酸。

在星期天的下午，有明媚陽光的小橋上，下午五點鐘，結果還是沒有見到。她有一群內蒙古的同學來了，不知玩到幾點。內蒙古的？可能就是一個人吧。

在下週陽光也還會是明媚的，在她上完英語課後。

爺爺搞對那會兒

爺爺年輕時那會兒不是愛穿紅色挎藍背心，是只有這件衣服鮮豔，爺爺我穿著，精神抖擻，來到小河邊兒，小芳，就是小芳那樣的姑娘，一條大辮子那種，爺爺我從樹後繞過去，一把摟住姑娘，但那姑娘沒成你奶。

或者是爺爺我翻過她家院牆，當然是在風高月黑之液。我敲她的紙窗，她怕父母知道，就不敢吭聲，我就這麼得手了，那可是民國時期的事兒。

同期聲

就是拍床上戲時，床上演員的喘氣聲也得錄下來，要同時錄下。別當時沒錄好，找演員在棚裏補錄喘氣聲。

思念

思念像一把鋸，當你不知道去思念誰時，那把鋸就讓掄起，迎風飛舞。你思念你丟失的那個本子上記錄的心情和體會。

貓腿

貓腿不應該很長吧，那躺你身邊那條腿很長嗎？蜂腰，蜜蜂最粗的部位就是腰了，你摟著蜂腰，可以說或是你摟著她的粗腰吧。腰不可能太粗，其實是前腰容易粗，前腰，說白了，不就是肚子嗎。

肚子上的脂肪不易燃燒。

怎樣和已婚好交往

不能讓她們一結婚就圍著老公一人轉，每天下班要老公來接，居然還住在房山，多遠。

英東游泳池的水很深，池壁上有鋁合金的窄板，阿英踮起腳尖，不，應該說抬起腳後跟兒，站在水裏，腿很美，胸停在水面上，當然有一半在水下，白白的，很美雙臂水準伸直，不知道要幹什麼，她只會蛙泳，可以看見她屁股下的和兩腿以蛙泳的名義張開合上，唯一不美的是換氣的嘴，向金魚一樣噘開，基於以上原因，我打算注視她。

後來我在陽光下等到了她，我猜出她是四川人。故事還沒有開始呢？想一想沒什麼，但不知什麼時候她能願意見我。

吊棒

我總覺得她是我的小棒尖兒，是這兩個字，棒尖，後來發現應該是小傍肩兒，傍在肩膀旁，如果傍在身體前，那叫擋道，在身體後，那叫小尾巴兒，習慣是傍在男士的右邊，男士可以伸出右手適當摟抱，也可以摟腰，因為腰細點，兩邊又沒有骨頭撐著，好摟，頂多碰上大城市的女孩，有贅肉，那還不好，更滑溜了；但也流行高個女孩摟低個兒男孩的，這個世界男孩的壓力越來越重，女孩越來越輕鬆，什麼時候男女平等，女孩也得增加點掏錢點意識啊！別老讓人包才安心，才用貴手機。那麼傍大款應該是傍大款了，陪伴大款，而不是棒大款，給大款以棒。

那麼吊棒，是調棒還是掉了棒，拍糊漆是往牆上拍泥漿，把泥漿拍到牆上。綁大款，綁著大款捆綁上市。

記得農村是很多土牆。土也能成牆，就是兩排木樁橫著，一根根加高，中間填土砸實就行，這次不分析牆頭草的事兒了。

總之，財主叫阿里巴巴到集市上挑一個肉墩墩的女奴回來，阿里巴巴挑回一個現代人審美觀下的美人兒，足見阿里巴巴這個笨蛋，肉墩墩的才算美。滑。

騎馬騎肥馬，接下句。

在有足球實況轉播的夜裏，傳來一片喊聲，人們都聚在一起看電視了嗎？要是各自在各自家看，那麼每家只有一至兩人喜歡足球，那麼進球時，整個家屬樓裏每家一個人喊，就好像很多人聚在一起喊了。

楊克說的一個說法，你愛好中國文學。因為中國文學和中國足球一樣。

老久

好久沒有談愛情了。是因為好久沒有談戀愛了。一個車上貼著，《結婚容易關鍵和誰》攝製組。

打電話給家裏，聽說寶寶和女朋友提著一大盒精美的月餅去家裏了。為什麼要吃月餅，那麼甜，對身體沒有什麼好處，送來送去的，還打折，買二送一之類的。

過節真不好，都各在各家，不好叫出來。

寶寶上中學時，喜歡上了一個高大漂亮的女孩，每天放學時，他就躲在半截牆頭後，看那個女孩出校門。然後目送她遠去。這個情景好像說過了。

完美的小說

一個叫房子的電影，沒有一個道白，你看見了性暴力戰爭，奇特，你在看電影的時候，打瞌睡，高見或興奮，疑問等，你經歷了人的狀態的許多過程，所以這是一部完美的電影。

就拿我的小說一樣，你們要有驚奇，興奮，流暢，阻澀，還有打瞌睡的狀態，才能證明我是寫小部完美的小說。

解釋我猜62

你聞到半途而廢的氣味了嗎，雖然他還在堅持。就跟他尋找愛情一樣半途而廢了許多，雖然他還在堅持。

畢砥玉

那個英文好得一塌糊塗的女孩的名字，穿靴子，裙子很短略胖，蠻好的，蠻好的。我當初還以為她是個雲南導遊。

老九在火車上認識了一個女兵，然後就和這個清純的女孩結婚了，女孩在秦皇島，有了，才去看她，當然要散步，蠻好的，蠻好的，怎麼他結紙婚了。

玉也有黃色的。

解釋我猜63

你不相信我會半途而廢，是因為你知道書還很厚，那麼你就錯了，你不相信馬上就會斑禿而廢嗎？

祁連山

美麗富饒和滑。

你就不能忘記這個詞

老張。哦，聽說一些女孩割脈，割手心，但不是為了愛情，是為了愛情中的矯情。我有很多時間以有寫記敘文的要素了，時間，地點，人物，事件。

時間：一九九三年初冬

地點：某外國語學院的黑咕隆冬的大操場上

人物：畢業了的蔣塞和以前的女朋友多多

事件：

一、蔣塞回到大學女生樓下叫來了多多，兩人來到操場，蔣塞吻多多，多多爬在阿密肩上笑。

二、蔣塞回到同居的房子裏，在職女朋友王rua發現了蔣塞尼龍夾克上的口紅印，蔣塞支吾了一下，可能是同住在一起的另外一對的王rua的女友不小心一弄上去的。好經常混穿別人的衣服。

三、第三天早上王rua說，她和女友都不用這種含有閃光片片的劣質口紅的。蔣塞無以言對，王rua也沒有追究下去。

其實，真實的東西沒有編出來的精彩。還是真實好些。

又有人，我們家屬院的人和我媽提親了，我感到一絲欣慰，但也無可奈何。

楊葵

楊的東西楊，葵的東西葵。又與愛情無關了。句號。

解釋我猜64

我把傳說歸於記敘文來寫，減輕了一個老作家的心理負擔。啊，呸！

記敘文第二篇

題目：勇往直前

時間：剛才

地點：我躺在床上的房了裏

人物：我（我沒參與）、房東甲、房東乙（兩人是夫婦乙為離休老幹部，甲為她老婆兩人均七十歲以上）、裁縫

事件：

房東乙嘀裏咣噹打開我的門，見，我躺在床上，然後說了一聲，你休息，然後又走了。

這是星期六早上九點來鐘的事。過了三分鐘、乙又開門進來（他有我兩道門的鑰匙），後面跟著甲和裁縫，他們走到我的一座沙發前，說著，要給沙發縫個套兒，說著，乙和中年女裁縫就把沙發高高端起，端出了門。

我在床上目睹了一切，甲問我去我姑哪兒了嗎？我說去了，甲說一切都好吧，我說好。這之前，甲還對我的行為做了規定，哦，你在床上看書呢。

屋子裏又安靜下來，我沒有發現一隻沙發的消失，因為床旁邊的桌子擋著呢。

兩個沙發墊壓在了我沒穿的衣服和褲子上。

記敘文3

題目：風雨操場

時間：1993年秋

地點：某外國語學院操場

人物：蔣塞（剛畢業的日語系男生）、老猴子（蔣塞的女朋友和女朋友的女朋友這樣叫）

事件：

之前，蔣塞為一家公司招人時，認識了老猴子，一個剛畢業的小女孩（不知是什麼學校），有幹勁，父母在海南？她一人在西安？

某日下午，蔣塞和劉子鑫（陝北好小夥兒）走過外院操場，老猴子和她的外院女同學坐在操場上，她大喊蔣塞的名字，蔣塞遠遁。

天快黑時，蔣塞隻身來到女生樓下，叫出了老猴子兩人來到操場，天陰了下來，開始掉點了，蔣塞說，我要和你做愛，但站著沒弄成，蔣塞蔣塞就把牛仔衣鋪到地上，脫掉了老猴子的紅襪子，牛仔褲和花點兒三角褲，緊緊地幹完了，雨下大了。

解釋我猜65

離題了，離題了，應該說點大街上的事兒。

聖戰

民族之戰。她美，可愛，我喜歡她，但事情不那麼簡單，她說她只跟她民族的人結婚。她說，她已經70%漢化了，我說不是漢化，和漢族無關，是你受高等教育是文明化了，誰文明誰就發達，比如美國日本，不一定非要是某個民族，誰都可以文明。

和她談戀愛，好像是和一個民族的人去交涉，不太可能說服那麼多人，比找個外國人還難。

她可沒怎麼讀他們的經，她說自己太忙了，顧不上做什麼儀式。她英語很好，托福成績還行。

週一之夜

張偉林你的姿勢很美麗

在半夜，守單位大門的保安聽到對講機裏傳來聲間，那是守家屬院大門的保安打來的，兩人相距二十五米，兩個大門面對路燈照耀的空街。

我穿過這條街，豎著穿過、也就是溜著邊走。

我在北京是怎樣鍛煉身體的，這個謎終於揭開了。22：55分我從城市賓館南邊的沒有名字，但被林強稱為新店的算是餐吧的地方出來，走到東直門，23：16分，我發現居然有人進地鐵站，我坐上了23：26

分的地鐵到安定門車站，然後我走到了圓山大酒店下面的我的住處，0：17分，安定橋有兩個員警同志在執勤，深房大廈旁邊守工地門的保安，用胳膊夾著大蓋帽，湊過來，操著一嘴外地口音問我，你有沒有暫住證，這裏輪不到這個傻×來問。

安華橋上巡羅的是兩個解放軍嗎？我看不到警帽子上的兩道黃邊。

北京的夜晚總算安全，我達到了鍛煉目的，在這時代的晚上。

還想到些什麼

我硬想把該想的事情，往愛情上靠。

如果沒有女朋友，那麼你怎麼歡度國慶。如果你沒有電視，那麼你怎麼看到閱兵式，如果沒有單位發票，那麼你怎麼在節日期間遊園？

如果你沒有，那麼你就沒有吧。

解釋我猜66

發現傳說還在傳說，與你的中學還是大學無關，關鍵是和她的親密接觸的歷史。

紅海鷗

紅海鷗是不是叫潭湘燕？美麗的雲南姑娘。叫潭溪湘？美麗的雲南姑娘？

九吋高跟鞋的回憶

高旗有首歌叫九片棱角的回憶。

還是回到中學，談別人的事，傳說與愛情。

海軍

和海軍少尉離婚通過部隊領導，浙江女孩膽子大，在北京當兵，誰也不怕。四月結婚，五月有了算一算，明年二月，導演當爸爸，電影也要春天開拍。講述愛情的片子。

三國戰將勇，首推張翼德，長坂坡前一聲吼，還有那趙子龍，這三國之歌後面怎唱，有知情者告我一聲。

新店開在過幾年要拆的街上，老闆說賭一把，他請人看過風水說鬧小鬼小桃花，可以搏一搏。鬧小鬼就是小事不斷。小女孩侍應生穿白襯衣批細帶蝴蝶結，左邊開釵的超短西裙，一切有些緊繃繃，生活多美好。

影宣黃阿風女士居然要寫一個劇本叫魯班沒有媽。

環球，不，還珠珠格格的塑封記事本要賣3元50分，估計小燕子沒有得到應得的比例，商人不考慮人家的肖像權，就亂印文化商品。

突然發現了比死更厲害的東西，那就是死的概念，死了不可怕死的概念可怕，為了快樂，暫不深究。

衣食住行

住飯店不行，到飯店吃飯行，住賓館不行，賓至如歸，歸就是回家，那不算出門，住旅館不行，旅遊旅行才住旅館，住朋友家不行，朋友之妻不可奪，別住，千萬別住，住親戚家不行，反正就不行，那住我家呢，我只能往我家。住我家那還廢什麼話呢？算了算。

延年益壽

你必須得留鬍子，過一百歲一定要留鬍子，不然看不出來你老喝牛奶，顯年輕，一定要留鬍子，嘴上不能無毛。

解釋我猜67

在尋找愛情半途而廢的過程中，一切表現的沒著沒落的。

大煉鋼鐵

鋼鐵得大煉，大煉才行，煉攤得小練，小攤小販嘛。

眼光掃過好的腿

過兩天到我家吃飯，我們給你也買個鍋，不用啦不用啦，別讓我洗碗就行。

來自四川的文化好，腿好看，裙子短，不會注意你的目光。

其實，別人在發現你的目光，也沒有用。

雞鴨不上網

雞漂亮，鴨也漂亮，雞鴨不上網，別希望聊天蟲上網，蟲子才上網。蟲子很胖，蟲子臉上有疙瘩，都是上網上的，離開網吧，讓我們上大街吧。

那個電影發生在八零年代末的西安，一群寒（閒）人兒，蹲在馬路沿兒上，一排，他們穿中山裝，軍錐子褲，滑點鞋（是上海製鞋六廠產的），蹲成一排。

風景走過他們的眼前。

解釋我猜68

迷戀曲線，男人迷戀女人的曲線，女人身上的百千曲線，然後著魔與癡迷。小說中看不到的風景，你只能忍忍。

陳丹

陳丹，字伯達，號竟之，江湖上人稱烏猛鑽天豹，騎一匹白馬，翅口的虎頭戰靴，青花皂褲，鏽龍長衫，外套烏邊金鎖子甲，紫金盔飄紅麥穗，紅色頭巾襯底兒，兩眼似銅鈴，鬍子拉叉，笑客可鞠。

伊沙說了，在中國我是熊貓我怕誰。

我們都說，在中國我是熊貓我怕誰

安黔玲

勇往直前，美麗在他鄉，上火車就睡覺，中途起夜一次，就是不吃飯，不喝水，一覺睡到大天亮。

美麗在他鄉。他鄉沒找著。急了拿腳踹。

環球格格

格格有錢，可以到外旅遊，所以叫環球格格。

跆拳道

可能好貴，好貴，不是學費，應該是醫療費。不分行，堅持不分行，看你們怎麼辦。無地自容。詩參考。

解釋我猜69

混亂是必然引起的，像MTV一樣不要注重畫面的邏輯性，你聽歌就行，不必注意跳躍的段落，你知道我在尋找什麼就行。

倒插垂楊柳

那是什麼姿勢，背杆，是什麼？

那麼，什麼是裝嫩？

拉扯在北京

陳扯、王女扯、王男扯、鐘扯、鄧扯。

螳螂捕蟬

螳螂捕蟬，黃雀在後，然後又有獵人舉槍瞄黃雀，可能還有什麼樹木要拌倒他，那樹的汁又被蟬在吸吮，這樣就比較理想了，一環套一環的。

第三者插足，然後第四者插第三者足，第三者就問第四者的朋友：蔣濤回來了？蔣濤咋回事兒？

這個環怎麼套下去，咱們試一試，阿蔣主張肥水不流外人田，然後阿蔣贊成他原來的女朋友和他的好朋友好，然後，算了，不往下說了。

牛二車幹啥

我要起五個字的名字，這樣比較獨特，比較性感，兒子的名字叫蔣幹。

跆拳道2

像颱風一樣，跆像颱風一樣，不，腳踢過來像颱風一樣，可快，可涼。如果家裏有地毯，就失去了拖地的快樂，掃地是痛苦的，而拖地是有快感的，男人在家應該拖地，讓空氣中充滿一些水份。

忍耐克己，百折不屈。就是你們打我，我老忍著，緊咬牙關，又打一下，好疼，但我不能表現出來，真疼，我得忍著，用唯心主義來克服我的皮膚摩擦之疼。百折？肉和皮都談不上折，那只有骨折了？百折，一百折，二百零七塊骨頭折一百下，沒事；不屈，屈就是彎，不彎，那麼就平躺著，那躺著幹嘛，不躺那成，不躺那成，您瞧瞧，身上一半骨頭都折了，能不躺著嗎？

再見畢砥玉

好面熟。

然後我過去告訴她喝水不？

後來，我盯著她不得不跟我說再見，她走時，我重重地說了一聲再見，多美，美籍華人。

女電視編導

女電視編導還算有魅力，她得搞定男攝像師，扛著笨機器，本事大的女編導還得搞定一個攝助，攝影助理，拿三角架燈，或電視什麼的。女電視編導，得為了台裏往前衝，化好妝往前衝，穿漂亮的鞋，大膽提問題，年齡大了，就得會調調情兒，調節採訪時的感情。

三里屯

聚那麼多人幹嘛，又不是到鎮裏趕集，趕快回家抱娃收雞蛋去。

118

就是要要發，北京還有蚊子，飛在暖氣的房子裏，怪可憐的，一夏天躲過了那麼多蒼蠅拍，雷達、蚊香，拒絕了藍色滅蚊燈迷一樣的誘惑，吸了不同難度的血，好不容易活到今天，都老得吸不動我的血了，害！

吾在床上曰：逝者如老蚊子乎，飛不動也。

田毅那天把銀粉化椿在兩眼下方一釐米的地方，表現酷，走得很早表現酷，然後怎麼辦？表現酷。

晚上九、十點的電話

我想讓你躺在我旁邊睡覺。

小田和正在唱東京愛情故事主題曲突然愛情故事時氣喘噓噓的。

那麼現在就只能是晚上十點半了。

解釋我猜70

愛情無影蹤，混亂混著亂。始亂終棄，又聞到了中途而廢的氣味。

聚義廳

就是公司食堂。戴宗就是資訊員，基本工資加提成。級別不夠，坐不了飛機，連硬臥都不給報。的票更沒戲了。

小京

你能這樣打蚊子嗎？給他一個肚錘，緊接著一個大耳貼子。

解釋我猜71

擴鑼犧猛鼓，日語中的一句可以要人命的話。你在女孩面前一說，女孩就會伏首就寢（擒）。

蝦條是怎樣吃的

我和大江，還有勇猛的四川大江媳婦，從容地從體育館的看台上跳到場地裏，演唱會的場燈剛關，如入無人之境。

一時間我和大江媳婦找不到了大江。一個女孩對號入座，大江媳婦只得坐在後排。

兩個日本人在唱到愛到盡頭履水難收的原版日語歌，是老哥倆二十年前寫的。

一個必殺技，我的一句話將是一個對身邊剛坐下女孩的必殺技。她正在吃蝦條。

我逮住一個空檔，讓她詫異地。

給我吃一點。

不管她給還是不給都能讓我搞定她。

我拿了兩根蝦條。在吃完後，她乾脆把一袋另外形狀的東西給我了。

日本老哥倆的演出夠水的，在日本他們可不敢。

爸爸追媽媽

這是一次成功的戀愛追逐，成功到有結果。

房間裏當然

房間裏當然有氧氣，但房間一直不開門，那麼氧氣會不會在裏面爛了，比如你兩三天都不回家。

四個成語

我的初戀是趾高氣揚、熱戀是得意忘形，新婚是秋高氣爽，婚後生活是兵貴神速。國務院的工作人員老張初戀是一帆風順，熱戀是一心一意，新婚是三心二意，婚後生活是七上八下。其他人我就不說了。

當愛已成住事

你就會在她的呼機裏留下這樣的話，你贏了，我終於沒有能夠見到你。外面有零下九度的風。使人在被窩裏看書？受我的電波騷擾。

畢砥玉的名片

我用一個黑色的帽子，線編的，給回族朋友楊江，他從錢包裏拿出了那張紅色的畢，夾得畢的名片給了我。

冒充《西愛4號》的寶蓮燈小方本

《西愛4號》並沒有被啟動，這是這次尋找愛情半途而廢的鐵證之一。這個小方本也說明不了問題，是因為我回西安坐上四川的列車上開始彌補西愛前三號中的過失。堅持。

解釋我猜72

像迷戀曲線和薄露透的流行趨勢一樣，我迷戀四川，現在叫四川和重慶。

四川的

你是成都的，哼，我是第一次坐成都的車，您貴姓？我姓韓。

這是你的包？是，把它橫著放。

韓女列車員是這個車廂的，她把一隻皮鞋當拖鞋那樣穿著。

成都多好。

今天恰好是你的蜜月旅行日，或者恰好是你的結婚紀念日。

韓女列車員在白天應該去宿營車睡了，其實她應該是兩隻皮鞋即當拖鞋睡了，不是睡了，只當拖鞋穿了，

站在海沙灘，搖首翹望，情意綿綿，何日你把我回還。

筆誤是因為愛的資訊也有誤的原因。

小姐從上鋪下來，露出後背是她的魅力，露出前腹是她的小肚子，小姐去洗了。

7/8次列車自1978年開行以來，後來的話就聽不見了。

堅持說四川話，堅持說你聽不懂的四川話，堅持美麗，堅持迷惑你，並且堅持不認識你。

早上

氧氣不足，氧氣不足氧氣不足，氧氣不足，氧氣，氧氣不足，氧氣

不足，氧氣，氧氣，不足，不……

你知道挖沙子的故事嗎？兩毛錢一頓，兩毛錢一斤，一分錢一頓，挖沙子，挖夠了路費回家。

湖南常德出產的女黃南風，酷愛文學，她決定如果誰叫她挖沙，她就和那人講故事，把那人講暈，如果不行的話，那就說，你別讓我去挖沙子，我自己有路費，我自己回。

朋友，你多久沒有去過動物園，又是多久沒有去過景山公園。

解釋我猜73

我發現小人書完成了對我的性啟蒙教育。家裏省吃儉用，為我訂了《兒童時代》、《智力世界》、《世界知識畫報》、《環球》、《讀者文摘》、《藝術世界》，除了《兒童時代》外的雜誌裏面總會有令人興奮的東西，而爸爸被限制在只能訂《航空知識》、《艦船知識》。

戀愛得自由

打得好，跑得快，戀愛得自由。

我們始終不能忘，沒有透明的紙透明的衣服。那是我小時候，去李家村商店想買一種透明的紙，去tà小人書上的三國時武將或岳飛的手下，最喜歡tà的是趙雲，也有馬超，因為他們的盔甲比較全，而且好看，關羽和大刀關勝不太愛畫，因為我那時總覺得他們的頭盔是和文官的烏紗帽的樣子是一樣的。盔甲中最多的是魚鱗甲，還行，不太喜歡像方格子一樣的甲，元帥們大都是金鎖子甲，人字形的，總覺得級別比較高。銀盔銀甲拿五鉤神飛亮銀槍的是小白臉兒，穿黑袍的準是大老粗。

我還要tà的是女人，上海電影中，穿旗袍的小姐坐在停在路邊的黃包車上，晚風吹起她的旗袍前擺，露出她qiào得高高的白腿。還有走向深淵的埃及女間諜，讓我買了幾種版本的走向深淵。不過tà出來的美女一點也不美，不會提起什麼興致的。

但告訴我沒有透明紙只有半透明紙時，是讓我的年輕的心很沮喪的，我對英雄美人的追求只能隔著半透明紙接近。

古代英雄的肌肉應該還可以，他們老吃醬牛肉，但那時的器械比較不規格，所以脫了盔甲後可能還不如史特龍，岳飛也應該來上個第一滴血，那秦檜就不是個兒了。

不過，那我們現在就吃不上油條了，炸秦檜，炸張邦昌。麵裏加點fán，油條就能膨起來。

解釋我猜74

錄影片來中國那會兒，看見港台的青春片，還是感到台灣的女孩挺青春的，挺符合老中學生我的擇偶標準的，台灣的男孩軟綿綿的，讓我覺得女孩給他們怪可惜的，以至於在日本留學時，日語按水準的低高順序分1234班，老蔣濤在的4班只有台灣女生沒有台灣男生。

我不能讀那麼多瓊瑤的小說，唯讀了她的第一本《窗外》和我見的最後的那本《船》。

約會在早晨

這對我上中學是有幫助的一部錄影片。清晨，披肩髮白上衣的台灣女孩，被男主人在公路上遇到、然後老遇，談戀愛，當然有些波折，當然最後還是談成了。

家長那時光想著讓上高中的女兒晚上不許到外面玩，但沒讓早上也不許到外面去，巴不得你起早呢，早睡早起身體好，早上跑跑步，呼吸呼吸新鮮空氣，新鮮個屁！科學家說了，植物在光合作用下才能吐氧氣，沒有光，怎麼合，在夜晚，植物吐二氧化碳。

你瘋了，一大早在豐富的二氧化碳中跑什麼勁兒呀，傻×。

當然，早上如果懷著別的目的出來，那就另當別論了。比如說約會在早晨。

我五點多就來到她家樓下，我沒有敢喊她的名字，歐陽之類的，她爸不是詩人，是一搞技術的。她不一會兒就下來了，她騎著她的紅色坤車、睡眼惺忪的、讓人憐愛的樣子，我現在想，以後每天早上都要看老婆躺在（暫停）。

下麵播送12號車箱8號下鋪的張先生點的歌，他祝願祖國昌盛，他點了一首偏偏喜歡你。

（暫停結束，接上上一段）以後每天早晨都要看躺在身邊的老婆，睡眼朦朧，也許美麗，但願她不要半夜磨牙，她要是敢磨的話，磨一次，我就收拾她一次，我還年輕。

歐陽和我騎車到大學（那個叫野院的冶金學院）裏，大學對中學生來說是自由的地方，大學談戀愛也還行得通。話還是說了，但戀沒有愛成。

其實，約會在早晨，我就幹過那麼一次，百分百失敗的，還是晚上約會成功率高，我長大以後一直堅持晚上約會，女孩在晚上容易守不住防線。兵貴神速，像渥倫斯基伯爵一樣，勇猛執著，果斷。

對，果斷很重要。但變化時也要果斷，省得安娜去臥軌了。

解釋我猜75

你發現我在接近愛情傳說裏的西安了嗎，我會見到已經斷了線的青青了嗎，當尋找將要半途而廢時，你可知道老男人心中的傷悲？（別跟著難過，我是跟著文學習慣才傷悲的，其實我挺快樂的。）

解釋我猜76

西安對我的魅力不僅僅是有和傳說中一樣美麗的女孩，更重要的是有比女孩可靠的小吃會彌補尋找不到時的心靈空間。（又用了一個東北文友文學青年主編式的片語。）

十月是你的生日

我的朋友。吃吃飯吧，洗洗頭還可以，別的就算了吧。其實鼓樓（西安的）手工牛肉麵最好，三塊錢，有牛肉丁、芹菜丁、豆腐乾丁，等若干丁，多好，多幸福。幸福的歌。

解釋我猜77

在126期湖南衛視《玫瑰之約》中，男2號羅洪濤對女3號易釗旭大唱：今天是你的生日，我的玫瑰，清晨我們放飛等等等等之後，這是男2號心中最然後怎麼怎麼地居然唱完了。

羅洪濤告訴我，他把婚禮訂在鄭州，在長沙和北京的中間，把女3號調到他們單位，兩人半年在長沙，半年在北京工作，做中醫養生的旅遊培訓。

炒菜的炒

炒，多麼痛快地，多麼果敢的行為，炒肉，炒菜，炒魷魚，炒更，炒架，不是這個炒，也炒。

我愛社區一草一木

10月19日，唐山柏各莊的精製大米在社區賣，這稻子剛打下來就變成米了？聯合收割機，聯合收割機。

燕兒在林梢

歡歌百語笑。在電影音樂中想像一隻椅子。

一隻椅子

一隻椅子在屋子中間，美女坐在上面，美女不好，美女是那種瓜籽臉，身材圓而不太好的人，一般在二十五、六左右，算了，別讓她坐了。那麼讓一個性感小貓坐，二十歲的女孩，牛仔短褲特別短，白色內衣（不知是什麼形狀）外穿，她坐在椅子上，她會坐不住，她會跑到我身邊，甚至騎著我，別讓她坐了。讓一丰韻少婦坐吧，坐就坐唄。

一把椅子在屋子中間，我的位置是斜躺在門邊的大床上，瞎哥坐在旁邊，用脫下的襪子擦了幾下腳指頭之間的物，上床裏去睡。不，不行，這間屋子裏不能出現另一個男人那還是讓我獨自倚在床上。

一把椅子在屋子中間，我夢想一把椅子放在屋子中間，當然椅子上面坐著一個女孩，一個我描述不清的我會渴望的女孩

安黔玲，二十四歲，要去愛爾蘭了，沒有缺點的女孩眉毛最好看，她用的大紅衣箱，和我出國那會兒用的大紅箱子一樣。我想見到她。從瑞士學了酒店管理之後。或者之前。

感謝上海上徵製鞋六廠多年以來為西安閒人兒提供了優秀的滑點鞋，白塑膠底布鞋。

這個下午很無聊

千萬不能說這句話，這個下午很無聊，其實說不說都一樣。

花攪，公然對女孩進行花攪。

解釋我猜78

你有點恐懼，怕尋找到愛情後，會天天面對一個中年婦女，哪怕是搞藝術的。

大花毛衣

千萬別和女文人過日子，家裏會搞得一團槽的，戲劇文學的也算，女教師們上了年紀，但為了保持自己有藝術品味而且主要要遮住已經臃腫的身體就必須穿上大花毛衣。

警告：打死也不要相信有什麼美女作家。

美容美髮廳

世上沒有醜女人，世上只有懶女人。

郭狄

郭狄是最美的名字之一，但她在幼稚園被老師開玩笑說什麼鍋底兒鍋蓋兒的，害得小姑娘改了名兒。

漂亮的姑娘二十剛出頭，小夥子三十也剛出了頭，如金似月的好年華呀，正趕上創業的好時候，來來，不對，應該是come on，come on再come on，（重複一次）要問我們想什麼，獻身風流最革命。

玩石玩石我愛你，就像老農愛大米。

管管管不了，了了了不起，起起起不來，來來來上學，學學學文化，畫畫畫圖畫，圖圖圖書館，管管管不了。

這還是連得有些問題。

萬象無聯繫

一個打不通的手機號13803029165或13803029168。

掌握

電影專業術語，其實就是什麼也不幹。

有沒有九塊零錢

男朋友和女朋友坐車，坐出租，車到地兒十九塊錢，男朋友掏出十塊錢，問女朋友有零錢嗎？

三十而不惑

阿蔣到三十歲沒立起來，但已經不惑了，什麼都不惑。

誰和孟京輝過元旦？

這是一篇宣傳稿，得知孟京輝2000年元旦要在劇場過，什麼火箭升天時，剛好敲鐘什麼的，離元旦沒多少天了，他在劇場過燈，他會利用空隙時間看6516的，波濤的濤，您和他獨自一人過元旦之類的話，顯得關係曖昧。

1999年的元旦，孟京輝在東京，住在一個有市民游泳池和有會咬人耳朵的狗的地方，那個車站叫中野。

他給你娃桑（一個推著日本小劇場運動的老日本同志）和你娃桑的多年女朋友西川桑包了一些餃子。這使我很氣憤，因為我有更好吃的東西準備和他一起吃，其實這也不是主要原因。主要的原因是，日本人過元月一日就是過他們的新年，絕大多數商店關門三天，日本人都各回各家，各找各媽，而叫你沒地兒去，不能去商店飯館都六七點關門，不能去日本人家，本來就不願意別人去的。98年元旦我好像是坐了船到日本的南方去逃避過年的。

我可以和孟在涉谷的哈欠公狗雕像後過的欄杆上坐上兩個小時，主要是觀察正在眼前流行的東西，主要是不說話，說話就是他批判我，我老想滿足個人私欲的行為。

女孩們穿著厚底和高跟兒的長短靴走來走去。CD在這個不景氣的冬天賣得破紀錄的多。

下北澤是我住的地兒，我們打算用兩年的時間把這裏的商店走遍，讓我的臉成為代表這裏的臉之一。但這個打算半途而廢。孟在下午包完了餃子後就來下北澤，我們主要是在車站碰頭。

這裏是日本文化年輕人的聚集地，在日本人中有名，不像新宿，涉谷，原宿一樣讓外國人更知道，有比較多的小劇場和供搖滾和人演出的小屋，許多人願意到這裏喝酒，因為這裏離涉谷四分鐘離新宿八九分鐘的電車路程，但價錢便宜一塊兒。

我們都不喝酒，是吃了義大利麵，裏面有番茄茄子和臘肉的那種，還是去松屋吃牛肉飯，日本的速食，工人階級和學生吃的，孟好像比我多要了蓮花白色拉，這個正在瘦的人。

一個年在最後一天快快地結束著，所有的穿著奇裝異服的孩子們都要早點回家，我和孟逆著擁向車站的人群，找尋，也就是瞎找，找還沒有關門的店，找啊找，找啊找，找到一個倒楣的美國連鎖店，專賣咖啡和點心圈的多拿刺店。我不停地絮叨著，這一天要是讓我打工我才不幹呢，其實在我還上學時，這天也在打工，這天挺好，我們6點關店，關我們好吃的法國店，六點到八點之間，我們要把店裏所有優秀的生魚片吃掉，當然還有蛋糕，我已經混得不錯，我會把鮮橙汁、鮮汁生薑汁，湯力水，蘇打水混在一起了。不說這些，說孟吧，不，說可憐的連鎖店吧，它不是不關門，是十一點關，打工的人都估計是請假了，還是藉口不來了，總之一個兩層的咖啡館一個日本小夥兒在堅守崗位，他拍著他做著紅茶取點心圈收費，沒辦法，也來不及洗杯子，茶壺可以沖一下再用，他執著地在幹，顧客們排著隊，耐心地等著他，大家在一起要說完這年的話後好散攤兒，我和孟喝了點什麼，當然他是吃點心的。一種有彩色巧克力沫沾著棕色巧克力點心圈。

充滿陽光的小屋充滿陽光，我的三面是窗，一面是洗澡處的小屋充滿陽光，孟穿著一套睡衣躺在陽光裏，當然，當然1998年最後一天的傍晚到晚上的陽光不在這附近。

敲鐘的時候，孟京輝跑到哪兒去了？中戲至少在88年、89年時的元旦舞會還是吸引了我和不少外校人的，我每年坐火車趕到中戲參加新年舞會，原因很簡單，因為敲鐘時，不相識的人要互相擁抱，問新年好的，我就是坐火車來抱中戲女孩的，在我上大學期間每年元旦來一次？中戲女孩漂亮嗎？不漂亮。後來，在西安我普及搖滾之餘普及了可以抱人的舞會，但我的學弟們只堅持了兩屆就荒廢了。所以敲鐘對孟京輝來說總是有意義的。那麼1999年元旦的鐘聲，是不是我們倆對著我家的三個電視發呆時敲響的？每年這一天，電車連夜運行，人們連夜趕著去神社搞宗教活動，孟京輝跟著去了？這個鞋教分子。

呼多少

呼22122，您貴姓、姓蔣，草頭蔣，您電話？請她覆台，請留言，天方蓋地虎，什麼？電波太弱，好了，現在好了，天王蓋地虎，天，天空的天，王，大王，蓋，蓋子的蓋，地，大地的地，虎，老虎的虎，天王蓋地虎，請她接下句，好謝謝您請掛機。

5168覆台，您密碼，5168，一位姓田的女士說她明天有考試，今天就不和您聯繫了，謝謝，好謝謝您先生請掛機。

一位姓田的女士呼您，讓您快起床，快起床。

呼22122，您貴姓，姓蔣，蔣先生您電話，讓她覆台，說氣死我了，好還有嗎？沒有了，好謝謝您，先生請掛機。一位姓田的女士說她不明白您的意思請您給她打電話。

呼台怎麼說的？我不明白，說你今天不能來收拾屋子，我不明白。

我本來是說我不能來收拾屋子，請你睡覺之前別忘了洗腳，呼台沒有傳第二句。

天王蓋地虎的下句是寶塔鎮河妖，橫批是批字我認識，識，實現四化。

我說了你別笑我？

你在吃比薩？不對，熱得今天中午的剩飯？不對，煮餃子？不對，是漢堡包？不對，那我猜不出來了，你說吧。

我說了你別笑我。

不笑不哭。我把嬰兒米粉用熱牛奶泡了吃。

沒聽見我肚子叫吧。

老大，幹嘛，我只是路過這裏想問候一下你。什麼事兒？沒事兒不行嗎？不行。我服你了，你是老大嘛。

解釋我猜79

這是一次真憎（真正的東北話）的接近半途而廢的行為·

憶江南

江南好，風景舊曾諳，日出江花紅似火，春來江水綠如藍，就不憶江南！

見一個愛一個

它封了，不是他瘋了，也不是她瘋了，是大霧，高速公路它封了。

理由真庸俗

理由是我愛你，這個理由誤導了許多年輕人的日常生活，電話也不好，老大（女）在電話那邊哭，這邊也沒辦法，其實沒辦法才是最終的辦法。哦，不，噢，我最興奮她是發現了城市賓館對面肯德基門口的公用電話亭的號碼01064157260，那麼65083447則應該是西單大街上的公用電話號碼了，有人在那裏出名，其實就是我們老大，在大街上沖著又高臉又寬的像陳景潤的一個年輕人大場嚷嚷。

像她的父親、丈夫、情人及男朋友一樣愛她，像她的班主任一樣愛她，像她的部門經理一樣愛她，像她們那兒食堂給她打飯的小夥兒一樣愛她，像她的爺爺一樣愛她，軟一點就說，像她的枕頭一樣愛她，像她喝到肚裏的牛奶一樣愛她，像她的呼機一樣愛她。

其實光說愛有什麼用。

解釋我猜80（上面那個是打錯的）
——斤億十時毫萬度厘秒毫

尋找的過程中移情別戀，也還是在尋找，你關心不了那麼多女生的人生。我現在想把模特兒叫摩托。

選擇振動

選擇振動是費電的。難道所有的話都需要解釋嗎？特別是倔強，倔強是不需要解釋的，特別是女孩的倔強，是不是背闊肌發達就可以駝背得很漂亮嗎？上面來向著走吧，這個是日語的語序，應該是朝著高處走吧，淚呀都快要撲愣撲愣地掉下來了，心懷大志，身無絕技的小夥子，朝著高處走吧，眼淚呀快要大滴的撲愣撲愣地掉下來了，邊哭著邊走著，一個人的夜晚幹的事兒。

美女在別的街上走路她哭過了，你坐在她家附近的肯德雞（就是這個雞）裏，在冬天喝不加冰的美年達，窗外正在往零下八度的位置降溫，屁股後面的小紅帽在胡掃地，歌劇在小剌叭裏唱，是那種聽過但根本也永遠叫不上名字的古典東西。

張楚在昨天和兩個喇嘛的餐桌上吃，說蔣濤回來沒有找到錢。

窗外一定很冷。百事可樂的杯子裏裝著美年達。心中的美女，一隻單眼皮一隻雙眼皮兒的美女在另一條街上走著。沒有人來拍我的街，不，我的肩。

要是像那天的搖滾晚會裏，一個手拍到我的肩上：我驚喜，但遺憾，最後感到溫馨，是一個穿白上衣（棉製）的女孩往我背上bià了一個小圓不乾膠紙，163.com的宣傳品。怎麼不敢再拍了？可能是拍的那瞬間我的面孔太猙獰，可我的心裏是美的。

我要待到22：20分，因為可以趕上22：30分的小公共汽車，大車長了價，小公共不管多遠都咬牙堅持要兩塊錢，這樣好，省得同樣長的路有人一塊，有一兩塊不公平，不，是心裏不平衡。

北京人為什麼對包子那麼喜愛？肉跟麵和在一起放到胃裏，又粘又滑的，沒有菜葉子幫著拌，沒有麥片刮腸壁。

一個女孩如果有三個男孩來關心她，那麼天就又該下雪了，她爸忙，其實我也不希望她爸太關心她，我關心她就行。

天冷了，人賴在屋裏起膩，油膩的膩。其實沒有飄什麼雪，是我看著窗外移動屁股在坐位上，眼睛上下移動，窗玻璃上的白點被看成最早飄下來的幾粒雪粒了，其實雪，如果你老盯著它，從一開始就盯，就是這麼下下來的，開始看還不好意思，來上幾粒之後，就愈發就不可收拾了，鵝毛大雪。

沒有我心中百般千般渴望的女孩從眼前走過，更不會停在你面前了，要是不打那個該死的電話就好了，就能把她堵到肯德基了，其實，她還會傷心的，我的出現不解決什麼問題，一個庸俗的理由怎麼能感動人？

褲腿很肥，每只都可以伸進兩隻腿，可我怎麼算也不能有四隻腿呀？

佳偉在馬路那邊的一個叫World的房子裏跳Techno，他的光頭真叫你不能煩惱。

難道我晚飯是吃一個漢堡就完了嗎？太對不住我的飲食結構了，我的飲食結構應該再來點什麼？來點什麼之類的，來點，隨便來點兒。一點就成，不說了。

解釋我猜81

關於愛情我很少抒情，歸於愛情也應該抒抒情。

關於星空對地球的污染

星空把我搞得那麼傷感，還有好幾個像我這樣有時去葬花的人也傷感，這就是污染。嗟，好難過，難過得不得了，不得了啦（用上海話講）。

每個從我身後不經意過一下的人都會造成我的驚喜的前兆，她來了，這種驚喜，但只是前兆，兆只是兆，她就沒來，驚奇也就沒來，喜也沒來，等著。等待是容易的，可是決定是困難的。

再來兩碗麵，我沒聽錯吧，肯德基裏傳來了再來兩碗麵的喊聲，精心敲打的美國速食就被兩碗麵給摧毀了。

愛一個神經病女孩是豐富的，豐富的就是幸福的。（蔣克思語）

還有六分鐘。但是，走吧，扣上筆帽兒，如果它有的話。

解釋我猜82

回憶可以跟著方言走，回得快些。

新充（春）快樂

燈籠會燈籠會，燈籠滅了回家飛（睡的陝西話發音）。

現在說了，不許三人一夥，只許一個半。

英雄多妻

就算英雄不好色，那劉備也結了好幾次婚，不是他非要和好幾個女人過，而是他太忙，經常在外面跑，搞得每次打仗總要費一些文字說，誰誰誰保著他的老小往東北跑了，或者誰誰誰沒有把他的老小怎麼樣，而是讓軍兵把守不許人進。

我想飛溫柔地醉

哪怕後來又怎麼怎麼了。我看見在冬天穿牛仔短褲在酒吧的女孩歌手顯得靦腆，是心太重了。

最先感到寒冷最後感到溫暖。這個過程完成後就不關心溫度了。女孩喝國產紅酒，在燈光背後，在不經意的眼光裏在從二中畢業後，在下午做完飯之後，在高底更高跟的鞋上，站並痛著。

旁人會起打早，摸黑兒起床，八點上班，換上班，一個走向懶惰的征程。

解釋我猜83

下面是中途而廢之前的最後一段。

日偶劇

日偶劇就是日本偶像劇場。

《中途而廢》的開始

中途而廢的愛情可能來得突然，但往往在愛情的中途出現，中途以後的情況也許會更加複雜，也許就根本地簡單，但過程總會走完。

解釋我猜2000

就跟2000年不是開始而是結尾一樣。

解釋我猜2001

2001才是真正的開始，而這開始有可能是更扎實的回憶，目的還是那個在哪個女孩身上的愛情。

解釋我猜2002

好像數字一過2000就很現代，呸，我要讓現代裏面有陳芝麻和藍穀子，當然要加進去勾你的愛情，說到做到，決不半途而廢，因為一切已經過半。

解釋我猜2003

過度一下我多麼現代的心情。
過度一下我多麼現代的心情。
過度一下我多麼現代的心情。
過度一下我多麼現代的心情。
過度一下我多麼現代的心情。
過度一下我多麼現代的心情。
過度一下我多麼現代的心情。
過度一下我多麼現代的心情。
過度一下我多麼現代的心情。
過度一下我多麼現代的心情。
過度一下我多麼現代的心情。

過度一下我多麼現代的心情。
現代的心情。
好啦。

解釋我猜2004

好像那個木村拓雜和京城武的王嘎衛的電影是2004，還是2046，要是2046的話，等的時間太長了。

解釋我猜2004-1

關於傳說會更加具體化，我努力尋找時代的符號，從符號的周圍去找愛情的古蹟或沒有愛情生產的原因。霹靂舞是發現的第一個符號。

解釋我猜2004-2

霹靂舞是高三時，從國外給中國的一個流行的符號，我記得最有魅力的是女孩穿著的青色的高腰薄底的霹靂球鞋，白襪子包著她的腳，行走，柔姿步。你喜好的女孩穿著，你無法接近，由於你實在練得不上路。

後來發現中學的美女把愛情給了舞蹈演員和工人高手，我只能在流行中走走過場，跟著荷東舞曲湊合著傷感。

解釋我猜2004-3

後來比較正經，人總是到後來才比較正經嗎，是從良，而開始比較正經叫學壞，也叫墜落。如果友人說你墜落了，那你就是快墜落了。

霹靂舞的一大塊年代

瞧，我在分析這個流行趨勢，瞧，我是認真的。

那個霹靂就是：Break（v.t.）。

1.毀壞，碎，打破；折；切；挫，弄傷。

2.勉強開，打破（門）。

3.違背。

4.使中斷中止

5.（使敵陣）崩潰，攪亂，破壞（和平沉默）

6.減弱，消弱（力量），矯正，強制，馴服（馬等）

7.洩漏、吐露（秘密等）

8.耕鋤（土地）分散；梳，梳開（麻等）

9.使（人）衰敗，使破產

10.奪去官位，免職，降級，貶官。

11.破（比賽等的紀錄）

12.（球）使曲行，投歪

13.兌換

Breakdance。西安市啤酒廠海南易達工貿集團公司發起，尋企業單位集資舉辦

全國霹靂舞迪斯可大賽全國霹靂舞迪斯可的大全國霹靂舞迪斯可全國霹靂迪斯可全國霹全國全霹靂舞迪全國霹靂全國霹靂全國霹全國全

全是什麼……

解釋我猜2005

就像現在的上網熱一樣，有過霹靂舞熱、紅茶菌熱、呼啦圈熱、而霹靂舞中有熱的女孩。

解釋我猜2005-1

其實跳舞的女孩很健很美很健美，就想賈平凹懷念狼一樣，我老了要懷念健美的女孩。我那時努力當上了記者，主要以工作為由，接近社會。

Break叫劈雷

「全國霹靂舞大賽領導小組在幾樓？」我問陝西省文化廳的看門老頭。

他隨口答到：「在三樓。」

我轉身剛要上樓，身後傳來，看門老頭的聲音：「哎，同志，你是去報社，還是劈雷的那個舞？」

「霹靂舞。」我把字說清楚但並不想糾正一下。

「哦，劈雷舞在五樓。」

解釋我猜2006

我年輕的時候，十九歲，當記者，採訪。不戀愛。跑來跑去，感謝何曉利背地裏誇我，蔣濤是個真正的記者，他每天書包裏都放著牙刷，隨時奔赴現場。我現在想女友雜誌的現場是什麼現場，不是CNN的戰火硝煙的現場，不是法醫的現場，不是東方時空紀事蜀南翡翠渡假村的現場，女友的現場就是有女友的現場。

我帶牙刷就是夜不歸宿或狡兔三窟。我還隨身帶雨衣，那時騎山地車。

解釋我猜2007

為什麼年輕的時候不尋找愛情，而是採訪對象。過癮嗎。

解釋我猜2007-1

年輕是當記者不錯，是我預謀已久的，特別是女友的記者，我比較認真地問女孩問題，問天下所有的我遇見的女孩，像我現在這麼大年紀還在OICQ上繼續我的好問。活到老，嗅到老，不恥瞎問。

解釋我猜2007-1

我那時是騎自行車的，我有一天剛出家屬院大門就摔了一個狗啃泥（水泥地），所以我忘不了紅旗廠生產的銀燕車。還有一個致命的缺點是後架不結實，不能帶人（特指同校女生），以至於我上了大學，騎上了山地車後，才有機會帶母校中學的原低年級女生，人生啊人生！

青年在思考

今天（好多年前）是全國各地選手報到的日子。

這車子已經很舊了。雖然是美國圖紙，雖然是飛機的下腳料，很輕，一隻手就能舉起來，但是品質不行，壞了也沒零件換，據說，一位剛來並且不久未婚妻就要調來和他結婚的大學生騎這車春遊時，摔了一跤，頭碰到石頭上，死了。據說這車子已經不生產了。可街上還可見到有人騎車座硬梆梆的，很難受，從我那兒騎到達單位報到的地方就更難受，好在我當時忘了這些。

西安最近辦過一次霹靂舞比賽的，我問過一位熱衷於跳舞的大學生，這次比賽怎麼樣？他說那些人都跳絕了，身子非常活，跟電影《霹靂舞》裏的旋風，馬達差不多。是啊，現在不比前兩年扭幾下就行了，現在動作難度越來越高了，頭手支地旋轉和空翻就不是誰都能做能得好的。

解釋我猜2007-2

最新消息，馬達在日本大阪的俱樂部教日本青少年跳hip-hop。好啦，在此借這個機會我們做一個調查，就是我們老了（過六十歲）後，在大街上扭不扭秧歌？如果不扭的話，那幹什麼？答案請寄北京100044西城區車公莊大街乙五號鴻儒大廈五層曲線編輯部削減收，即可。

解釋我猜2007

馬達跳hip-hop舞，1999年左右，在日本大阪當老師，也表演。（跟上一段相似，上一段是剛加上去的，英雄所見略同，蔣濤所見也略同。）

抽筋舞

想起八四年，那時我接觸的舞實在說不上瀟灑，西安市中學首次（也許是唯一的一次）「七色日」聯誼活動在85中舉行，許多中學也被邀請來參加各種活動，有學習經驗介紹、有獎猜謎，演講比賽，健美操表演等等，我在教學樓裏轉著，被大樓拐角的一個教室裏傳出的舞曲聲吸引住了，推門走進，滿屋煙霧liǎo繚繞，一大堆男學生在堆在教室周圍課桌上，他的大都穿著軍裝，黃大襠胡亂腳穿塑膠板鞋，教室中間幾個人跟著迪斯可和跳著一種我從未見過的「舞」，地很滑、板鞋很滑，他們上身縮到一起，蹶起屁股，雙腿向上抽動，雙腳向後用力蹭地，誰抽得快，周圍的人就喝采，舞到高潮時，他們將屁股互相碰撞，開心地舞著。仔細的一看，這裏是男人的地界，（確切地說、是一些男生的世界）女生被拒絕入內，當然也沒有那位女生願意進入這青煙縹紗的「仙鏡」這難道也叫「青春舞會」（黑板上寫著青春舞會）。後來，我得知這就是陝西特產「抽筋舞」。

穿軍褲板鞋的女生

那時也有女生穿板鞋，軍褲，軍衣，思想比男生厲害，只是沒嚐過。

解釋我猜2008-1

那時吸引我們（注意，不是我，而是我們，我還沒搞明白，那會兒）的女孩，穿白塑膠底的布鞋，有鞋帶，或一腳踹的，白絲襪或肉色襪，在筒褲褲腳下時隱時顯，筒褲的腰身總是繃得很緊，其他就沒什麼了，當然，臉是漂亮的，一種現在見不到的清純。

立冬的冬天

立冬的女朋友不知道是什麼樣，永遠在傳說中，春遊時她穿著裙子，回來後回到立冬家，立冬發現她一直沒有穿內褲。那個冬天，學習好的她把身子泡到冷水中，硬是打掉了胎，那時還是他們上高中的時候。

解釋我猜2008

在這裏不申奧，之前申。我真要解釋，這下面有好些話都是十九歲時寫的，請當歷史文獻來看。

牛奶蒼蠅

我每次在酒吧裏喝熱牛奶時，就想起夏天我在卡不瑞特酒吧，買一杯牛奶可以喝三杯，是因為每當我快喝完時，就會有一隻蒼蠅掉進奶裏，換了一杯，又是喝到最後時，會又有一隻落水身亡，它們怎能為了我的一時口舌之歡，而犧牲自己寶貴的生命呢，咳，俱往矣，數牛奶落蠅，還看下回。

另外和牛奶和吃蒜後都不要接吻，常識。

解釋我猜2009

搖滾青年不是跳現代舞，或者把搖滾樂這個詞給田壯壯和現代舞，而現在的所謂搖滾樂就叫鑼跟肉吧。

那麼，西安搖滾普及辦公室就叫西安鑼跟肉普及辦公室，簡稱鑼普辦。

京城的搖滾圈就是鑼跟肉圈。

被稱為中國第一的搖滾樂手就是中國第一的鑼跟肉手。

硬搖滾就叫哈德鑼。

搖滾北京就是鑼跟肉北京。

非常搖滾就是非常鑼跟肉。

不搖別叫搖

我又想起田壯壯拍的陶金主演的電影《搖滾青年》了。

《搖滾青年》這個名字不怎麼好聽，可田壯壯的話我年輕時很欣賞：「年輕人要活得輕鬆點兒、自在點兒、開心點兒、年輕人需對自已的向住和自已的夢多追求一點兒。不要總是閉門思過」。主人公龍翔的扮演者就是陶金解放軍藝術學院的教師，他跳迪斯可在北京拿一等獎，他的小品在全國也拿一等獎。他到底怎麼樣呢？「龍翔的經歷有我過去的影子，也有我未來的路……我負責本片的舞蹈設計，基本格調就是要『帥』、有要現代的氣質。」

說起「帥」

我很想念廣州的朋友們，特別是一些小朋友來。

二月的廣州，這裏能看夏天的蹤跡，也能聞得春天的氣息。在碧翠秀逸的南湖遊樂園，一群少年圍在草坪上歡歌笑語，這是廣州市26中初中的一個班期末考試後，由輔導員老師帶來野炊宿營的。「李廣珍，來一個，李廣珍，來一個」他們是叫李廣珍出來跳迪斯可的。

說起李廣珍，我想起李小多。英雄事蹟代代傳。

李小多，李小多，分果果，分果果，分到最後剩兩個，一個大，一個小，一個大來一個小，大的分給張小弟，小的留給我自己，小的留給我自己。

解釋我猜2010

中途而廢完了也別忘了尋（新的二聲）一下愛情。

解釋我猜2010-1

電影院是約會的好地方，但也不能墮落成情侶座和包間，太色情。太影響看電影，太容易動機不純，那像十年前，為了學霹靂舞就老去看電影。

也焦點訪探

電影《霹靂舞》在廣州公演的時間比內地晚，並且廣州人對這電影的反映並不像內地那樣強烈。

地點：西安市北門和平電影院門口

（這家影院最早放映《霹靂舞》，那時該片只有中文字幕。）

（在售票視窗上掛著「從今天至下星期×票全售完」的牌子，而窗口外一大群人。）

情景一：

青年A：（問坐在十字路口交通圍欄上的青年B）有票沒？

青年B：（從短大衣內兜摸出一把票）你要幾張？

青年B：哪天都有？

青年A：多錢一張？

青年B：五塊（看到青年A轉身要走）別人也是五塊……

（青年A轉了轉，其他人也是五塊。）

情景二：（兩個中年人走過來對大看板上的電影介紹發生了興趣，決定看一看這個電影。）

中年A：（發現售票已售完）咳，老B，看不成了，（兩人轉身欲走。）

青年C：（這時一青年C湊上前，遞上兩張票。）看電影不？馬上就要開演了。

中年B：（看到A正拿著票端詳）多錢一張？

青年C：五塊，都這價。

中年A：（看到票上的時間就是現在的時間，覺得不能白來一趟。）老B，咱看了吧。（中年A從口袋裏掏出一張「大團結」來。）

情景三：（兩個穿著霹靂舞鞋的少年在閒吵。）

少年A：你看過幾遍了？

少年B：我也說不清了，一有空我就跑來看，差不多十幾遍。

少年A：你學會了麼？

少年B：學了幾個動作，更總學不像……

解釋我猜2011

我才明白，88年最大面值的貨幣單位是十塊，大團結，多喜慶。

解釋我猜2012

時髦在87年很簡單，燙頭，或者蝙蝠衫，或襯衣白領子外翻。對了，大家在單位澡堂洗澡時，總能看見有人穿假領子襯衣，是為了保護毛衣領子的，當然還有袖套，保護袖子的。

想當年，我們是多麼注意保護領袖的啊。

解釋我猜2012-1

廣州老不停地往內地流行一些舞步，後來到廣州香港又找不到這些時髦，有柔姿，一種柔的舞步，有登山步，像登上一樣，穿著老闆庫在舞廳登山，還有前面說的抽筋舞，從哪裏來，從群眾中來，到群眾中去。

後來在大學的食堂辦舞會，會有二十四步，三十六步，一種大家一起走路轉圈跺腳的舞。

比較無聊接著說

那個叫李廣珍的小姑娘上來跳舞了，如向前點一下腳尖，向後點一下，甩甩蓬鬆的髮捲兒。動作很簡單，但很瀟脫。

「現在的舞跳得要帥，動作並不要很難。」他也嚼著土豆片對我說。看過她的舞，不知怎麼看，我總覺得她家可能開了一間髮廊。

解釋我猜2012-2

我那時比較注意細節，與愛情無關的細節，與什麼都無關。

宣傳的大概如此

「瓊漿玉液秀四海，詩仙酒聖頌千年！陝西眉縣太白酒廠祝賀首屆中國酒文化節在西安召開！」大廣告版立在選手的們住的科技館門前，而一條歡迎各省市舞星薈萃而容參加霹靂舞迪斯科大賽的條幅卻不很引人注目，目前在西安舉辦的中國酒文化節像一個酒的廣告會，而這全國性的大賽又如何呢？

解釋我猜2013

此青青非彼青青。此青青應該是茜茜。

誰使初中女孩迷

我（蔣濤迷上青青，又被青青冷淡）想見見王華。

雨傘（兩年的別字）前我就知道王華了，確切地說，只知道這個名字和一個記憶裏電視上模模糊糊的形象。

青青對我說：「我心中有兩個人，一個是我表哥的同學，現在是歌星，一個就是王華。如讓我在兩人之中選擇一個，我更喜歡王華。」「王華是誰？」「就是金秋迪斯可大獎賽獲一等獎的，你沒在電視上看到，那個穿了一身紅的就是他。」「有兩三個人都穿的紅衣服，不過，都跳得很好，王華便是其中一個了。」青青這時已上高一了，她已不喜歡跳舞了。

那天青青哭得很傷心，很傷心，那天許多同學都看到她哭了，那天她是倚在教學樓三樓的大陽台上哭的。我以為是她的朋友說什麼話得罪了她，引她傷心的，我看見她時，她眼圈紅紅的。後來得知那天下午她在大街上看見許久未見的王華了，當她回到教室、有同學正放在「荷東」迪斯可舞曲，聽到那如泣如訴的「she says you never, never never go away」（她說你永不⋯⋯）她哭了。

青青患過腎炎，可她早已經好了，於是她有一個醫生證明。當時迪斯可在中學興了起來，許多學生都在學，青青覺著有些課沒意思，就跟老師說要上醫院看病，於是她可以去找舞星學舞了，即使是在跟同學說話時，也是邊跳邊說的，她比別的同學跳得好，因為她有一個醫生證明。

王華不在西安市，他在廣州跳舞，他在大連跳舞，他在陝西跳舞，王華不在西安市，王華在家。總之，許久未見到王華了，一些事情過去就過去了，可一聽到舞曲，青青就想哭。

解釋我猜2014

（抒情）瑣事在多少年前記錄，幫助回憶那時的衣衫，和衣衫包裹的女孩。

解釋我猜2014-1

我發現我尋找的傳說在接近傳說中的時代，我找到了穿梭的感覺，我找到了我十九歲時的思維，我圍著思維轉。

楊葵，你看見了嗎？

廣東

那時，我正在和廣州來的選手任小勇聊著。任小勇今年十八歲，除了一雙大眼睛沒有更多的特點。他來得很早，其他選手尚未到時他就到了。

「西安很乾啊。」乾燥的空氣使他口乾舌燥，他去買了兩筒健力寶。他坐電梯從八樓下去了。分頭向後梳去油光可鑒。

他是沒有編動作，也沒有特地做一件參賽服裝（比賽時的）。

「我才不去編什麼動作呢，到時看發揮了，想跳什麼就跳什麼了。」

看著他身上那一千元一件的毛料西服，我想起河南來的參賽選手的衣著；圍著圍脖，一身從部隊上搞來的迷彩服，人造革的半指手套已磨得很舊，腳上的高筒籃球鞋已由灰色代替了白色。

「你什麼時候開始跳舞的？」我想知道他的生活。

「前幾年啦，有一次和幾個同學在烈士陵園的一間舞廳裏想跳舞，由於衣服穿得很高級，有幾個人拿著刀來追我們，我們跑啊，跑……從那時，我經常到舞廳來跳舞。」

任小勇的父親是在越秀賓館做老總，他從小就受到影響，喜歡做生意，他在天津開了一間髮廊，幹了半年。現在在花園酒店的一家中外合資的公司裏工作。

「花園酒店裏有一位全國散打冠軍，偶爾有一次看見我在壓腿，就跟我說，沒事兒在椅子上櫃子上壓壓腿有好處，我照辦了。後面香港經常有人來廣州表演舞蹈，我就慢慢學著。我參加比賽也是偶然，是因為一名同學去報名，順便給我也報上了，然後才打電話通知我。既然有人替報了名我就參加了，當時我做得一個很難的動作就是連著三次在空中轉三百六十度後接劈叉，所以得了個第三名。」這次參加全國賽選拔時，好像評委是看誰的掌拍得響就選誰，我就來了，來玩玩。

比賽時，他果真就穿了一件白襯衫。這就是一個將要去西德開餐館的廣州小夥子的性格。

解釋我猜2015

原來在海外的中國人餐館是這樣開起來的。

解釋我猜2016

我為什麼寫霹靂舞周圍的瑣事，因為那些瑣事耽誤了我當年找對象。

解釋我猜2016-1

我想起來了。我當年沒有想找對象，而是想出去。出去，從城市出去。每年暑假就想能出去嗎？去哪裏？需要錢嗎？我有錢嗎？其實又是在關心哪個朋友會出去，會叫上我一起出去嗎？

每個暑假就是這樣，放了假我去找西安中學的杜荷軍，然後他決定大家騎車去柞水溶洞，有一個同伴帶一飯盒鹹菜和剝好的生蒜，另外每人（共四人）背一書包燒餅，騎到老鄉家，杜荷軍去交涉，然後好像每人給老鄉三毛五分錢，老鄉給我們一人一碗雞蛋湯和讓我們睡在他家的炕上。

當然在夏天一個游完泳的中午，我會和班長王振斌，副班長王健決定騎車到王健的舅舅家，在藍田我吃不下一大碗白麵，晚上被臭蟲咬的一排一排的疙瘩。

出去，這個意念貫穿了蔣濤的青年時代。

老西安跳舞的人

孫中推門進來了。我雖然一眼就認出他來了，可不是我印象中的他，孫中胖了，確切地說，他壯了。連性格也豁然開朗了，我原以為他不是很開朗的，西安是第一屆迪斯可大賽時，他很瘦，但拿了第一。那時他傾向於深色服裝，現在卻光穿著淺色的衣服。

我知道他從廣州來。

老早就知道孫中去廣州了，學舞去了。這回見到的他，喜歡說幾句廣東話，時不時地加個語氣詞「啦」，而且愛脫長。和任小勇聊過之後再和他聊覺著很親切，像是一股溫暖的南風拂面而來。

「人總不會滿足，去了廣州後，我又想著去美國⋯⋯」

孫中不滿足，他不僅跳舞，還喜歡做生意，人不滿足，人也不應滿足。

談起霹靂舞時，我見他輕微地擺了擺頭，我懂他的意思。

見到了孫中，就隨後也就見到了西安的全部六名選手，有年輕俊秀的王化武，他把《盜扇》裏的孫悟空演得唯妙唯肖，苗斌原來見他秧歌跳得很好，石明比賽時一身皮衣皮褲，被小天鵝藝術團的小朋友叫做北方狼叔叔。（王華正坐在我身後，當我找他時）

說起戲曲研究院的梁偉，一見面我就知他是個緬腆的小夥兒，他穿得很樸素，說話時愛微微笑，這是近兩年活躍西安舞場上的霹靂新星，看過他跳舞後，很難和他的性格聯接起來，而那大方灑脫，剛勁有力的舞姿倒使人想起了世界超級歌星麥可・傑克遜。

解釋我猜2017

當時找王華的另一個目的，是想知道女孩為他哭的原因。

的確

王華一聲不吭地坐在我的身後，正當我想找他時。

他的確存有一種魅力，從他的話語中，從他的眉宇間，散發出一種無形東西，改變了我原來的看法。我只想說，感覺很好。

「我是搞體育的，身體還可以。加之業餘選手有好處，我不像那些專業的，他們注重大的套路而我的都是小技巧，因為我的生活就充滿了霹靂舞（我想起西安幾個選手剛才在大廳裏說笑，王華就直嚷：『我跟你們不一樣，我是跳大街的！』引得大家都笑了）。」

「我的生活就充滿霹靂舞，平時我一回家就把答錄機打開，幹什麼都成了霹靂舞的動作，所謂小的技巧就是這樣練成的比如像這樣（他把頭伸出來，手指一點，那舌頭在嘴裏打了個轉，彷彿讓他給咽了下去），有時和朋友們到飯館裏吃飯去，看見飯菜上的一塊髒抹布（他手上彷彿有一塊奇臭無比的抹布，引得他皺起了眉頭）」

「我只是在地上鋪一張涼席就開始練；所以身上都是傷。」他伸出手掌，我看到一道道傷疤。他練得很苦啊！我開始理解他了。他為什麼有許多徒弟呢？「很簡單，他們找我來學舞，我就教給他們。」王華對人很好，我想我說不定也會向他學學霹靂舞的。

解釋我猜2017-1

見了北京人就知道為什麼北京要申奧了。

蔣濤也敢套老鄉

蔡永生，一見如故的蔡永生，由於我們是老鄉，一見面就談開了：

「現在的舞蹈要帥，要流暢，《霹靂舞》上有好些個特技鏡頭，不然哪有那戲啊！——哦，北京就來了我一個。——我是業餘的，去年剛剛到青年樂團。——我是搞國內情報的，化學工業情報的。——79年開始跳的，不會跳，瞎跳，我原來學過武術，一提到交誼舞就犯怯，今年1月28日工人日報記者採訪我時我就說了，那時對舞一竅不通，不懂什麼是交誼舞，更不知道怎麼跳。可一跳，覺得這玩藝兒挺有魅力，可有人討厭，說這是小流氓跳的，所以說也有點賭氣。總的來說，跳舞對人有好處，以舞健身、以舞會友。不就是跳舞這個媒介把大家都連在一起的嗎！這樣可以學到好多在你原來周圍特點環境裏學不到的東西，我是在半年前就預言，將來90年亞運會自由體操肯定要加霹靂舞動作，不然哪成啊！」

解釋我猜2018

不知道有人在90年的亞運會自由體操中有沒有看見霹靂舞的動作。

解釋我猜2018-1

好像其實也是肯定那時侯我沒有心思裸睡，那就更談不上戀愛的結果和習慣了。老年人什麼時候開始不裸睡了，什麼時候開始戶外活動的？

同層的曹文善

是深圳來的選手。他說的話也很有意思。

「那次唱歌，問觀眾！唱什麼，他們喊：『舞霹靂！』霹靂舞怎麼唱！跳吧！」今年回大連時，一大早，看見那些老年人不打太極拳了，跳起了老年迪斯可，一個個跳得還挺來勁的，不像以前，別說跳舞，就是露大腿都得罵死你一我覺得，現在跳舞沒有基功（基本功）不行，不像前兩年，走幾個太空步，一個串流兒、齒輪舞，觀眾就拚命地鼓掌！

二和尚

蔡永生對北京的情況很瞭解：「北京有個二和尚，跳霹靂舞那叫一絕，身體都跳殘了，眼睛能看後面……說起霹靂震動隊，好像是中國青年報一個記者發起的、當時崇文文化館那大白樓在北京各區文化館中首居一指的，利用那裏的場所，從中學生中選十二個學生從基礎練起，他們的舞『噠、噠』顧名思義，所以叫震動隊。……北京身上的活不錯，身上與地上活銜接不夠好。……他的技巧的，其中一個原因是很早就接觸霹靂舞了，這些跳舞的孩子中百分之六十都是國家體委的，父母親人國外帶錄影帶，他們也看也學，所以《霹靂舞》上演時，他的已跳得相不不錯了。」

解釋我猜2019

我比較喜歡19這個數字，原因很簡單。

解釋我猜2020

小李飛刀靠工夫，霹靂舞靠功夫，日本樂隊靠視覺系搖滾，目的為了容易釣女孩，我決定把這個原因歸納簡單。

解釋我猜2020-1

鮮花她告訴我該怎樣走過，大地是你心中最什麼什麼的，在陽光普照歡樂的時候，同一曲歌而讓我們昏了。

同一首歌

關於霹靂舞是不是小流氓跳的舞這個問題中國舞蹈學協會付主席賈祖光談到：「豬肉原來一二十元一斤現在也不知是什麼價錢了，總之，在國家經濟尚不富裕的時候，能拿出一部分錢來舉辦這樣的比賽，是對我國文化事業的推動，我們既然來當評委就沒有認為霹靂舞是小流氓跳的，這一點我們需理直氣壯地用我們的行為告訴他們！我們的選手都代表著時代青年的形象，每一位都要珍惜時間、珍惜時代、珍惜自己。我們也要大力扶持你們。有一首古詩這樣講：『新竹高於舊竹枝、全憑老幹相扶持，明年再有新生者，十丈龍孫鬧鳳池。』得獎是暫時的，事業是永恆的。」

解釋我猜2020-2

為什麼不約女生一起看電影，我在高中沒約過女孩看電影，像一個叫三兒的傢伙在電影院裏摳我們班女生的炸彈，剛發育起來的炸彈，我是聽班裏學習不好的男生說的。我沒有多想，還是堅持一個人看電影，那想現在只要是細高跟鞋和絲襪我就流鼻血。我晚自習下了去看德國電影周，不怕沒票，只管進去看，因為無票被逮住罰款一元錢，我交得起，那時票價是兩毛五，我始終沒失手。我看完了德國電影周，看見了銀幕中的德國美女的炸彈，有些興奮，但沒有更深入的思考，只是高興地回家睡覺了。我媽始終覺得我在學校用功，不過，我的學習成績一直很好。

解釋我猜2020-3

我和燕子還有旖旖在QQ中聊天，一個男人的夜晚就是這樣渡過的。我剛打死一隻蚊子，在2001年5月8日晚22：31分（這是電腦的時間，假的）。十一點多了。

解釋我猜2020-3

圓周率3.141592653589493238462643383279。

焦點訪探

情景五：地點：西安外語學院團委辦公室

人物：團委的幾個老師。

A：霹靂舞大賽你去看不。

B：誰看那玩藝兒，票又貴又不好買。

A：我想也是的。不過，霹靂舞還是挺好看的。

B：好看，我跟你說怎麼跳霹靂舞吧。

你呀，在跳之前先喝半斤西鳳酒，到時連抽帶搖，還有一股酒香……

解釋我猜2020-4

山巔一寺一壺酒爾樂苦煞吾把酒吃就殺爾殺不死樂而樂誓殺殺爸殺爾妻最後剩下一碗酒。（挺像笑傲江湖的。）

解釋我猜2020-5

我的理想在那兒，我的身體在這兒，我的愛情在那兒，我的身體在這兒，我中腿亂揣著。或者是愛美之心，人皆有之。曖昧之心，我也幼稚。

焦點訪探片段

情景六：觀眾席上（比賽還沒開始）

幾個打扮的花枝招展的女中學生喊著，坐在中間一個女孩說：「我小學三年級就化妝了……」

（白白的臉，紅紅的嘴唇，她們來幹什麼？）

「××（她的老師）把咱管得太嚴了。他病了，才活該呢。」

解釋我猜2020-5

我們感情深嗎？感情深，一口悶；感情淺，就不悶。感情深，一覺悶；感情淺，不怎麼。

焦點訪探集粹

情景七：

比賽的主持人：「觀眾的熱情是可以理解的，但我希望大家不要只吹口哨，能不能用我們熱烈的掌聲來代替呢？」

（口哨聲驟然火了起來。）

（當評委打分與觀眾的熱情不一時，觀眾席來傳來一陣陣的喊聲。）

「換裁判……」

「換裁判……」

解釋我猜2021

我想起了公共汽車上的一個插曲，那時國家隊與陝西隊在體育場賽了場足球，大概是陝西隊進的球多。

比賽結束後，一個小夥子上公共汽車聽到售票在說：「剛上來的票買一下。」他不耐煩地嚷著：「買啥呢？買啥呢！陝西隊都贏了買啥呢？」

解釋我猜2022

抓緊時間猛回憶，就像革命回憶錄。深挖洞，廣積洞，不當爸。

陝西對

陝西隊的性格很直率，不加掩飾，也不拐彎兒抹角兒。比賽馬上就要開始了，我問對孫中，穿著仍像個王子的孫中怎麼樣，他笑著說：「只要不把腸子掙出來就行了。」他上去了，滿頭大汗地下來了，他拿了一等獎。

解釋我猜2022-1

我前腿弓，我後退蹬的主人公好像是女的。朝陽溝的那個叫銀環，電腦一打就是隱患。

我們的家鄉在希望的什麼上

我也找到了張雁玲，她是哈爾濱第一女子職業中學的老師，在所有參賽選手中唯一的女中學教師。

其實我很早就見過她了，因為她報名很早，一來就在科技館的八樓客廳裏苦練。雖然我知道她是東北來的，但想張雁玲是另外一個人，可能和她住同屋，反正是一塊來的，但也沒顧得上問她，因為她一直再而練著。

她燙的是拉絲頭，很引人注目，但我總想她不是張雁玲，雖然也聊了聊，但知道她不是張雁玲。

解釋我猜2022-2

兜兜也是東北銀，東北銀都是活雷鋒，兜兜是大連海邊二層樓裏養的女兒，跟媽媽換手機了。活雷鋒和活雷鋒換手機了。

解釋我猜2023

我為什麼問寒問暖。

我終於

知道她就是張雁玲了，幾場比賽過後。

「緊張不？」她馬上就要上場了，我碰見了她。

「不緊張。（略帶東北話的味道，很委婉。）平時在家教幼師舞蹈，整天特別忙，一週十七節課，單位挺支援我的一獎？沒把握。進決賽有把握……」

她和搭擋徐興革的雙人迪斯可榮獲一等獎。

解釋我猜2023-1

你隱身了，燕子在上海在午夜，在定好酒店後在網吧裏，在網上在和我聊天時，在最後，她隱身了，但還在和我聊，當然還沒有海誓山盟。

我說，你獻身吧，部隊，部隊，不對，應該是你顯身吧。嚇死燕子。

沒有一個不受傷的

「夢裏有一個你，不知從何說起，
夢裏有一個你，我的心又起連繚，
生命裏，我問自己是否能忘記你。
夢裏再次見到你我知道我不能沒有你……」

上海的「霹靂王子」李聖駿伴著這歌聲飄揚而至，那期待眼神，使他溶和在這痛苦如泣如訴的歌聲中。

誰能知道他那痛苦期待的的眼神，是發自內心的，半決賽他翻最後一個跟頭摔傷了，痛得他站立不穩，決賽前他打了封閉針，不管只看台上的觀眾這是電視機前的觀眾卻能看到在評委亮分時，他有些站不住了但仍須強地站在台上。他拿一等獎。

解釋我猜2024

綜上所述，可以看出蔣濤年輕時是比較那個的。

解釋我猜2024-1

用了都說好，以後在各種媒體上徵婚徵友要這樣說就好了。

我那時還在想

霹靂熱是不是過去了，我問國家一級演員陳愛蓮，她說：「在歐美過去了，在中國還沒有。……霹靂怎麼樣嘛，我覺得很有意思。我想任何東西都不是一成不變的，總有更新的東西，更符合時代的東西來改變，還有其他文化、心理、社會因素在起作用。……將有什麼熱代替霹靂舞嘛，這個很難說。」

蠟筆蔣濤在總結

這個很難說？但留下一段霹靂故事。

解釋我猜2025特別關注

蔣濤在外院被稱作用三斧子半來對付女生，左手記者證，右手拿《女友》，先侃搖滾樂，不行談出國，多少同林鳥，都成了斧下燕。

解釋我猜2025-1

蔣濤的大學同學叫同林，他弟弟叫同森，他妹妹不叫同森林。

勾引女生辦法1：讓她看文章

今天把稿子交上去了底稿你看看，談談看法，我對你說的班上工作「武斷」行為作自我批評。把想法寫在下面，感覺如何！占卜一下稿的命運。家父最近跌傷住院，我很心痛。想找個時間聊聊。你挺愉快吧，這很好。

解釋我猜2026

看一個外院小男生多麼用心良苦，呸，用心險惡。

解釋我猜2027

飛呀飛，飛呀飛，光說不練不叫飛。高了高，高了高，光飛不高就不高。

下面我們飛一段長的，這是一個夢記憶由心。

直羅鎮

這裏也叫直羅鎮。自古就這麼叫。

1

也許是在陰天的緣故，大道迎面而來是個鎮唯一讓游離的人作為記憶的灰色磚樓，屋頂是德式的（不知什麼是德式的），滿共四層，是鎮中最高的建築，標誌。

鎮子後面有得是不很高的山，卻很深，也稱為深山，進山的路有兩條，富了的人們習慣於走西邊這條，較坦然。東邊沒有人能走到頭，即使方圓十幾里有名的獵戶，較險惡，叵測。

這樓現在做了一家旅館，一個鎮有這樣一個旅館足夠了。

沒什麼困難找到正門，我進旅館也沒會麼人攔我，老闆像是從大地界兒來的，像是見過大世面的，旅館裏我見到的所有的服務員都殷勤而修養，總的來說，這個旅館還是比較舒服的，我住到了四樓。

為了表明我是潔身自好的女士，我自覺換下來的「髒」衣服洗了晾在陽台欄杆外，真晦氣，在前方的陽台上立著一個黃板牙，黃板牙，足以證明彼此都能將對方看清晰。

雖說是四個人的房間，但是有我一個人住，這種情況經常發生。

四樓的服務員是個四十出頭的中年男子，梳背頭穿白上身著黑仿綢褲登布鞋乾淨利索，他說他不抽煙，他是跟別人說話時我聽到的，只喝些紹興老酒，這把年紀還在這兒幹活，我想他的妻兒在遠離他的地方務農。他梳背頭。對你畢恭畢敬，在遠處，你會發現他使用一種狡黠的目光，他梳背頭，與他的身分不相符合。

整個旅館的衛生與我的好乾淨和諧一致，這也是我住店的起碼想法，不過這種情況也持續到下午三點。

我午休，就聽見黃板牙咳嗽一巨聲，然後是一股東西從嘴裏飛出的聲音，我雖被吵醒可還是接著又睡著了，到三點我起床來到陽台上，可怕的事情發生了，一種黃中帶灰的硬殼狀物質呈下流樣子正在我掛著的襯衣的潔白的胸上，我一下就明白怎麼回事了。

我要……！我從四樓陽台後面扯出一條棍，奔向黃板牙的方向，咬牙切齒，怒火中燒。結果我沒碰見黃板牙，我把他的拖鞋挑著扔到樓下。並準備了一盆別的物質置於陽台上，準備一發現黃板牙去檢鞋並進入予定地點，就使之傾倒。

四點鐘了敲門進來的是黃板牙，一張口就露出黃板牙：「我真是有眼不識泰山，我不知道您就是……？」

我就是誰？

「您大人不記小人過，我求您保密。」

是該去縣政府的時間了，我準備去退掉房子，黃板牙從床底抽出一雙拖鞋，堆笑退了出去我並沒把他怎樣。

2

我也不是第一次一個人白天走這樣風光的路，這雖不是故鄉，我也要吼一句別人的句子：「故鄉已是天下黃花，我的肚子揭竿而起。」

這分明是男人的樣子麼，不過，我跟那些鳥男人們也沒甚區別，我不是也做了官嗎，並且是很有能力獨當一面體恤民眾先其他人的憂而憂的你。

到哪兒都有外地人和本地人之分，土地那麼大到哪兒都有好風景，可外地人畢竟不是本地人，親戚好些，那也要看是什麼親戚了，想吃白飯，找鬼去吧！上頭派來的好些，那也要看是誰派的，派的誰。

告別了南方就回到了北方，從東部來就到西部去。一到這裏，我的呼吸就沒了，黃昏的味道也會讓我窒息致死，他們安慰我說那是野丁香，啊，遍地黃花，瀰漫天空，哪有什麼海天一道，天也是黃的，花天一道，在花天裏，我跌跌撞撞，路不拾遺，但就是喘不過氣來，不知有沒有梅雨，反正我要捲入本地人的激流勇進之中。

關於鄉間走路，無非是他們可以赤足走在田埂上，而我得穿鞋走，鄉土作家說一望無際的金色的麥浪或兩岸稻香，我可見多了雜草叢生一路大糞臭哄哄，不然「鋤草」、「嘔肥」這些詞都做什麼用途。

關於鄉間走路和我呼吸不好，八字腳無非就這些

3

縣長高顴骨如果不是直羅鎮的靈魂，那我就更不知道是誰了，但鎮子裏的人無不按一種什麼規矩日常生活，我不知道就是我不懂什麼規矩。

高顴骨個子不高，這天穿得十分齊整，不過，他平日裏都是穿得十分齊整的，這天的他帶著鄉里糾集起的吹鼓手從縣府一路向鎮北大道口奔下，大家沉默不作聲。

這種默不作聲的服從。越發襯托出縣長的威信和威嚴，他在這裏少說也做了四年的縣太爺了。

鎮北大道邊停著一輛黑色轎車，沒有揚起什麼塵土，也可能是賓士，反正是進口的車，沒有烏黑發亮，適當地輪子上都是泥，車身上厚薄不均的含油的塵土。

縣長的眼力好，並不是說其他人都是近視，只是縣長知道乘坐這種車的人不是個省油的燈。

老遠一見到這黑東西，縣長就一揮手，頓時鼓樂齊鳴，迎神送鬼。

一有這鼓樂聲，大家就歡樂起來，這是習慣。一年不會有更多次，能歡樂一次就歡樂一次，接不接上面派來的女長官不要緊，反正你一聲我一響的，高興唄，縣長晚上還管飯天天有客來才好呢！這是本地人對外地人的一種較好的情況。大家歡天喜地走近轎車才發現裏面沒人，我壓根就是走來的，當然還是乘過車船的。

4

我路過墳地時發現一個白晰的小男孩在撿燒紙，用一雙聰穎的大眼在撿墳前的燒紙。

他不像叫花子，他的小白褂兒如他的小白臉兒一樣白淨。我得看他還撿什麼。

這個鎮一直太平，相安無事，不管白的紅的沒什麼軍隊來過。但這裏也不落後，城裏有什麼東西，過幾個月鎮裏也就知道。

話說回來，即使沒有兵戎相間，那一年年的還得新墳換舊墳，燒了紙給去了的親人送些錢使，到那生也得有錢，才能過活。

山不轉水轉，路不轉人轉。我不也是打小孩兒過來的，誰不都是小孩兒活過來的嗎。

我已趕上了小男孩，他並不害怕我這個陌生人，「小朋友，你能告訴我你撿這些紙幹什麼用呢？」我力爭親切一些地問。

小男孩的表情我不知道，他告訴我，他要用這些紙訂本子做算術用。

5

今天我才正式開始直羅鎮的工作，昨晚縣長（也是鎮長）為我設宴接風洗塵展示衷心歡迎表示今後要好好合作，我和他連乾了上四杯，第五杯是我自己喝的，菜做得很好，縣長當得很美，明天由卞秘書，他的秘書肉色邊兒眼鏡的中年小夥子陪我到鎮上走走，瞧瞧，這是他昨晚的最後一道工作重點。

卞秘書陪我在鎮上轉，等於告訴全鎮人，上面派人來了，你們要好好表現才是。

做調查，做研究，找找發言權，對我來說，可以用「深諳」來形容。自然是從又雞毛蒜皮到柴米油鹽，基本上沒有驚天動地的事。

可到最後冒出了人命關天的事，而且，也最最要緊的是與我有關。我是為了工作，全心全意地為了工作才來的，也沒打算招誰惹誰，頂多是工作需要。和為了進一步深入地開展工作。

居然我聽到了有人要殺我，殺掉我，就是把我要殺死的消息。

開始我當然毛骨悚然，坐臥不安，思緒百千，束手無策。後來仔細思考了一下，決定，憑著我多年的工作經驗（其實我哪兒有被殺死的經驗）決定。

決定，殺了算了（或者：殺就殺唄，死了算了：）

1991.7.17，桂林—北京

解釋我猜2028

其實應該是句號。那時還不會傻笑，像網路時代的：）

解釋我猜2029

我發現把自己幻想成一個三張快四張的女下鄉幹部來純粹目的不明，下面的才和愛情有關。是張楚欣賞一個外院的我女朋友的女朋友後，我也跟著去發現了那個女孩李健的魅力，羞澀不張揚的內秀，及苗條在普通衣服中的未知。她現在已經結婚，而且是個大學老師，張楚可能早忘了。張楚我們三個去光明電影院看電影，我話很多，張楚批評了我的小地主意識。搖普辦。

但夢是作了，記憶由心。

解釋我猜2030

這裏插一段記不清歌詞的張楚的歌。是從那盤不清晰的磁帶中聽寫的。

藏紅花

在我沒地兒的冬天
你就是我的我
逃亡路上你牽著我
別讓我把你丟了
點亮你無力的燈火
我就會覺得暖和
用你身體摟著我
我不會覺得寂寞
啊不能我沒什麼給你
我只有送你一朵藏紅花
我要摔倒的時候
你不會阻攔我
我想喝酒的時候
是你給我送來
躲在我的後面
我不會對人哆嗦
你撲在我的前面

我可以向人跪著
啊不能我沒什麼給你
我只有送你一朵藏紅花
用你的烏黑長髮緊緊纏著我
我就會在黑暗之中給你唱一首歌
把你的過去將來全都給了我
誰讓你跟著我咱們倆算是一夥

解釋我猜2031

張楚在和朋友吃飯，在西安，準備結束前半生，不寫專輯了。開始自己料理自己的後半生了。在西安。

解釋我猜2031-1

那段時間，張楚住在西安，我的愛情也比較高雅，和有內涵的女生在溝通，也和培訓部的紅海鷗勾。作夢。

風行水上

風行水上，鬱鬱回蕩。

我就這樣刷地出了城門，的寬馬路上，就坐在自行車後架上刷地出了城門，這寬馬路中是長的花壇。

就當然看見李健也坐在自行車後架上，這穿著一身牛仔服的憂鬱明清的女孩。我們離著我可以叫住她的距離。

李健。

這水是護城的河，千年不換，蒼綠腥香，這風伴著灰夜的喑啞寂寞幽爽，西北的城池沒有魚米之鄉的恬暢，沒有青山綠水的悠揚，只有風喑啞水腥香。

我相識多日的女孩，我終於叫住你。

李健看著我，跳下車沒有表情是她沒有言語。

在我剛猶豫時，她又坐在自行車的後架上。我一猶豫。

我不知道我為什麼不能叫她，我知道我為什麼叫住她。佳佳問得我很突然，問我是不是喜歡上李健了，她們是那樣常走在一起，還有靜靜，三個人是內向的女孩，是叫人憐愛的，懂事懂穿著淡雅的女孩，是B型血的女孩。住同一宿舍。但我和佳佳買的菜，還有好些沒做要不做就會壞了，佳佳叫李健一起去做飯，我硬要跟著一塊去。我還不算認識李健，那時我正跟佳佳談朋友。那時的事情是過往煙雲了。

我將孤獨一生是我的不甘心，我將虎狼之心是我的善良困沌。

是這天全城歡慶的古文化藝術節，是機動車被管制的節日，是可以高興到很晚的一個日子，興奮的餘悸使人慾望躍躍。

在我再叫一聲李健時，她已毫不猶豫地又跳下車，直向我來，是我渴望的步伐。佳佳讓她停一下，在她耳邊說了幾句，佳佳是最瞭解我的，我也是掙扎著才逃出她的柔情似水。

佳佳有過那樣的夢，看著我天馬行空，她棲在一間小屋裏靜靜守候，我逃不掉的靜靜守候，讓我沒了勇氣，沒了藉口，如今也是什麼都沒了。

你可能去找別的女孩，我不會管你的，我會在一旁默默地欣賞，我希望我愛的人也是別人都愛的。我那天哭，那天哭並不是以為你要和他們出門，我也知道你不會去做什麼的，你盡可以和你的哥們兒去做事情，我不會拖你後腿的，我也不知那天為什麼要哭，可能是你媽媽勸我，越勸我越哭，不停。

我逃了牽掛，就是滿面灰塵，逃了時間，過去就可以不再記起，就逃了，佳佳是體諒我，自管傷心也是無奈，自管體諒我是脆弱的男孩，就叮囑了李健。

是兩個上學期和兩個下學期以後，我跳下車，李健跳下車聽了幾句佳佳的叮囑向我走來，佳佳和靜靜騎著車走了，帶我的自行車也慢慢向前走，我擁了薄薄的軍大衣，擁了她的腰，感慨沒到萬千，只是心面往。

雖沒有車的夜，是寂寂的夜，是城牆再次擁有日光，是月光也不怎麼亮。

我看了她的眼睛，是綻著可人的光茫，是輕輕瞟著我，是微微皺著眉，奪我的渴望，扯我的衷腸。我擁緊了她，透出軍大衣是吱的一聲，我擁緊了她。

是迷芒的夜，慢條斯理，，我伴我的虎狼之心去我那家一般模樣的地方，我回我家，擁著她，是這兩年的眺望和她面對的我羞怯，是我的小不想，直到今天才叫住她，是苦等了寒暑和寒暑的一個人。

是寂的夜，是渴人的灰暗，我曾遠遠望過操場望見的她舞在舞蹈隊中，是韻律一般地踢起細長如歌的腿，是將輕盈踢起，是將我的心踢出了我的竅。

我懷念打打殺殺的年月就是懷念我的身體在血光中綻開鮮豔的花朵，我將生命枕在利刃雪峰之上，我將熱愛澆進熱血之中。

在門洞裏我猛然抱住她，將支離破碎抱住一身，憑她的腿揮舞在我的腰間，我的腦際回蕩著鼓聲，我的舌甩去她的羞澀：你是神的人哪／你就是神的人哪／揮不去的厭世豪情總拌眼眉／你是神的人哪／你就是神的人哪／金磚玉瓦鎖不去你千千悠悠／時常也是不明白呀／時常總是都一樣呀。

我的夥計推著車來到了門洞口，我們就往三樓走，我們正往上走，兩個男人在往上走，李健扒在二樓的窗口沖下喊著什麼：我只有七塊錢。

你要多少。樓下的人她像是佳佳和靜靜，兩人都騎在車上，用腳撐著地。

三百。……五百吧。李健覺得她們把錢扔了上來。我覺得李健要錢真是的。

是半夜的打擾，屋裏打開了日光燈。日光燈如中午日光直射白色桌布覆蓋的桌面，明晃晃的人不再打想毀掉人一生的主意，讓我們平靜，讓我們想起疲倦，想起困倦。是難以名狀的興奮越過腦際，又越過腦際，在日光燈下發燙。

李健是破釜沉舟般地從屋裏合出兩瓶不是人頭馬的好酒，她舅舅的酒，叮哩咣啷，我明白她為什麼要了錢，舅舅待她不好嗎？是媽媽的弟弟待媽媽的女兒不好嗎！是媽媽的弟弟的愛人的事吧。

叮哩咣啷是手中的酒瓶的聲音吧，當被放在桌上就穩重不響了。我們瀰漫的雙眼，看見李健的舅舅和舅媽和藹可親笑容可掬無機可乘地站在桌前，他們出乎意料地關心我的，愛護我們，不管我們了。

白色桌面雪白，日光燈白花花，我忘了自已會不會喝酒，是不是煙酒不沾的人，高尚的人。

總之最後的情況是，天最後亮了，我不大太清了，不知是睡死過去了還是醉死過去了。

1991.9.19

解釋我猜2032

人在大學會如此抒情，是抒得好嗎？回歸那時的愛情狀態，是用十年來比較那時的心態，如何等十年來。

解釋我猜2033

再猛追一次十年前的夢和遺精。用有書名號的標題。

《高手高手》上集：格外晴朗

在有十五盞日光燈照著底下的兩班人眾目睽睽時，我蜷在教室的角角裏，努力打了一個哈欠。發現人在打哈欠時，是空明澄晰，大徹大悟的，但瞬間即逝，又墮入五路紅塵之中，做牛做馬的。

每天早晨不要吃飯不要讀書，在窗前看過往的學生，看風景，采大自然的氣，呼吸乾淨空氣，把勾心鬥角的事想清楚，對每一個人形成一個看法，採掉他們身上的好氣。

不過這些只是日常生活，我得做點其餘別的事。

所謂拚命奔跑，不過是盡可能跑快些和心情也就是大腦活動緊張些，一般情況不會因拚命奔跑而把命搭上。我這回可是拚命追趕火車的，當然火車已經開動了，這是駛向首都的列車，而且速度是有原則地越來越快，在這黃昏的時刻，而我只是盡可能跑快些，光線不太好，我的手還是抓住了車門把手，腳同時蹬上了梯子，身體同時向前一擺向後一甩，頭同時重重地撞擊車廂外壁，此時火車已經算是在飛快行駛了，我擺在風中，應該算拚命了。

平靜情緒，上了車，一切只能成為後怕，不過我還是挺坦然的。老子是不是坐火車也清靜無為？不去想他。那列子呢？他在天上飛來飛去，有火車快嗎？天上怪冷的，這個傻逼！

車廂裏的人是面對面坐著的，有些車廂是左邊一趟長凳，右邊一趟，人們面對面坐著的。鄉村婦女不看遠方，耷拉著眼皮掃過腳下雞蛋籃子的周邊：鄉村婦女穿著乾淨，她洗掉了泉水，洗掉了晌午的陽光；鄉村婦女渾身洋溢著乳香，透過細碎花棉布四處飄蕩，她養活了一群孩子，養大了一國人的人。

火車兩排人都是鄉村婦女，表情呆滯也無可厚非，你大踏步地穿過一節車廂又穿過一節車廂，她們知道你踩不著就根本不知道收收腳，她們表情呆滯也無可厚非，你的大步流星成了跌跌撞撞東倒西歪地移了過去。你的意志顯得不夠堅強，鐵石心腸。

一走走通，推開最後的車廂的最後的門，你倒退在飛馳的原野上，就這樣，嗷！嗷！天下照明很好，四處光亮，你吼得自己，頓時覺得四處光亮，原野寬廣，時間飛馳，眼裏的景色燦爛輝煌。

你頓時成了富有歷史感的人物，活在農村，活在城市，活得先進，活得落後，火車如時間穿梭機，你幻想活在古往今來，聒不知恥。火車飛馳。

趙鷗是趙雁的弟弟，是圓臉皮膚不嫩的聰明傢伙，衛生習慣較好，每晚睡覺前必洗屁股，兜裏揣衛生紙，吃完飯擦手擦嘴。那永遠長不大的圓臉使人很難想像他四十歲時的樣子，新婚不久的大學教師伊沙急歎：生子當如趙鷗！我就是和這個可愛傢伙一同旅行的，我很舒服。

列車進入終點，進入交通樞紐，我的腦筋也樞紐起來。到處都是支離的鐵軌，火車站沒有其他月台。我踩著鋼筋鐵軌感到那裏踩著地獄關不緊的鐵門，不敢快走，也得小心翼翼，鋼鐵的寒氣逼得我無處藏身，一上這唯一的月台，我就拚命奔跑起來，丟了魂似的。回想我小心謹慎地蹬上月台的那一腳，我跑得更快了。

候車室得能裝下幾列火車，才能裝下火車裏的人，候車室的主要特點就是大，大城市候車室的主要特點就是比小城市大，這是國家最大的候車室。候車室裏坐滿病人，遠處就醫，大包小被，面色如菜，其眼昏黃。去年冬天這裏的雪下個不停，今年這裏又坐滿了人。我望過人頭簇擁的人群，看見一個個視窗上分別掛著，劃價處，收費處，西藥處。空氣混濁，心情沒有，我趕緊離開了這個房子。

出了車站，應是冰雪逍遙模樣，可耳膜嗡地瘋狂鼓噪起來，都市的聲音充斥腦殼，充斥街區，順空中電線滑向祖國各地。汽車龐大笨重的鐵身軀不按喇叭卻不男不女地哼著外國民歌鈴兒響叮噹叫你趕緊躲開，否則要了你的小命！我倒覺得汽車喇叭聲更應改成像嗚呼衰哉這種聲音效果會更好，街上很少行人。

天色是慘了點，街上很少行人，雪就是下不下來，心情是受了些影響，連食品店裏的日光燈都像長了毛兒一樣。我承認心情是受了些影響。

天下烏鴉一般黑，天下女人一樣水，所以有的地兒，也可以叫上水，叫北水，叫廣水，各地肯定都有水，都夠水的。

抓緊行動，我們趕快擠上一輛無軌電車，就坐了三站。下車。

下了車。卻看見一邊綠山一邊水，山清水秀，有lúsì在qián魚，有漁家在悠唱，遠遠地望去。

趙鷗撐圓了眼貪婪地看著風景。他除了愛看風景，還愛看韓戰內幕，越戰一萬天，他稚嫩的好奇心在作怪，又作怪了，他的潛意識顯示出日後他在某次談話中義正言辭地翻出哪段名將遺言來說明他知識淵博作風正派很年輕。

人們都是喜歡青山綠水看風景的。趙鷗的爸爸是名教授，研究孔子，研究多了，他說說天下要宣揚仁政，而實行法治，他往深研究了，我不往深講了，就永遠講不深。趙鷗的爸爸是趙雁的爸爸。

綠草綠綠的，鋪滿山坡，碧了山崗，小河流水嘩啦啦，沒有綿羊在吃草，趙鷗的眼都綠了，他說我整個都綠了，沒戴帽子、我們興高采烈趾高氣揚地走在小路上。

小路彎彎繞著水，一邊綠山一邊水，水邊是綠草，我們一眼看見小路下的河邊草地上坐了一對戀人，放縱感情，勾肩搭背，唧唧我我，沒有遠的理想。倒很甜密喲。

黃浦江邊那會兒都擠滿了沒出息非得談戀愛的人，這裏安靜沒人不談破天才怪呢？靠山吃山，靠水喝水，坐在草裏談愛你。

我和趙鷗是不注意這些的，竟顧往前走。這風景對我們這種胸懷大志放眼全球的人意義不大。

我的腦子裏迴響著音樂這高雅的東西，吭吭吭吭吭吭吭吭嘀裏嗟啦嘀，嘀哩嗟呆咚吭吭滋，邦才邦才衣嗟啦咚嗟衣衣衣呀差嗦差去不鏘哆哩不裏咚西嘀啦啦美關西……

音樂能解除旅途的疲勞，放鬆緊張，那是好聽的音樂。

繞過一個彎兒，我們就看不見那對草上的戀人了，我們心情還是很激昂的，走呀走的，只是發現腳下的石頭路有點不像剛才那麼平坦了。

石頭路不是很平了，坑坑窪窪地都是石頭路，我頓感石頭越來越多，綠色越來越少，就走到一個石拱門前。

走過了石拱門，腳下還是石頭路。石頭越多，綠色越少，前面越黑。我嚮往初冬的電車站，電車拖著長長的辮子，閃著火花，悠閒地蕩來蕩去，一會兒便消失在冬的灰色中，一會又亮著大燈鑽出來，冬天的無軌電車是把你帶往溫暖的希望，我本想繞過這個小山就能碰上一個電車站，可前面已經昏暗了，我越來越冷，心裏發悸。

綠色消失，石頭多得數不清，周圍漸漸黑暗，我拉上趙鷗撒腿就往回跑，跑不回原來的路怎麼辦，我在暗灰中努力辨清道路辨清自己，奔跑。想著一下就能到初冬的電車站，越想越被這沒有亮光的地方嚇怕了。

不記得石頭門是在什麼時刻過去的，只是天又漸漸亮起來，我們又跑回綠色中，一邊綠山一邊水，路彎彎的，讓我激動的是我看見了路邊停了一輛賽車和一輛坤車鎖在一起，扭頭往下望，那對戀人撐起了陽傘。

我放慢了腳步，從來的路往回走，越走覺得越明亮，空氣越好，還有遠處的陽光，可能迷路了，我這樣認為，又忽然想起還帶了地圖。

我停下了腳步，開始端詳地圖，方位我是不會混的，特別是這種四四方方，街道筆直的大都市裏。我是在綠地中，我要確定自己的方位，我只坐了三站，不會離火車站太遠。我尋找火車站的標誌，尋找地圖上的綠色。

地圖是把實物按比例尺縮小的，但得用符號和線塊概括。再加以文字說明。

東城區是這塊地方，只是街道狹小，商號林立，不大可能，肯定是東城區東邊這個區，我發現叫靜安區，這個區很大，但不可能有山水風光，大概是這幾個公園吧，那誘人的綠色可能就是包圍我的綠地，我的心中豁然開朗。只是地圖上沒有標記公園的門。

我的心情輕鬆多了，一路上又是山又是水的，山水忘情，踏歌而行。沒有門，沒有電車。天空格外晴朗，只是怎麼也走不出去了。

解釋我猜2034

我發現我當年沒談戀愛是因為我覺得談戀愛是沒出息的，而我是要有出息的，出息得在十年後尋找愛情。

《高手高手》中集：陰天

其實這是快到晚上了，幾乎與陰天無關。

晚間新聞播送什麼我還不知道，因為新聞聯播也還沒開始呢，對一個流落異地街頭的人，關心國家大事也得等哪天回了家，哪天有了電視時再進行。對於佇立在外地街頭上，茫然地估計方向和估算種種距離的人來說，應儘快找到棲身之所，至少儘量接近市中心，別在荒山野嶺，荒郊野外冷不欲生，膽小怕事，怪難受的。

我知道這是大都市，這兒的人互不認識，哪能把我們那塊地界跟這兒比，我在那兒還是名人呢。名人也傻逼，也不認識人，不認識道兒。我知道我大概在這個城市的西南郊，需要乘車去市中心方向，基本上坐什麼車都會靠近市中心吧，我想著，既然我不這麼挑剔，隨便找什麼車還是較容易的。

我不再站在路口的街道上，決定往北走，會碰到車站的。周圍行人不太少也不怎麼多，各自為政自行其事，洋洋自得，暗自發愁，總之也沒見誰和誰打個招呼之類的，踩一下別人腳說聲對不起也好啊！

我此時真想和人撞個滿懷，滿懷，多舒暢，兩個脹紅了臉，不好意思地相視而笑，多帶勁！兩個人飽經人世，現在又問寒問暖，這瞬息的相撞，瞬間的交流，就是人類永恆的象徵，啊！不過要是跟一位天使般的人兒相撞，豈不更是幸哉。我滿懷愛心，低著頭，左右走動，有人躲也不怕，總有躲不及的時候，總有躲不及的時候，總有躲不利的時候，沒人理我，結果，街道空空蕩蕩，眾多的行人都在遠處快速走動，沒有人注意到我，我喪心病狂，我追悔莫及，我愛在深秋，我誰也沒碰著。

不過，我看見車站模樣的建築物，而不是站牌之類的小玩藝兒。一塊板兒，刻著字，我也看不清也記不清了，大概是說，本站小火車如何如何開始坐人了，我走進大廳，很多人在走動，在等車，有幾對母女也在看屋內的大牌子，我明白這是一種我們那兒沒有但也不叫人驚奇的交通工具，是環形軌道，周而復始，黃金萬兩，一勞永逸，每天都有。我認為環形鐵軌，注意在哪兒下，總之會接近市中心的，雖然也可能一下轉到更西南的地方，因為從大牌子上的示意圖上看，道是橢圓的，而且向西南延伸，我的有效利用區間很短，不過總比沒車坐好。

咦，這是個這個樣兒的啊，小火車從窄軌道的一頭開過來，這不是那種像火車像地鐵的可以把人包起的車輛，小火車很小，均是兩人一排的座椅，像戲院裏的包廂沒有頂篷，每個人拉開小門就可以坐進包廂，行李放腿前，兩人一排坐著，我也得這樣坐才行，因為司機也這樣坐著開，可以看風景嘍。眾多的母女和大家迅速坐好，火車馬上啟動，呼嘯起來，我沒有搶到位子，我沒坐上這一趟，沒有人知道我沒坐上車，而我卻感到下一趟車不知何時才能來，我不能傻待著，我走出來找別的車站，就是找一個站牌什麼的。

人世間的蒼涼常常集中地表現為坐不上車，雖然更多的人對戀不上愛體會更深，但對一個雙腿不很粗壯的人來說，坐不上車比戀不上愛更直接地可以摧殘他的鬥志。兵不厭詐，就是講如果你當兵了，就別怕人家騙你，所以如果你在外地就別怕多跑路，路還長著呢，希望總是遲遲不來，苦死了等的人，世上本沒有路，走的人多了也就成了路，這些名言與兩腿發脹腳脖子發酸腳板發燙關聯的沒有。

也許白天是陰天的緣故，氣壓較低，壓得人們不是慾望深深地想賺錢，大晴天就是有助於生意人懷惴支票本豪情萬丈的。天陰了嗎，少跑幾趟車，大家都少跑幾趟車，大家沒意見，市民們也早已習慣陰天少做事，也不出門，市民也習慣。對本不是這塊地上的人天當然應有不測風雲，沒刮大風下刀子已經夠給面子了。好歹也是一個國的人嘛。其實也別說得太見外了，是由於我沒看上新聞聯播，更沒看晚間新聞，當然也沒看天氣預報和海浪預報了，我知道海浪是摧不垮我的，我是一丁點兒也不怕什麼海浪海嘯，海上的一百多級颱風的，我站在地上堅定地這樣認為。

黃昏，我臉部皮膚發黃，脖子上的大疙瘩發昏，我沒有什麼顧慮和煩惱，我口袋裏有錢，有地圖，但是地圖不頂用，是拿錯了，別的城市的地圖，誰叫我攢了許多地圖呢，如果要是在這地圖上的城市裏，那我就牛了，我哪兒不知道，哪兒不能去，吃香的喝辣的拉臭的撒別的睡軟的，應有盡有，萬般自然，一往無前，心平氣和。可這個城，說實在的，這幾年變得有些快，而且城巨大，郊區的樓都長得一樣。

我也有傻眼的時候，也就是分辨力有些遲鈍而已，與我其他高智商的本領暫時沒有關係。還是靠我的觀察力沒有用很多功夫發現了馬路對面的站牌。斜插在地上的站牌。

而且，而且！啊！停著一輛公共汽車。啊！可我心裏清楚一個鐵的事實，當你看到馬路對面的車站停著公共車時，而且在過馬路時必須一慢二看三通過，然後你好容易跑近車站，卻發現公共車從容地關上門，揚長而去，你不敢吱聲，準備經歷一趟車和下一趟車之間的整個過程。

我對沒趕上車沒有感到懊悔，而大大地慶倖了一下，在我仔細辯清站牌上的意思後，這是一趟專線車，從這裏到更西南處的一條專線車，早上一趟，下午一趟，我如果奮勇坐上了，就會在下車時忿忿不平。

坐班車上班的人，像是遇到了包辦婚姻，註定這輩子得跟班車過，這班車又不花哨，樸素大方，乾淨整齊，裝得跟傳統婦女一樣，你早上也得見，晚上也得見，柔情似水，跑也跑不掉的，倒是廠休日可以花一下，乘個電車，乘個地鐵小巴之類的，第二天早上還得上班車裏坐，指望出趟差嗎，出趟差，換換口味，出差讓你在外地連班車也坐不上，就像我傻看著班車走，兜裏揣著公家和自己的混合錢，沒地兒花，還得走自己的腿，娘給的啊，就這麼兩條，還都沒閒著，沒個換啊，不像公家的車啊，報廢了咱們進口新的，指望兒子呀，兒子長大都不孝，不把你踢出二裏地已經是燒高香了。

不是我沒有錢，是地上沒有車，我加了些憂鬱的表情後，繼續向北走，北上抗累，北邊有軟的。

天還不算黑，我看見前邊的路段燈光輝煌，架勢不小。

這些年的春季和秋季，我瘋狂迷戀著年輕女性的腳脖子，如歐洲大平原上的人熱愛他們的阿樂卑斯山這個小突起一樣，那少女腳脖子上的小關節骨同樣使我熱血沸騰，那大轉彎也與雅魯藏布江的急轉彎一樣讓我喪魂失魄，春風中和秋風中溫馨沁人，那薄如蟬翼的絲襪或白如白雪的小白襪裹著年輕的腳脖子意氣風發，鬥志昂揚，怪好看的，可美。

別罵我了，我才沒那麼好呢，我假裝拒絕別人對我的誇獎，再帶上一點時髦的自嘲，以為我滿不在乎那個，說明我骨子裏早就有中華民族的美德了，像黃河長江一樣奔湧在我的血管和毛細血管裏，常常堵塞，易得膽結石，我對黃河裏的泥沙量過大感到擔擾，是上中游水土保持不好，濫砍濫伐濫砍濫伐濫砍濫伐。這時我真想碰著個熟人兒，不誇我哪怕讚美我呢，都行。

在路上走著，想人生的大道理和宇宙的大真理，就會覺得路很短，一會兒就到了，這也是相對論的一部分內容，這年月能懂愛老理論的人不多了。

我牽著我奔向燈火輝煌的地方，就是那個市場，我討厭看見冬天女人的腳脖子上用襪子裹著棉毛褲腿，毛褲腿，其他褲腿，裹得鼓鼓nāngnāng，像樹上的瘤子，而且天色不好，看見了總比沒看見心情差。不過，我終於走進了這個絲綢市場。專賣綢緞布匹。

綾羅綢緞，是油頭粉面的人穿綢掛鍛的人喜笑顏開地在賣，女老闆多，不如說來買綢緞的人幾乎都是女同志，所以人們奇怪我代表一個男人不知高低地走了進來，旁若無人，十分擁擠。

江南的好綢子細滑滑，江南的好緞子漂亮亮，穿著綢緞是穿著富貴，膩死人了。

你看這個這塊布呀，怎麼就是這麼藍呀，它怎麼就是這麼藍呀，竇爾敦臉也比不了它那怎就這麼藍呀。你看這個這塊綢啊，怎麼就是那麼醜呀，它怎麼就是那麼醜呀，西施穿了你閨女穿了怎麼就是不願換呀，她怎麼就是不願換呀，是她沒了第二件呀，是換了也沒的換呀，你趕快想好買了去呀，這去了就不再去呀，這不買就買不著啦，就只有這一塊呀，城東小紅沒錢買呀，城北翠花沒見過呀，你這個寸不寸呀，可叫你碰見了，你說你買不買呀，你到底買不買呀。

夏天穿綢褲涼快，冬天穿絲棉襖富態，春秋你的被面亮閃閃，閃得你每天睡覺隔天作夢，花呀草呀，約會或拾錢。

穿過市場就會忘了我在走路，也沒在買物，不倫不類的，向前進向前進，戰士責任重，我的腿太酸。摩肩擦踵，說明消費者很多，使我感到不孤獨，生活在人的集合中，左右振盪，互相碰撞，產生熱能，有時出汗。起初的摩肩擦踵是漫無目的的，後來也不是居心不良，只是多注意看周圍的過往行人了還可能是預感到什麼了，人不斷交疊出現，消失，像新鮮啤酒沫，不斷起泡，泡不斷消失，有時呼地溢出來，杯底的泡泡也飛速上浮，你進了這個市場，就是你張開大嘴，喝了滿嘴的沫子，沒有碰見液體的酒，醉心的古銅色的酒。歐陽紅梅是這古銅色的液體。

出類拔萃就是個子比別人略高，或比例比重人更符合要求，再加上衣服裹得很緊，再加上顏色是大眾沒有想到的，再加上她是個女的，再加上還有一個類似她的人陪著她，她是個年輕女子。

我迅速注意到了兩個穿著粉紅色西服套裙的高䠷女孩，款款而來，四處看看，是上班時溜出來的賓館姐，粉紅色的制服裹出她們的鬼魂，而她們自己卻沒察覺自己對周圍造成了的刺激，天真爛漫，或爛漫的樣子。

我當然要再仔細看她們的容顏肌膚了，很好看的一種，我頓感親切的是那張我熟悉的臉及永遠不會凝望著你的散著光的美麗的大眼，我頓時喜歡這個城市，感覺好多了，是因為她在這裏，她就是這個城市所展示的引力。

關於歐陽紅梅，是我的中學同學，面容姣好，身材還行，畢業後不知去向，無非是上了旅遊方面的機構稍事學習。關於她現在的情況也是從她那裏得知的她進了我們那兒的旅遊學校，中途出來在賓館裏做領班，現在又來到這個城市找工作，還是做領班。

我和她並肩走出了絲綢市場，向西走著，天確實已經黑得不行了，我們走在高樓大廈中，如果不是建築物中一些視窗亮著光證明有人在。

已經見不到什麼人了，我感覺我在和一套誘人的粉紅西服套裙走。

我們穿過了現代化建築群中的基地。

她指著遠處頭頂閃著光的白色大樓說那是她們賓館。

手指勾一勾，兩人心在此，眼睛睜一睜，眼淚流下來，嘴巴呼一呼，空氣潮呼呼，耳朵張一張，小蟲飛出了，嘿喲呼嘿喲，不是羅的佑，嘿喲呼嘿喲，天天自個由，嘿喲呼嘿喲，天天自個遊。

她指著面前在月光下臉色蒼白的大樓說這是她們的賓館。

這夜的天空沒什麼星星點點，這夜的城市到處亮著，街道不很黑，很多條街道都不很黑，很多條街道上都很靜，這是我在天亮時總結的。

今夜，這個平時很牛的大都市匍匐在我的腳下，她的身體任我老老實實地踐踏。

解釋我猜2035

我又在沉重繁瑣的文字中發現另一個我沒有戀愛的原因，好可怕那就是：對一個雙腿不很粗壯的人來說，坐不上車比戀不上愛更直接地可以摧殘他的鬥志。

解釋我猜2036

我在深刻體驗男人十年磨一劍的歷程，別磨禿了。

《高手高手》下集：天氣不明

麻煩人家給買了火車票已經很不容易了，現在就不要再去打擾了，即便是親戚，但住房面積小親戚也不太高興你老坐在沙發上喝茶抽煙，等著用膳，熱情歸熱情，血緣歸血緣，房間小，礙手礙腳歸礙手礙腳。越這樣想越自討沒趣，越表明我內心深處還是想在火車開車前的五個小時內找個落腳的地方歇歇腿兒。

男同志平時是不流淚的，就是說一直不能流眼淚，因為他知道流了眼淚也白搭，所以一直得繃著臉，不苟言笑，雖然這樣皺紋少了，但不能長生不死了，怪傷感的。我就是這樣繃著臉站在公共汽車的車廂裏不停地震盪著，當時我也沒覺得傷心委屈之類的，習慣了，我準備慢慢地一輛倒一輛地乘車，等到了火車站時間也就差不太多了。

這個座位上的人屁股一抬，那個人造革椅子面就胡亂地往上鼓一下，大概裏面有彈簧，至少也塞一些棕呀麻呀的，可沒等椅子面徹底鼓好，這個人前面和後面各有一個屁股往下落，自然是落得快的先把椅子面壓癟。我看見周圍的椅子面此起彼伏地著了迷，竟忘了自己的屁股還懸在空中，公而忘私。

這個人坐下了，這個人坐下了，這個椅子總是讓這個人坐下了，那個椅子總是讓那個人坐下了，這個人換了一個這個人，那個人也換了一個那個人，我嘛，站著好啦。

我知道坐車還得在東站坐，為使東站現代化，就得在西站過渡一段時期，騰出時間東站就摩登了。我聽說東站已經成了，但也擔心公共車還是通西站，線路還沒來得及改回來，後來想不光我一個人坐車，還有大傢伙兒呢！站一定不會錯。

站是沒錯，只是站牌比原先離火車站遠了一截，走啊。

車站是人海洋，我是蝦咪，還有金槍魚螃蟹等厲害傢伙。不過還不肥，所以誰也不理誰。我向火車站的大門遊。

車站大門莊嚴雄偉，是因為大門上方兩側一邊有一個石獅子，獅子不威風誰威風，傳說獅子會吃人的。火車站建得像賓館堂面皇之，不過還得進去，我糊裏湖塗地從出口進了車站，自動通道，人一踩在上面，傳遞帶就往裏往外送，我終於進了候車大廳。

直到這時還納悶兒這幾小時是怎麼渡過的，就感覺車在晃，到軍事博物館這種地方，好像越離火車站遠，再坐車，倒幾趟車，中間可能有一兩次搭錯車。

我是灰溜溜的，在外地因為是談工作，並非訪親探友，遊山玩水，而且不想花太多錢，所以沒有碰見熱心的人，這年月好多人只對自己還有熱心就行了，我對自己是熱心不起來，都這麼熟了，還那麼客氣幹啥，挺見外。我的心情不是這般的好，我的歌唱著氣短，我自小的天地良心沒有變色，只是這裏罩著我灰溜溜的。許多年前不再激動，不戴帽就不能怒髮衝冠，睡了覺就忘了吃早點，你說我是不是像油條豆漿一樣可有可無？天氣好的時候沒能曬曬陽光，下雨天卻免不了當落湯雞，傷心時才有人請客早沒了胃口，高興時才發現自己斷了炊，呼來喚去。

現代社會，文明遍地，我乘著內燃機車被呼來喚去。

人民鐵路為人民，人民的車站是金碧輝煌，萬丈光芒。感覺車站裏也是華貴多了。外面看車站像個紳士，很體面，斯文和高雅，進裏面看車站像個貴婦人，釘鈴dāng啷地，無非是首飾相撞的聲音。大多數旅客被這氣勢壓得和被自己行李和貪心不足壓得喘不過氣，蹣跚挪步，穿著時髦，心潮逐浪高。

人站著、坐著和走著，有一種高級送飯車，大廳裏停了好幾輛，食品精製，還有西餐義大利蛋麵、西班牙紫面魚配鹹麵包，比以前由三毛五上升到兩塊五的盒飯又從品質上價錢上有了一個飛躍。

我看別人在咀嚼著飛躍無動於衷，只是還找不到去西安的侯車室，侯車大廳組合科學，分了許多候車室，就是一時半會兒找不到。

沒有人覺得我找不到候車室，我這樣想他們都會認為我正胸有成竹地向我的候車室穩步前進或者他們就沒顧上看我。我覺得站裏還是有不少的新東西和新看頭。

我看見去長沙的候車室門旁的牆上鑲了一個大大銅字「練」，下面才是車次和時間，去上海的候車室牆上是一個「繁」字，去呼和浩特的候車室牆上是一個「放」字。每個方向每個地方候車室門邊的牆上都鑲著一個大大的鍍金銅字。

我想到去西安的候車室時是在一個大大的「怪」字下邊，莫名其妙豈有此理，當我指頭著牆上的鐘時，發覺比開車時間剛過了兩分鐘。

才徹底慌了神，趕快找到了車站上的員警，極力說明我，是經過多少努力才買到票，是多麼不容易才找到這兒，而且比開車時間也只有兩分鐘，我再三說明是經過多少努力才買到票，是多麼不容易才找到這兒，而且比開車時間也只過了兩分鐘。

員警同志是年輕和矮的小夥子，看見我苦苦拍求，態度誠懇，不摻半點水地真誠，而且時間也僅僅才過了兩分鐘，便答應試一試，為我攔一下車，我萬般感謝地跟著他穿過眾多的辦公室來到鐵軌旁邊。

這是個大轉彎的地點，轉彎是繞著一座小山的，和小山相對著的這邊才是車站和候車大廳，車站的地勢要低一些，在鐵軌旁，回頭看時，大廳裏燈火通明，而小山卻顯得陰暗。

接著便聽到一聲呼嘯，員警精神抖擻地站到鐵道一側準備攔車，又一聲呼嘯，一輛載滿圓木的東北貨車穿行而過，員警閃到一旁，不是這趟。

又是一聲呼嘯，員警重打精神立在路邊，果然是這趟客車駛來，他迅速抬起手，上下擺動，車頭駛近時火車司機看見了員警剎了車，只聽小山那邊嗚咽聲怪叫。

當車停穩時，只能看見車尾，車頭早已拐到小山另一側了，我和員警向車頭跑去。停車頭的鐵道旁圍一群穿鐵路制服的人，其中官員模樣的人大概是站長之類的。

還沒等我走近，這群人呼拉散開，向候車大廳奔下，車頭旁的路基下一個人的背部從草中站起，晃晃悠悠，雙腿間一團血乎乎的東西上有液體往下滴，周圍的草都染紅了。這個人轉過身表現出了憤怒的心情，要向我或制服們走來，我也嚇得撒腿往大廳奔。

站長之類和我並肩跑，他讓我趕緊去打電話，而我腦子裏閃出兩個字「找槍」，我奔進大廳，所碰見的員警和執勤都沒有槍，必須得去擊斃那個血人，否則後果不堪沒想，我跑到電話機旁抓起電話，才發現不知往哪兒打。

我打不了電話，找不到帶槍的人，我隨人群四處逃竄，辜負了站長之類委以的重任。

我就這麼逃竄了。

1992.3.9.

解釋我猜2038

又發現一版錄入公司版的張楚歌曲。（錯別字出自千字兩塊的錄入小姐之手。）

藏紅花
在錢沒地的冬天
你就是我的我
逃記路上你牽著我
別讓我把你丟下
點亮你無力的燈火
我就會覺得暖和
用你身體接著我
我不會覺得寂寞
啊不能我沒什麼給你
我只有這你一朵藏紅花
我要摔倒的時候
你不會阻攔我
我想喝酒的夜裏
是你給我送來
躲在我的後面
我不會對人哆嗦
你撲在我的前面
我可以向人跪著

啊不能我沒什麼給你
我
用你的智會緊緊纏著我
我就會在黑暗之中給你唱一首歌
把你的過去將來全部給了我
誰讓你跟著我咱們倆
就算是一夥

解釋我猜2039

終於夢完了，總算還找出了兩個影響尋找愛情的原始因素。

解釋我猜2040

有沒有豁然開朗，在尋找愛情的過程中有沒有豁然開朗，如果沒有，其實就是還沒有，那就接著找。

解釋我猜2041

我在找早年愛情的影子，不可能沒有一點蛛絲馬跡，愛情蛛的絲和愛情馬的跡。

解釋我猜2042

咱倆好，咱倆好，咱倆上街買手錶，你戴戴，我戴戴，你是地主老太太。

解釋我猜2043

（寧夏口音）老漢是個好老漢，就是槍裏沒有子彈。

解釋我猜2043-1

那麼上面是三個夢，要不要請心理醫生或性心理醫生，幫我看一看。

解釋我猜2043-1

我發現了被女孩蹬的原始記錄。

上大學時被蹬片斷

多多始終不說她的小名，我就肆無忌憚地猜著：狗娃、狗兒、狗子、翠花、春桃，我是太喜歡她了。怎麼這麼笨，她提示說她媽媽想要個男孩，可結果生下了她，就說她是多餘的。我還是猜不著是因為她總是說她的小名不好聽，我就越往越殘酷的地方想：栓柱、鐵蛋、愛蛋、蛋蛋、拉娃還是不行，再想豆角、擋果兒、轉果兒、扭果兒、回鄉兒、隨願兒，咳，太封建意識了。

這時多多已經惱羞成怒，氣急敗壞、無可奈何、更加可愛了，她只好在我的手心上寫下了「多多」。（我叫梭梭。）

行人稀少。如果一個女孩叫多多，我得練習喊喊，在路燈下。

是個大雪天每個人都陰沉著臉，我就覺得有點不妙，多多地一次要我到樓下等她，我產生不了喜出望外的感覺，是她這天蹬了我。

「伊使是命中註定，折殺凡間之我，自大無用，愛人不見身來不見影，心也相隨，身沉四海。——給多多」

然後覺得人是夠慘了，這麼多年沒有愛情而結合的人不計其數，我太害怕自己也裹入其中，一輩子讓我找不到心愛的人，我就要死了，為愛情而生，為愛情不在而亡。

平淡的日子裏，被人蹬了，也覺得平淡無奇，當然我還是要找她。

如果你真愛一個人，即使被蹬了，也還愛，所以如果別人真愛你，把他（她）蹬了，還會回來的，我是越蹬越使勁……（未完沒續。）

解釋我猜2044

又發現一個影響戀愛的因素，就是你只管把別人蹬了的思想。

那是蔣子龍小說《蛇神》中，老男人拒絕了女記者，跟跟隨他很多年的小女孩結婚了。他的邏輯是告訴所有與他有瓜葛的女人，為我祝福吧，如果你愛我。言下之意是我蹬了你們了，如果你為我好就得讓我蹬，不讓我蹬，就是不為我好，我更應該蹬了。

天涯何處無芳草，芳草無處不蹬人。

解釋我猜2045

少年好遊歷，忘情山水間。呸！不要那麼騷，騷客的騷。

解釋我猜我猜我也猜猜猜

好像這樣這個樣子比較好玩，台灣女身覺得大陸人說話老兒化音，然後台灣女身講話比較嗲，而男身這樣說就就是有女人味了，所以我一定要打道台灣去，領著女身玩。

老殘遊記

老殘遊記很有名，西遊記最有名，我的遊記在下面，那時高三，第一次去廣州，帶了兩百元，待了兩週。我為什麼不把精力放在尋找愛情上，比如北京的中學生早就有談戀愛的了，王君、王玨等人把女朋友叫知己，不叫女朋友，企圖掩蓋視聽，這會氣死當年的蔣濤的。

解釋我猜2045-1

尋找傳說中的愛情，尋找到一心想出去的我，啊，人生何其短何必苦苦戀愛人不見了向誰去喊遠（冤）！

廣遊記

就是廣州、深圳珠海的我高三時的遊記。那時我可真是玉面小生。

一上車，便灌入了曾經衝擊過西安的霍東覺射雕英雄系列插曲。西北風讓西北人自豪，凍壞了從南邊來的手，又紅又腫，而我的手卻也真沒什麼可說的。

終於看到河南也有美國西部的特色、黃土的直立性加上溝壑縱橫的景觀顯出奇特的感覺這回不同以往是白天經過這一路段的，所以看得很清。

第一次在車上吃速食麵，是什麼滋味，就得吃什麼味，總之把肚塞滿。

幸得一暖水瓶，我如當年趙子龍懷揣阿斗在長板坡萬馬軍中馳騁我得高舉暖水瓶，涉過憤憤的人群，歸來時，除了一壺水打到外，又使我渾身冒了汗，暖和？沒那感覺。

到廣州的新疆人一幫一幫的，大都做生意。有的一見人搔亂，便用帶著濃重新疆口音的普通話喊：「不許打架！」或有人爭位時喊：「讓給學生。」咋咋唬唬地。

我看目前該統計一下婦女抽煙人數，我看數字不會亞於中學生抽煙人數，都說東北姑娘手拿旱煙袋，可上海中年婦女對過濾嘴也頗為感冒。

解釋我猜2045-2

都說新疆好地方，李一鋒在烏魯木齊的賓館裹遇到了美麗的魅力的維族姑娘，我多麼想遇到呀。

暗夜行路

半夜行車並不靜，新疆人大聲唱著有著俄羅斯粗獷風格和法式鼻音的新疆民歌，引起四顧。而上來的河南兄弟也不愧中州王的架勢，豁達簡直，衝衝的，而上海同胞絮絮叨叨，被感到欠修理，而他們還蒙在鼓裏，繼續的叨叨。小孩睡得頭上溢出了汗，而好心的叔叔都一味嗑著瓜籽，不知掏出手紙擦擦。

廣東好漢摟作一團酣睡，像親兄弟似的，軍大衣幫反穿、正穿、斜披著這大被似的東西，早早走進了夢鄉，雖說大家都睡不踏實，但還是鼾聲起，四海為客嗎？有時都應該真正來個四海之內皆兄弟，行教禮，雙手合十吧？也可打拱。

讓世界充滿愛，不只是說說。而是切切實實地從我做起，從現在做起。我可以不睡覺，而一個孩子要睡覺，想起我小時候，不也是需要外人照顧嗎？一個孩子不愁吃不愁穿，而真正缺的是父愛和母愛，離婚帶給孩子的是什麼？

車上人說新疆人比河南人還難惹，人更多，「退貨不？」「不退」「退貨不？」「不退」說罷，從腰間抽出一尺長的刀子將貨主臉上劃一道，再問「退貨不？」

夜間人愛衝動罷，中州王，為人老實多了。

〔摘〕最大的人民幣是十塊的，最小的人民幣是一分的……不管是最大的還是最小的都是我們人民群眾最熱愛的。

木棒一般的甘蔗，被幾個湖南女猩猩嚼得粉碎。

解釋我猜2045-3

我高中時怎麼那麼壞，管人家多情湘女叫猩猩，那還鄭重其事地跑到湖南衛視的《玫瑰之約》瞎忙什麼，還信誓旦旦地說多麼喜歡這裏的辣妹子。

繼續在廣州逛

有人說雷鋒做好事是報恩，可現在學雷鋒並不為了報恩。

28日9時45分好像已進入廣東省境內，在一個小站停車，那鐵絲網門出出進進的鮮黃鮮紅色使我想起了香港海關畢竟快到了，以前只有看書、電視，現在可切身體驗了，好新奇，九天銀太陽（一個高中時的自稱）裹著強勁的西北風衝擊了這南方的都市。一時地闖，不失涵養。

1月29日，廣州市區天氣預報：

白天和夜間多雲有時小雲

溫度最高21度，最低14度

風向偏東風力一到二級

解釋我猜2045-1

對了，你關心學歷嗎？我去廣州是因為廣州有五星級酒店，因為同校初三女生郭萌在初一時，她們西安第26中學初一幾班和廣州第26中學初一幾班通信，郭萌就和孫潔雯一直做筆友，我和刁亦男在中學收了三個女徒弟，老大是董健，老二是郭萌，老三是宋茜。就是沾徒弟的光，潔雯接待了陌生的少年蔣濤。

「西安來的考察的」

廣州市42中，飯堂湯包，學生二部考試，單人單桌，航模（內燃機）市上第三名，百分之七十到八十不準備上大學，廣州就業容易。教師隊伍不穩定，僅憑基本工資一週帶課不超過兩晚。學生勞動技術課家電（修電冰箱）裁剪（用報紙），生物實驗做白鴿標本，老師可做人胎標本。老師很熱情，學生只是些好奇、外加態度冷漠，要創面安特色同時也得背「鄉巴佬」的黑鍋。教導主任很熱情，廣西北海人，在廣州工作二十餘年，勤奮奉公。教師、校長等人表示歡迎及支持，上課用（大都）廣東話，如用普通話，會受到學生起哄，廣州雖推行多年普通話，但仍未流行。

解釋我猜2046

我記得那時很喜歡一個叫馬叢的女孩，寫過信，把青春的時光和嚮往都寫了，也都隨時光流走了，要是馬叢還能記著我就好了。

還有一個小學二年級時二班的一個石油儀器廠的愛穿白襪子的女孩，我不認識她，只記得在全校同學面前，她告別了大家，在「四人幫」倒台的第二年就去了美國，不能回憶小學同學了，王晶旌、紐曉青的，肯定都老不拉擦的了。

大家一起唱，預備，齊：青春啊青春，美麗的時光，比那彩虹還要絢麗，比那什麼還要什恩麼麼，我問青春為什麼壯麗，為什麼壯麗為什麼壯麗，她在哪裏幹了什麼，還幹了什麼！（你不能不服老，你能哼曲兒，但記不住詞兒了！）

廣東好漢

他們說到處都是廁所，我卻不得不花五角錢坐小巴到火車站問了半天才找到「廁所」，手還是在那裏洗的。

庇人的標準相突然值3.88元，只能認了。行李很重，滿路的人問我要不要香煙、畫報。

像高級（也許並非）乞丐，坐在火車站前廣場的小石椅上，瞌睡得不得了，就夾著行李睡吧，餓了就幹嚼速食麵，吃著快爛了的蘋果、梨，無家可歸的人。

在這裏，火車站前，才覺得離家近些，才有安全感，因為這兒有不少外地人，同我差不多。

這裏的人大都穿著香港的衣服，有的確實漂亮，學校對學生衣著沒什麼限制，雖說不讓穿拖鞋，但還是碰見兩個穿的。

有了著落，飯菜很可口，三天來無一直在吃速食麵，鴨子有些像烤鴨，吃得是海魚，燴菜定會很有營養。

在這每天都要洗澡，晚上涼風中裹著毯子，一氣睡到天亮。

解釋我猜2046-1

我一直在解決溫飽，哪有精力戀愛，我還純潔，純潔地渡過中學時代。

解釋我猜2046-2

南京路上好八連，如果還穿八連的衣服在南京路上，那就是行為藝術了，那時人們要防止階級敵人的破壞，還沒想藝術。小戰士蔣濤如果在巡邏，看見花樣年華的張曼玉下班和旗袍下漂亮的腿和腳脖子和高跟鞋肯定會無動於衷，小戰士蔣濤想著入黨，後來看見梁朝偉鬼鬼祟祟後就注意到他，覺得他的頭髮怎麼會是那個樣子，不像我的禿瓢。

廣州街像上海南京路式樣

冬天不能成立，一走一身汗。走在濱海路才像走在夢中，清清淡淡的。話還是聽不懂，雖然講了很多。

潔雯（在廣州接待我的女孩）要買《世界婚俗異錄》《林黛玉筆記》。她不像買這書的人。

第一次吃鵝肉，像烤鴨肉一樣好吃。

一會兒看流氓大亨。

早上吃牛腩米粉，中午鵝肉，旦角（蛋餃），扁扁豆炒肉片，魚湯，珠江啤酒，晚上牛腩銀絲麵，蛋糕，柑子。

昨晚吃，鴨子、魚、燴菜。

廣州市26中，又廣州市城市建設職業高級中學，坐專線車到南湖，此地人對內地只是好奇並不感興趣。

解釋我猜2047-1

如果現在我看見誰拿著《世界婚俗異錄》、《林黛玉筆記》看的話，我一定要採取什麼行動。

瞧上面這話的語氣，還如果什麼什麼呢，還一定喲什麼什麼呢，呸，年輕男人就會說。俺們那嘎都是活雷鋒。

普通話並非行得通

老師學生都很隨便，我便沒了入境問禁（思）的習慣，無所顧忌了。

很幹，還不知幹在哪兒？

說是隨便，但畢竟不爽快，不直。隨便得叫我不知所措。

置身他鄉，也願做一吊睛白額猛虎或洪水猛獸，在南風不識相的異地中成長。

華燈初上，到處飄著爽爽的廣東話，但話間隱隱藏著異心？

有點像漢中時的景象，只有朋友夥伴多了。

他們把廣東話說多了，如果都聽不懂，我就瞌睡了。個個都是興高采烈，我也從心裏感到清新甜美。

環境很好，人也很好，夜晚宿營，別有一番情趣。

基本上就是這樣，大家圍坐在一起，烤著雞翅膀、牛肉，也蘸著蜂蜜。烤肉雖是從北方傳入的，但我的卻沒有這個習慣。

解釋我猜2047

還是南方先進，老師領著初二的學生在南湖遊樂園玩通宵，在北方都沒有這樣。難怪我一直沒有過夜意識呢。

帳棚

夏天用席子，冬天用被子，我想席子鋪在地上很潮，會壞了身體。

不管怎麼說，事實如此，我們不必要面子，不必得勢力眼，「真」和「愛」才是人類最可貴的。

這裏的孩子物質生活不錯，卻不知「生於憂患，死於安樂」的千古遺訓，生活舒適對培養人的意志無甚益處。西北風依然遒勁。

孩子們都極為可愛，一天到晚高高興興的。

由於語言障礙，「聽功」善戰的本領到此暫停，吵聲不止，撲克聲四起，安眠的人依舊酣睡。

一切證明「南方才子北方將，關中皇帝坐兩旁」。

雨星夾被著風，吹甦了異地「嘉賓」的身。原諒他們做得他們不知道。有點像特務嗎？可能有點，很甚沒辦法，唯有一點使人欣慰：真。

解釋我猜2047-1

我那時愛總結，只要把情抒好就能寫好記敘文，找女孩實在沒找了就動真情，準靈，要不然就是徹底沒戲，該收工就收工了。

解釋我猜2047-2

寫說明文就是要一條一條寫清楚，寫論文就是論點論據結論的寫，就聯想到小學時勞動課套洗衣粉袋，把一個油紙袋套進一個藍紙袋裏，一人幾百個，從校辦工廠拿的火，平時學習不好的學生只能在這節課上受到老師的表揚，那個活很粘手，使人心裏很煩，我考中學差一分沒進重點學校都是這個煩造成的。說明文使我還聯想到聚乙烯和聚丙乙烯的塑膠豆豆，中學的校辦工廠就沒讓我幹什麼，後來他們好像又賣麵包了，不務正業的學校，老有校辦工廠模樣的人在操場邊蹲著抽煙。咳，青春啊。

解釋我猜2048

我第一次被叫做嘉賓，在我高三一個人跑到廣州的中學裏去玩的那年，我看見老師問學生們收門票錢時，我問老師要交多少錢，老師說我是嘉賓，不用交。一個叫湯潔瑩的女孩老過來和我說幾句，使我不是很尷尬，當然潔雯也會關照我的，但好像和我有點授受不親，潔瑩小，會主動招呼我的。

後來聽說潔瑩在賣服裝，我打電話給她時，我還在上大學，她問我發財了嗎，我沒法回答。

熱心時時在發熱

做人難，知人更難。愛人難，知愛也許更難。

也許這樣坐著，我會寫一晚上，腿上蓋著廣州女子的毛衣，使我感到風不那麼涼了。總不能和冰冷的柱子進行熱傳遞吧。

大家很開心地玩著，我只能這樣，身不由已，依然是那句老話：時世艱難，好在天無絕人之路，我為什麼不在12時26分到浮橋上看看一呢，小心，自然會。

回來了，並不可怕，為之難者亦易也。

不可思議，1988年2月1日凌晨2時到4點30分我睡在露天鋪在水泥地上的席子上。蚊子類的東西咬我一臉，他們打了一夜的牌，這兒的習慣是早早刷牙漱口。

南湖起了大霧。

「激流衝浪」跟跳樓感覺差不多。

解釋我猜2048-1

那時不會想像日後和女孩做愛的事，那時在想人生，主要是人生這個詞，覺得很嚴肅，很模糊，要胸懷大志，最大的志是什麼，那是高三時最關心的事，後來受到了彈球的啟發，那就是把地球彈進二洞！用大拇哥和二拇哥嗎？

不要得寸進尺

好好的，冷靜些，五日必須走，錢不夠了，我是這樣想。記住，好好學，來日方長。

一人坐在廣州到深圳的藍色車廂裏，車裏白色頂棚，淡綠座椅，兩端開著空調，呼吸作響，耳邊充斥著各種音高不同音色的廣州話，隨著大包小包被扔上行李架，我的頭腦也感到的壓力，車廂中白色的統治地位被動搖了。

肚子才是感到空虛，北方的大肚漢在此地無法施展他的飯量。

這裏人很守時，又很守信用，更樂於助人，使事情不在嘴裏空旋，而付諸於現實，我的就需要這樣的人，這裏是樂土。

解釋我猜2048-2

戀愛經濟學是一本好書，我在大學的戀愛曲線和我的錢包容量曲線是成正比的。沒錢了就分手了，有錢了就再找，千萬不要AA制，中國漂亮女孩都不希望如此，所以國際地位比較高，令日韓女同胞撐目。

解釋我猜2048-3

全國人民生活舒適了嗎？六億人民在休閒，不對不對，一億女孩在休閒吧，從女大學生到上崗女孩，問誰穿什麼，都說橘黃色上衣，休閒的褲子，喜歡什麼衣服，比較休閒的。

廣州的小孩很活潑

不拘束，一會是具有風度的紳士講笑話：「從前有座山，山裏有個座廟……」李廣珍的迪斯可很有味道，前後晃動，揮發直手，擺動著柔和身體……

這裏流行著平底鞋，低跟鞋，式樣新穎有時代感，香煙是那些名牌，價格比西安便宜五分之一，我的感冒到現在還沒好，據我所見，這趟車還沒有穿深呢中山裝的外地人，普遍性因位置變化成了特殊性，願這特殊性不失大將風度。

解釋我猜2049

深蘭色的呢子中山裝，軍錐子褲，高跟男皮鞋，是西安閒人的打扮，我就這樣去了廣州，很熱很熱，呢子。

好像要喝水

我只能東施效顰。不是什麼飲料，開水吧，開水天下一樣，家鄉的好些。

蔣濤南下策略有一定的勝利保證因素。

以時壓金，以太陽壓小龍。

在廣州普通話zhìzì不分倒也罷，可在廣一深廣播員倒學新疆人，難怪新疆人老來。

雲層很低，鑲著魄麗的彩虹邊幅，地是拖拉機犁的，很齊整。

廣九線上的車在短短兩個小時內就要拚命把你榨乾。盒飯3.00元，盒、塑膠勺，米飯好米夠量，一隻鴨蛋，一片火腿腸，兩三塊豬肉，八個魚丸子，蔥三根，白菜若干。有可口可樂，××糕，雞翅膀，各旅遊紀念品可賣。

6：30分開，9：05分到。

在購物天堂沙頭角只買了一瓶百事可樂，看見世界商場，看見那邊。

解釋我猜2050

這個寒假，會有很多西安的中學生開始談戀愛的，我只是一直覺得廣州43中的馬叢是那麼的可人，但我那時並沒有如何想他，我奔波在我不熟悉的南方的海風中，好像沒有人來騙我，我警惕性很高，警惕地看著風景，沒有想愛情的工夫。

我發現我注意外地的物價甚於想談戀愛，這是我不能找到愛情的第三個原因。

從蛇口到珠海

「第一次坐海船，豪華型海翔號竹杠，大連—旅順九小時不到十元有一鋪，這裏一小時一座十三塊兩毛錢，像坐飛機。」

太陽藏在瓦片雲中，大海像一塊綠色塑膠布、而漁船像玩具一樣，只有百浪翻滾。

浪比船高，水珠濺在窗上，隨著船繼續前進，我對海的好奇和海的神秘逐漸淡去……

我去海上飄的時候，那些旱人們遠在陸地上作夢，那塊陸地，一塊兒？

兩元從九州到香州，鳳凰路是市中心，這裏不怎麼繁華。

吃了一餐飯，淮記燉乳鴿4.00，狗肉堡8.00，米飯0.30×3，百樂啤酒1.50，共計15.00元。

住大鋪3.00元，電視正放「南拳蔡××」（蔡李佛）。

解釋我猜2051

兩年後我戒酒了，我是那麼喜歡喝啤酒的，我堅持到現在。

姐姐餃子

由於香州售票員恩賜，在規定不許改班的情況下，我不得已將車票從12：00改成1：45分。

先在一家北方所謂飯店坐著，等著吃南方的菜餃。再過兩個小時，我就要到澳門轉一圈。經過要求，服務員才沏一壺茶來。

坐在海邊的簡易棚中，四處吹著海風，使清早的空氣異常的清新，這清新是在黃土高原上嚐不到的，耳邊轟轟響著抽水機聲，魚販販趕早市，抽水機循環使水箱內眾多一尺來長的鮮魚更加活潑亂跳。他們泡茶先用茶水洗一下杯子，吃包子先用醋洗一下。剛看表2月3日7：44分，在這裏的人們對中央電視台只豎小拇指，而香港的亞洲電視黃金台和無線電視翡翠台比較清楚，人們都看這兩個台的節目，節目廣告很多，但都製作精美，香煙廣告每次底下都加個黑底白字：政府忠告市民，吸煙危害健康，最後再把在第二句說一遍。

他們管服務員叫姐姐，餃子端上來了，只得塞牙縫裏。

「欲窮千里目，再交一筆錢」

「在」海鯨號上。如果想登高一層，就得再交錢。

看見海鷗，很近，好像伸手就能抓住，早晨的海十分誘人。大船小船停在海中間，一動不動，宛如棋盤上的棋子。

船離開香洲，直奔澳門。

交五元上到船頂，交四元租望遠鏡，海風吹起我的長髮，船繞出椰子島和防波長堤，此時周圍是無邊的海，我感到世界之大，我之渺小，椰樹山島野狸山。

老船員指給我珠海女神，聳立在海中心，還拚命向我講解、遺憾只聽懂一點。

九洲島，1～9小島，對面九洲港。

珠海女神將明珠高舉，遠遠的樓像「盧家灣」。

在船上不練醉拳也得練。

中華心、九洲港。

拱北海關。

濠苑城，澳門東亞大學山上。

長兩千七百公尺，寬八公尺，上海工程師設計、澳濠大橋。

一億五千萬元、國際金融大廳，變色樓三十三層，反光玻璃，澳門最高。

中國船是否歪著進澳門內港的。

去時音樂，回來seeTV粵語長片王先生招親。

有些暈船噁心的時候，很想家，很想家鄉那些旱鴨子們，歸心似箭，月是故鄉明，廣州、深圳、沙頭角、蛇口、香港、珠海、拱北、香洲、九洲、澳門無非如此。

7：05分出發，3：00中山市加油。

交通堵塞，車站長幾百米。

忽然、偉大和可笑之間只差一步。

告叢，偉大和可笑之間只差一步，眼睛在說話。不錯，帶85.00元到深圳、沙頭角、蛇口，九洲、香洲、珠海、拱北、澳門、中山市回廣州，到家剩0.24元分分錢，整整兩天。（可能差幾小時。）

雨劈嚦叭拉地下，二到四月是雨季，我沒有雨鞋，不過，什麼事應風雨無阻，否則許多事又耽擱了。雨季不再來，趕快回。雨的聲音太大了，六點多中商店沒開門，我怎麼出去！風雨無阻。

解釋我猜20521

逗你前邊也不厭倦，逗你的感覺像春天，浪漫的經典，醉人的口語詩，逗嘔嘔嘔你。

解釋我猜2052

我在廣州的一個目的是去五星級大酒店看看，那是五星級這個名詞剛來到中國不久的時候。

五星

花園酒店30層，兩道門均有boy拉門，一進門，第一個感覺就是地板光鑒照人，裏面宛如一個小城，設備豪華雍榮，侍者衣著漂亮，28層客房很靜，一人都沒有，30屋旋轉餐廳未開。白雲賓館差遠了，站在30層上，廣州一片霧色。

浩氣長存、締結民國七十二烈士紀功碑章炳麟書。

坐在白天鵝賓館二樓大堂，珠江美景盡收眼底，要一客冰凍果汁外匯券6.00元，咖啡廳中間擺著鋼琴，各色名酒無人光顧，大廳中就我一人，四個紅眼女服務小姐。

橙汁很鮮，是原汁。沙發很軟，把疲憊的身軀陷入。一枝鮮花插在一細長的花瓶中，看我坐多久，樓下是餐廳，許多洋玩藝正在用午餐、嗡嗡聲，叮噹的刀叉又碰得盤子山響。我再喝口橙汁。

橙汁使我想到幼年在北京常喝的鮮桔汁，玻璃大約兩釐米厚，耳邊響起嘩嘩的瀑布聲，淹沒了樓下刀叉碰擊聲。

想起來真好玩，坐自控電梯剛上到28層一出電梯口，就見女服務員急忙奔來，像有人在搶銀行，嘴裏說著：「對不起，客房不讓參觀。」把我置在一邊就去按電梯，我只能回到電梯中往下落。

太陽出來了

照在珠江岸邊白天鵝賓館玻璃樂廳中的黑呢中山裝和滌卡黃大褔上。

這種搭配現象極不諧調，但不諧調也得這樣，這是事實，我想把鄰座那本TIME拿來。說幹就幹！

從TIME週刊上看，越南人民生活很慘，坦克車在大街上停著，物品緊缺，大家爭先搶購

看見一個好像是尼加拉瓜反政府武裝部隊的一個士兵，落腮鬍子，身著迷彩服，橫挎衝鋒槍，只是，他的左手，沒有了，一隻光禿禿的小臂……

一群海員在慶賀，高舉酒杯，桌上放著黑麵包片，蘸鹽，別有風味歡樂氣氛不減，坐了很一個小時了，我想出去轉轉。

他媽的！

大千世界無奇不有，一出白天鵝，一位「女」士嚇我一跳一看。

比這還要難看！還手提小傘，一身西裝有跟板鞋，不知其男女？因有乳高，但男音，怪哉！

廣西柳州書畫社常務顧問是也，他自知相貌醜陋，還向周圍人解釋，但頭戴鮮花做甚？

當我交賓客意見書時，微笑，Thank you bye bye加收服務費0.80元。

高一（四）班前七十名排隊，兩名並列第一456。孫潔雯第三名453分，這所教學樓黃面白裏。

今早去黃花崗謁七十二烈士墓，有孫文敬贍「浩氣長存」。默默站了數十分鐘，體驗碧血黃花的意境，昔日先烈奮死求真，令我欽羨之至。（唯一倒胃口的是在我佇立良久之時，有砍頭子問我要不要進口布料8.00一米，他××的！又一位西裝同胞讓我給他按一下傻瓜，我得了

聲「謝謝」。）我放下行李、深深鞠了一躬。

廣州賓館的23層也罷了，不過在電梯中有人監視，令我一動不動。

一餐豐盛的晚餐，剛從浙江郵來的鰻魚，烤乳豬香脆，本地雞味道好，蘸蔥、薑、生抽王、醬油。淮杞兔湯，燒豆角，燒菠菜，珠江啤酒醉人情，人頭馬白蘭地，天下名牌嚐一嚐。芭蕾感覺。（花生4.00一斤。）

早餐很優雅，一杯熱奶加方糖，三片高質蛋糕，邊品邊看《大公報》、《文化報》。

不過，我現在已經擱淺了，流動資金僅五毛錢，還得待幾天，試試看吧。車票十分難買，鐵路上整頓，不許開後門，準備到白雲路預售？

君子慎獨

舞廳夜色闌珊，除了身歷聲音響外，就剩下腳cī地板的聲音，很累。現在放探戈，（未滿十八歲，含十八歲不許進）退休人員，老頭老太在撐場子，太清早8：45分舞廳就滿了，一曲接一曲，屋頂墜滿各色的燈，上午是老年人場真是老驥伏櫪，志在舞場，舞跳得極好，老梆子了，下雪了（燈花）幾百種燈是音控的，有個老太太總嫌我占他的位子，我只好躲到一角，後向服務員提出，我又被帶到場邊的沙發上，但看到舞池中：正「扁扁」起舞的伊向她的夥伴招手示意把我趕走。一曲終了，一群老伊圍上群攻，說她們一起來了很多，均為退休教師，要把我趕走，我向她們解釋是服務小姐讓我坐在這裏的，她的說不清，以為我不講理，後問我來做甚，我說來採訪並非跳舞，她們又歡喜我做在那裏了，又一曲終了，氣氛暖和。

探戈跳得有傻味，一老嫗貼著老翁倒下，舞場裏很暗，最有趣是兩老伊一起跳，卻總跳不好。

廣州花子比北京的多，好像沒有兩對跳是一樣的。

一曲終了，人們還未回座，又一曲好。

有一老伊風度瀟灑，男步跳得滿靚，又一老翁背一老伊舞式。

老年人1.00元青年2.00元，這裏跳交際舞，不跳Disco，手巾用來擦手，雖已冬季但一舞便熱，男士吊襠褲很嬉，這裏是消磨時光好去處。

快三，有一老伊獨自飛快地踩著點在舞池周邊旋。這裏沒有窗子、很暗，服務員不時來沏茶，（我關心的是到時收不收茶錢，我囊中已空空，只剩一把牛耳尖刀，……）想起我有一位跳巴拿馬花步的舞伴，她可來跳跳。這天穿裙子者大有人在，想起在沙頭角，有人只穿著褲夾舞會不比電影，是沒有學生票可賣的有些高個大內八字跳舞，比較蹩腳，我不想文留，去她的奶的茶錢！走！

巴拿馬花步的故事

那是和歐陽跳舞的感覺，歐陽喜歡跳舞，高三我和她去大學的舞會去跳，我聽著音樂胡跳，她跟著我配合，自得其樂，我管我們的舞叫巴拿馬花步。

光線傳播

（由於光線變幻暗蝕，故筆記草草。）

廣交會大廳裏熱鬧非凡，有些動物娃娃也逗得我想笑，東西便宜的也有，只有我囊中已空空如野。

太平洋影音公司磁帶也並不豐富，價錢並不便宜，沒有香港的好，也許是這比望著那山高。

流花公園中的猛苑有點雲南風味，但商業化後便失去了自然的魅力。

看電視《劉山子的喜、怒、哀、樂》粵語配音北方風情搭配效果甚異，有一句話：「男人是莊稼，老婆是土地，男人餓了，渴了問老婆要，男人不高興了，拿老婆出氣。」

從教父的經驗看，要忍讓來自社會各方面的侮辱，這世間友誼是與家庭相提並論的最可貴的東西，友誼的力量非常大。教父對朋友的要求常能許諾，並一定做到。

廣州人吃菜要吃新鮮，剩下的菜就倒掉，食品重視色、香、味。

今天到貨運南站，火車站白雲路預售處，其實，票並不難買，就我個人而言，買站票回去才是一種鍛煉，前門比後門好走，鐵路在整頓。

六日：今天氣溫二十一度，實際還要高，我動不動就得出汗，穿涼鞋的大有人在，今天我有幸可能節約十元錢的款項，這對將要擱淺的太陽船來說是非常必要的。他不到萬不得已的時候是不肯向別人借錢的，即使那錢很好借，亦好還，他寧可餓肚子。

只有在火車站預售處，能聽見北方人在說話，才倍感親切，頂上的吊扇呼呼轉，這在西安是不可想像的，朋友、同學、夥計們此時凍得夠嗆，又紅又腫的，而我都在冒大汗，晚上得用涼水沖一沖。

武警較負責，杜絕了插隊現象，隊伍進度較快，當初何必託人買呢。

練就一身泰山崩於前而面不改色的心境，任憑風浪起，穩坐釣魚台，西北剛毅的性格，在噪雜的人群中得到昇華。

武警就坐在視窗邊，想插隊也無可奈何，現在2：16時，外面可用驕陽似火來形容，連下了幾天雨，所以晴起來了分外。

快到我買票了。

癡迷不悟

天河體育場、體育館、游泳館、田徑劇場。

雙層巴，一來回，視野寬廣，能看見為什麼交通堵塞（交通堵塞是社會繁榮的標誌），雙層巴的感覺是高人一等。

昨天晚上，體會到了魯迅先生在仙台住店的感覺，適逢冬季，但蚊子頗多，由於並未準備風油精之類抵禦之物，我一下就中了幾天，奇癢難忍，或許蚊子們也喜歡山珍海味吧，不咬別人，專咬我。我只能按魯迅先生的辦法，只露鼻子在外面，其餘用毯子裹住，「在這呼吸不停的地方蚊子竟無從插嘴，居然睡安穩了。」

從市區到天河體育中心，一路上都是全運會的氣派，萬寶電器的歡迎牌一路擺下上百塊。

天河裏的工作人員，對我很熱情，因為我獨來，所以他很新鮮，他管攝影，給我照一張後，說聲不謝就走了。（他工資不高，四十來元，有比賽時，有獎金好拿。）

下午時分，好像是冬季越野，烈日當頭，圍著天河體育中心跑的大隊人馬均汗流浹背。

在我坐公共汽車擠得最熱的時候，天上突然掉起點來，有些涼意了。

回西安吧

鑒於上車很難，行李不便，長沙之行待議。

準備去嶽麓山。

中轉簽字無座，行李不好拿，不去。

把中英街和嶽麓山做為遺憾留下，下回要先來武昌，長沙等地，輕裝，這片景色與桂林又是一種，另一種的特色。

握住她的手，便匆匆進站，許多話以後再說吧，來日方長。

雨季不再來，回，快回，歸心似箭。

我又想下去，即使站一天一夜。

太陽，我知道你是建立奇功的人，不能因為點小小的因難而動搖，你看祖國風光多可人！下車來！哼？

我心裏老想笑，看見潔雯、或穎文說話認認真真的時候。

鑒於車上陝西人要收拾列車員，我不想下車，因為口袋裏只有十元，不夠折騰。聰明點，以後跟哥們一塊下長沙。

車箱在十二點已塞滿，想像這時上車，連立足之地都找不到，回鄉吧。

想到將要很冷冷，我又非常想念南方的溫柔。一覺醒來，我停在長沙站視野中，見到丐幫一個分舵，兩個爺字輩，帶著相同的帽子，帶著以老大為首的四五個徒弟，其中一個面色很黑，嘴辱發紫，如像吃過人肉，生平很怪，上兩趟紅玫煙，喝得健力寶，吃茶蛋，帶了個較大號答錄機，口稱：「我是要飯的。」

幾個西大街哥們兒，抽阿詩瑪，紅梅不斷。

同輸血一個道理，吃人肉也會過敏，凝結源不同（煮熟又怎麼說）。

晚上上廁所比上華山還難，幸虧憑雙杠輕功得以越過無數人頭飛回座位。

陝西話說起來親切，千里紅梅永不倒。

他們稱呼「三兒」「五兒」顯然丐幫。

高度的堅持性和必要的靈活性結合丐幫在阮「三班倒」拳，三道文。

走得匆匆，太匆匆，黃叔叔在番禺，林阿姨上班去了，穎文在睡懶覺，我匆匆起。

潔雯很早就來了，我給她沖了杯牛奶，又是「謝謝」。咳，習慣了，沒辦法，先寫寫贈言，在沙發上靜靜地看著我寫的東西。

遞給她一個輕輕的包，我背起三個包，打算走到火車站，可一到汽車站，包的重量使我們走上了專線車，時間很早，一切站台票不買，我的站在廣場一邊，吃著肉湯粉，她把肥肉都給了我，我當然食之，我進站了，她站在欄外遞過那輕輕的包，匆匆地左手握住右手道別。就這樣，我踏上歸鄉的路。

想，將要回到冷冷的地方，變回到冷冷的我，去見我那些家鄉的熱鐵朋友。

現在八日下午兩點左右，火車將進入河南。

怎麼說呢！那是一個遙遠的地方，我風塵赴赴地往家奔，一切事都要趕快做！

時間估計錯了，現在12：35分，車未到孝感，泰國風味花生米，西大街的哥們老買。

回到家裏怎麼回事兒，很怪、很急、坦然處之，不失大將風度。

在車上是吃了睡，睡了吃。

新疆同胞的答錄機始終放著動聽的新疆民歌，可能是想念家鄉的緣故吧。

通俗小說，武俠小說就先車上的讀者來說，是相當是有作用的。

出門在外，錢財要分攤清，做生意嗎？比如先把一部分錢交給一個人管算做吃、住、車費，這樣挺好。（共產主義有些這個味道。）

回家將是怎樣個情形？我不必去想。

出門在外，危機四伏，會看人時刻警惕要鬥智鬥勇。

「衣服多少錢？五十塊，好啦，連人一塊買了。」

「老廣欠修理，老西也欠修理。」（河南喔。）

我沉默，我充實。

四十一小時又五十一分，兩千一百二十九公里，到站。

解釋我猜2059

我好像把精力用在了怎麼跑遠一點，在改革開放到來時，就一定要去看看廣州深圳珠海的樣子，我發現關心遠方佔用了我早戀的時間。

解釋我猜2060

在中學的絕大多數時間還是在西安，但關心的重點是周圍的危機，打架隨時可以發生，人人自危，在學習上倒也不費什麼工夫就可以考前十名，主要是周圍老有頭破血流的事情發生，在我還搞不清原因時。

寶寶

在市26中操場的一角上。幾個人圍在一起，皮（蔣濤的外號）向同學介紹著前來拜訪的荷軍，邊招呼寶寶趕緊過來。

荷軍在北邊混得不錯，在學生中也算得上是個知名人物，此次到南邊來，我正想讓他會會我們的朋友們。

「這個寶寶有兩下子，你如果在和平路遇到什麼麻煩，提提他的名字就行了。」

荷軍用略帶詫異的眼光看著正大步走來的馮寶寶。

寶寶也在用詫異的眼光問我：「皮，啥事？」他原在那邊打排球呢。

我趕緊召呼著寶寶：「來來來，介紹一下，這位就是我給你提到過的北邊的荷軍。」

荷軍伸出手來要和寶寶握手，出乎他意料的，寶寶伸出了他的左手，反手握了一下荷軍，他好像故意用了一點勁，見荷軍張開了嘴，我趕緊拍了一下寶寶，「輕點……」寶寶卻很高興地笑著，荷軍也不住讚歎著：「你的手好大呀！」看著寶寶那無比魁梧的體魄，荷軍衝著我說：「這身體美得很！」寶寶仍很高興地笑著，荷軍開始了他的高談闊論，而寶寶站在一旁一聲不吭，仍在微笑著。他就是這樣，在我的朋友面前，他很尊重我，不隨便張口說話，那怕等人走後，再指出那些話說得不妥呢。

不知怎的，我一看見他的眉骨就想起了《中國歷史》課本上的北京猿人頭像，那北京人粗壯高實的眉骨像屋簷一樣遮住了雙眼，可寶寶絕不是長得像北京猿人。首先他的眼珠沒有那麼小，倒可以說是亞賽銅鈴了。他的頭方方正正，嘴巴，鼻子，耳朵都十分勻稱的大；而最使他得意的是他那齊扎扎的寸頭，向上、向前、向左右奔去……

為他這美麗無比的寸頭，可把我和男男折騰過一陣兒。寶寶的家離學校很近，那天，我和男男在學校食堂裏很快扒完了飯，天很冷，在教室裏已不能午休，便徑直尋向寶寶的家的熱被窩去，那放著吱吱作響的水壺的大爐子，烘暖著我們被冷風調逗過的心。

一進寶寶的屋子，除了那早已聞慣的臭襪子，臭鞋，臭被合角的混合型異味迎面撲來外，還聞到了香皂的味道，這使我的感覺稍好了一點。繼而看到一盆洋溢著肥皂漬的灰白色的水放在屋子當間的地上，還冒著熱騰騰的熱氣，我下意識地把屋門打開，去放走這令人作嘔的熱流，好冷啊，可那畢竟清新的多。「把門關上，把門關上！」只穿著一件毛背心的寶寶在盆那邊扯著我的衣袖向我嚷著。看在他屋裏這般空氣的份上，我沒睬他，估摸著空氣已換了七八成後就把門拉上了。

此時男男在床沿上，裹著軍大衣瞇著，寶寶的頭像那盆水一樣冒著騰騰的熱氣，而我瞥見了桌上有一把他這這個屋裏本不該有的梳子，寶寶見我拿起電梳子正端詳著，便連忙抓過去放在桌子一邊，笑著解釋說是他那天到一個女生家不小心摔壞了人家的電梳子，才拿回來修好。沒等我開口說什麼，他就很麻利地把水移開，把一個凳子搬在屋子中間，扯起發著瞇的男男，招呼著我：「來來來，你倆個把我的頭髮梳一梳，記著，讓它每根都豎起來！」他把那根部裸露的電插頭小心翼翼地按在插座上，另一手把電梳子塞到我手中，嘴上還樂呵呵的，我看著他那美不滋滋的神態，便放下電梳子，從臉盆裏挽起一把熱手巾，把他那已經涼了下來的頭又擦得熱氣騰騰，而他卻表情嚴肅，直愣愣地睜大了眼，注視前方牆上掛著的一個個健美的明星，那眼神好像在等待某個輝煌時刻的到來，電梳子裏噴著熱氣，我逆著寶寶的頭髮走向，在他的頭上耕耘著……頭髮的確一根根豎了起來，寶寶看起來像一位剛剛觸了電的英國搖滾樂手歌手，乍起了旁客式的頭髮。「不行，這不行……」寶寶一手握著圓鏡，一手撥弄著頭髮，試圖把前額上的頭髮壓低，他想讓那些頭髮向前沖，我暗自好笑，寸把長的頭髮也想理成奔式？我索性把電梳子遞給了束手觀瞧的男男，男男此時也興奮起來脫掉軍大衣，挽起袖子，宛然一個阿男髮廊的廣東仔。我坐在床沿上，看著寶寶也照鏡子，也自行設計，不住指點著男男如何操作，總算梳好了，但寶寶總還覺得不是十分滿意……過去，有人因為見著他打籃球時把短袖汗衫套在長袖汗衫外，所以說他邋裏邋遢，可現在看他在梳間這方面卻十分注意修理邊幅了，好怪！

高三學生的日子一片灰，一片平淡，可來了卻染上一片紅色。不是某某同學光榮地加入了中國共產黨，而是眾多的高三學生捲進了一場痛快這些人的人心的打鬥。這雖不應發生在一所中學校裏，不應發生在高三的教學樓上，可這一切的不應發生卻發生了。

那天，我有些發燒，所以感覺一切都是沉悶的，沉悶的天空、沉悶的頭。雖然中午很早就來到學校，可沒精神支撐我的身軀到處活動，便一頭倒在課桌上昏睡過去。

在迷迷糊糊中，我覺得打預備鈴了，在迷迷糊糊中，我覺得好些同學進了教室，心裏想，該上課了，我也該醒了。

可頭依舊枕在放在課桌上已經溫暖了許久的胳膊上，這時覺得是很香的，我的爬在課桌上，還沒有醒身前身後的同學們的噪雜聲使我睡得很不踏實。

「呼呼呼」地人都走出了教室，我坐在第一排，忽然感覺到身後好靜呀！

又是在看熱鬧了，我想不是某個體操明星在門前的雙杠上摔了一個乾脆的響兒，便是樓上又向下潑水歡迎了，可這並不能使幾個人有興趣觀看，而教室裏的人就剩我一個了。

這麼厲害的「熱鬧」，我豁地一下醒來，柱著尚站立不穩的身子向教室門口邁去……

「噹噹噹……」「噹噹噹……」耳邊驟然響起了往常在看電影時聽到過的鏗鏘而低沉的恐怖音樂，伴著重重的鼓點，我看到了蒼白的日頭下一張張蒼白而冷峻的面孔，看「熱鬧」的人們靜止著，睜大了驚恐的眼，飄蕩在靜止的人們頭頂上有一股騰騰的殺氣……

靜，令人不能平靜的三分鐘的靜。

三分鐘，令我產生無限疑問和困惑的三分鐘。

「叮呤噹啷」，隨著一連串的「叮呤噹啷」，劃破這寂靜畫面的是，從二樓樓梯上滾下來了三個人，都是抱著頭，都是走兩三步晃一下像要重重地栽倒，身後都留下斑斑的血跡……前兩個已向學校大門跑去，而後一個，穿著西褲馬甲，用西服包著頭，好似裹著頭的非洲女人，最使人注意是從他爆炸頭的髮根中嘩嘩地淌著血，頭上的西服被染濕了一大片，身上的馬甲被染濕了一大片，身後也留下片片的血。邊向前走著，邊回頭指點著後面，他竭力睜開發昏的眼嘴裏好像在嘟囔著：「我把你認清了，我把你認清了……」聲音很小。

隨著他指點的方向，我看見從樓梯口下來一人，不是別人，正是寶寶，手中攥著一根粗粗的板凳腿，衝著那個抱著頭的人跟來，身後的樓梯口剎時也堆滿了人。

長長的一樓過道只有兩個人在走。

那個抱頭的人強忍著巨痛，仍向身後的寶寶嘟囔著，寶寶好像要讓他認得更清，向前一個跟步，但沒動他。那抱頭人果真如驚弓之鳥又栽了一下，不敢再回頭，逃向學校門口……此時，寶寶轉身往回走，緊緊皺著眉頭，瞪足了虎目，咬著下嘴唇，挺著胸大步邁來，他剛要拐進我們教室把板凳腿兒放下，可又拿了起來，向操場望去……

這時，操場上的一群人像炸了一樣，忽而向左，忽而向右地快速擺動，像是在躲著什麼。

原來，抱頭人的一幫同夥衝進了校園，其中一人拿著一把明晃晃的菜刀，在白日下發著滲人的寒光，他揮舞著，左右找尋像是要去砍誰，人群也躲著他的刀鋒左右擺動……他奔向一個戴眼鏡穿軍裝的學生而去，那綠軍裝被什麼東絆倒在地，剛坐起身，那菜刀逼他而來，他在地上不住地喊：「不是我，不是我！」那持刀人圍著他轉，他也跟著轉，在地上打滾，想逃脫這菜刀的威脅。持刀人始終不敢砍，這時管煒和「騾子」兩個大個子要上去奪他的刀，他虛晃一下，帶著那群嘍囉出了校門……

寶寶沒有過去，我深深地看著他的眼睛，他看著我，不像往常微笑著那樣，仍緊緊咬著嘴唇，他明白了我說的意思，我也知道了一切。一聲不吭，他上了樓，此時我看到和我們做鄰居的唯一的高二文科班，班主任們堵在教室門口不讓他的學生出來。

上課鈴打過了沒有？我不知道。

一個參過戰的同學神色慌張地從校門口過來，說學校大門緊閉，有二十把「切面」在門口要往裏衝，事後我得知還有一架乾粉滅火器用來打掩護。為安全起見這群主將們相約一會出門要結伴而行。

這時，老師從操場那也踱來，夾著教案，拿著粉筆，他什麼也不知道，人散了，我拐進了教室。

什麼事都簡單不了，什麼片斷都不可能只是一個片斷。

這場惡戰的序幕在頭一天下午就拉開了。

在籃球場上，同往常一樣，高三的幾個學生下了課在打籃球。有幾個不三不四的人在旁邊，籃球沒有長眼睛，很自然地落到一個人身上，於是動了手，那些人走了。他們認準了打籃球的大慶。

第二天中午放學的時候，大慶、大劍、寶寶要到街上吃飯，他們是同班同學。可一出門就遇見了兩把切面横路，大慶明白是怎麼回事兒，頓時嚇呆了，而寶寶和大劍立刻明白夥伴正處在危險中，寶寶二話沒說一個箭步竄在其中一個拿刀人面前，抓住了他的胳膊，一個反剪。另一個拿刀人奔向大劍，大劍卻站在那兒一動不動，看見這情形，寶寶向大劍吼著：「奪他的刀！」大劍一靈醒，就上去把刀奪下了，而那人撇下刀要去撿磚，「砍他！」寶寶又喊道，大劍一刀砍去，那人的額上立刻出現一道血印。而在此同時被寶寶按住的人，用反剪著的手抓著菜刀向寶寶的脖子，探去，雖然用不上勁，卻劃了一道子。

下午上學時，不知情的人看見寶寶，脖上的已乾的血道子，便小聲問：「咋吃了一碗切麵？」寶寶一聲不吭地走向教室。

又好像是什麼事都沒發生似了，寶寶、大劍回到了樓上的教室準備上課。

不速之客來了，三個身著西服革履，嘴上咂著良友牌香煙的二流子闖進了教室。那為首的是長安路「閒人兒」（無業遊民）中的一個份長（頭目），他老兄氣派十足，想著收拾幾個中學生再順當不過了，便只帶了兩個份子登上了二樓。

「你知道我是誰嗎？」他想著自己的名字就會把這些小中學生嚇得屁滾尿流，不用動手便會個個跪倒求饒的，那時，他才好要要威風，所以衝著寶寶第一句話就是這個。

比他高一頭多，足足能裝下他兩個的寶寶聽了他的問話後，皺了一下眉毛，臉色板得很平，隨口答道：「碎松（小豆子，輕視）。」

這下子，可把這紅貫一路的份長氣炸了，抬腿就衝寶寶踢來，寶寶坦然地用右手一接，冷不防一個左鉤拳，一拳打歪了這份長的嘴，那良友煙也劃了一道弧線飛去，緊接著早在份長身旁站著的大劍正操起粗粗的板凳腿向份長的頭頂狠命砸去，這份長「咕咚」一聲便栽倒了。這時從隔壁、樓下湧來的幾十個男生，將這三個侵略者圍得死死，數十個拳頭，數十條腿，全部砸在這三個人的頭上、身上，那昔日的份長威風被這傾盆大雨澆得無影無蹤。

接著人們看到的是牆上，地上灑著大片大片的血，那三個「敵人」成了真正走紅的紅人了，他們被拋下二樓，但為了復仇那份長竭力想認幾個人，寶寶一人跟著他，迎著他，擋住了他的視線。

後來，人們知道長安路的「寒（閒）人兒」在26中翻了船；冶院的、文藝路的、甚至紡織城的「寒人兒」們知道了和平路有個寶寶。

學校沒有責怪他，因為那些人是來搗亂的。可他惹下的麻煩也不少，此是後話。

寶寶，我久未見他，想在校門口或街上看見他，要送予他許多的埋怨……

初稿1987.10.23上午英完

解釋我猜2060-1

打架始終是縈繞在我中學時代的思想中的一個概念，我總有胰島素為這個概念分泌，我沒有經歷過的始終在我身邊的概念，有人當樂評被樂手的小兄弟毆打，是評準了的緣故吧。

解釋我猜2060-2

因為關於早戀的報導，最初是有人給捅出去的，這麼大的事，給多少錢御記也不敢公開發表，海外華文媒體上只當作小道消息炒作，雖然中國大陸也已經鬧得紛紛揚揚，洋人卻很少知道，尤其是美國的主流社會和媒體。貝斯手喜歡作秀的老毛病又犯了，這次好容易逮著機會在海邊向美國一流媒體透露快速打弦的消息時，歡喜得心動過速！

解釋我猜2060

我迷上了搖滾，覺得搖滾精神與共產主義、禪宗有相通之處。我用心去想，老玖在西安的東大街上，和我講那首歌，那個世界沒有種族沒有政府，每個人都有一個世界，都希望大家加入，我當時也覺得那個大街，那個繁華的大街上沒有了人群就只有我們兩個在聊，我說每個人都希望別人加入自己的世界，那哪裏加得過來，老玖就說好多人沒有建立起世界，這個世界還要別人的認同才有人加入。現在我一琢磨，我這迷搖滾時忘了談戀愛，可老玖、張揚、有待都騙到了女噴友後才普及搖滾的，我是之前。

拉崔健（90年録音版）

崔健在西安的珠穆朗瑪賓館說話：請大家我猜我猜我猜猜猜。

解釋我催我催催催

愛崔健甚於愛女朋友，因為還沒有女朋友，有了也一樣，因為女朋友沒有崔健過癮，要是有了，我就養不起她了，我們沒準得吵架，我是很強的，西安的楞聳。

解釋我催我催催催

不像以後我採訪什麼都不拿，那次在珠穆朗瑪見崔健時，還錄音了，那時他不健談，是很認真而急促的，有跳躍和結巴的時候。

崔健這裏是說那部電影？

在某種，對，我喜歡看這個電影，這個東西沒有說很多都沒有什麼直接和音樂我就喜歡它生活的感覺對生活一種責任，每個人更自由地去生活，有一種責任他們殺人是比較殘忍。

解釋我催我催催催

可能是《迷牆》，也可能是伍德斯托克69年三天三夜的那事兒，總之是90年那代表理想的東西。

崔健最早穿的靴子？

這雙鞋不是，我這雙是壓力鞋，有點像，是嗎？我覺得這東西對，我自己穿這個軍裝吧，就就就能夠表現能夠我自己最起碼服裝上就能幫助我代表一些東西所謂代表東西我就是就是這種舒服，所謂代表就是你穿上就感覺作代表你自己是生活在一個土壤裏生活在一個時代裏生活在這個區域裏你穿這個衣服你這身兒衣服能代表你。

解釋我猜2062

我也買到了一雙壓力鞋，就是號大，我墊了三層鞋墊，怪難為我的。和肥牛仔褲巨長的運動襪影響了我和校花在建國飯店的幽會，在一切未得逞後，我看見她的高級的廣式時裝鞋在房間的牆角放著，亮亮的，地毯很厚。

解釋我催我催催催

我不是要問什麼，只是問是一種交流，我關心崔健是因為關心理想。他離理想比較近。

我問什麼了？

這個我是這個這個這個我覺得，這個純屬是學術性的東西，理論性的東西，我是搞寫歌的，不是搞。

我認為我的音樂就是應該讓人讓人去去看自己正視自己讓人去評論自己的價值而且讓人去因為很多而且感覺不一樣有很多社會功能不一樣，有很多文化背景不一樣，因為你當時說黑人悲歌，我覺得我覺得不對那誰是美國的搖滾音樂搖擺音樂。所以這個可能是某個人某個新聞記者寫在某一個雜誌上的這樣的，我覺得搖滾樂對於對於它自身或很多人都有特殊的感覺不能完全用一種感覺去規定它。我聽音樂是86年開始聽的最後很多音樂關於西方搖滾音樂很多很多，所以說，當聽到那種音樂對於我來說是最新的時候就喜歡，再有新的就代替沒有什麼固定的。

因為我現在來說還沒有發現能夠代替軍裝的東西。你知道不，我曾經穿過中山服曾經穿過西裝獸曾經穿過別的布衣服，但是我大部分時間穿軍裝。專門代表，我覺得穿它有勁兒有勁兒但是所謂舒服的話肯定有一定的有一定的，有一定的含義在裏邊，當然的具體的說單純的有勁兒，單純的代表還不能還不能還不能就是舒服。

解釋我催我催催催

舒服，一種新的價值觀，好多的時候的決定是因為舒服不舒服來決定的，不僅是身體的而且也有心靈的。西安的同學讓我幫他兒子買小蜜蜂英語，舒服不舒服？結婚舒服不舒服？年齡大了舒服不舒服？

我問了什麼？

因為就看你的要求了，如果你要覺得過去的要求現在都達到了，也許就，現在還有很多還有很多其他方面的要求，這種要求，我先得有些話可以說、有些不能說出來的，跟過去的要求差不多是一樣的，但只不過那個那個所謂干涉的範圍干涉的所謂涉及到的這個空間的所以說有的人就認為他這方面寫，寫這方面的感覺已開始困難，但是寫別的方面的感覺開始流利了。

解釋我催我催催催

關於範圍，就是限制，全球範圍為什麼不全面禁煙，還有一夫一妻制嗎？

你有女朋友嗎？

八月份二十九歲，準確點是別人替我想的，我女朋友比較就像我有我不願意說我有女朋友，因為女朋友好像就變成了女朋友就好像變成了一種沒有自由對方都沒有，對方都沒有也沒有自由的那種概念，能夠就是說我交的任何朋友都可以都可以成為女朋友，但是與個別人關係密切一些。我不願意。我覺得可以說因為因為可能命裏頭有些能夠能夠能夠產生出一些人生道理來，所以一些有道理的推測完全的命，完全的命是可以說是迷信，但我覺得我願意信它的道理但是我不願意單純信它的命。我覺得覺得這種我都不信，我沒有什麼可要信的我相信相信自己，相信未來相信有很多很多一對，我相信自己、相信未來。

解釋我猜2064

我那時全盤崔化，接受老崔的女噴友觀，所有的人都是我的女噴友，只是我的妻子和妹妹是最親的。

可能問了未來

我覺得，我覺得前景前景非常光明。

可能問了

無所謂，因為搖滾搖滾樂開始開始都是一種精神一種精神，最後變化成什麼樣兒什麼樣的風格這都具體的無所謂無所謂。

可能問了

我覺得我覺得因為，憑我在我的音樂裏邊，我認為我的音樂還是比較理智，比較理智，不是什麼都不吝，還是比較比智的，透過一些感情的積累攢，通過比較理智的方法去表達。

問

現在目前現在目前因為我我認為那個在任何一個人的腦子裏邊都固定出一個世界來所以對於我來說什麼是暫時的東西一種，一種追求，我覺得從生活中不斷去因為各種各樣的感覺都有，因為人的生活中各種各樣的感覺都有，而且我覺得沒有說，每個人都權威去說，只好這樣，叫很多人去按這種生活方式去完成，所以一定要去到目前來說我認為人類都一樣全世界人都一樣。

我們不應該有一些民族和一些，或一些固定的語言去區域劃分這這種，膚色不同，長得不一樣我覺得人都應該一樣，人的感覺都一樣，人的權利都應該是平等的，人對生活對幸福對痛苦的享受都是有限度的，都是同樣的，同樣的，同樣的承受能力，對音樂的理解是一樣的。不是說希望，也不能說是的確，如果你要說，你要說不愛這個國家或者不愛這幫人，那你肯定有另外一種生活方法，馬上就會不一樣，當然也有人開始忍受沒有辦法，沒有別的辦法。我不希望說，我不願意說我愛一個人就是這種講話是功能性的，因為這有這種感覺。

問崔

當然因為大學生大部分都……當然、當然但是並不是說我喜歡大學生就不喜歡別的人，當然。

知道就行了。

我希望會。

沒問題，沒問題。

是嗎。

八月二號

問性

一談到性關係可能就是說是兩種方法，一種是特別不嚴肅，一種是嚴肅的，因為這東西，這東西就是問題這種感覺這並不是說是提倡什麼東西就是說是我覺得通過這種感覺來正視自己，能看清楚自己，在怎樣的情況下，來完成自己的一種信仰完成自己的自由，是突破各種壓抑實破一種障礙去完成自己真正的自由，這種過程，並不是說是真正提倡這種觀點，這種觀點說我覺得都是。

在某些人來說都是都是有一定要麼就是商業，要麼就是比較，是個人的，我覺得像是通過的從中是怎麼樣看自己的而並不是自己要按照某種方法生活的。

這這這種打算比較省立是比較比較一般的。

問什麼

如果，如果有的話也是很正常的，但是我現在沒有，這東西，因為因為我有很多別的事要做，的確是國內有很多搖滾樂因為搖滾樂有很大的市場但是有的話也很正常這東西沒有什麼了不起，但是我覺得有很多人這樣關心的話我覺得一方面是一方面是對一個一人一個人可能有多大的興趣去理解但我覺得更重要的是這這因為將跟它有跟它有同樣的一些一些很重要。比如說音樂跟它跟它以同樣的方式去研究完成同樣的理想的時候我覺得更重要的是注意這兒而並不是注意音樂而往往是自己怎麼樣。

於是乎

我個人來說因為我因為我覺得吸毒就像吸毒就像每個人的個人愛好一樣自己，自己，這東西這種東西沒有什麼可以指責的但、但是作作為毒品來說對在他的這個社會裏來說在某些情況來說是完成自己保護自己的一些感覺，或是刺激自己繼續一些感覺能夠通過毒品但是我想我自己不需要。

我自己不需要就能完成自己保護自己的一些感覺毒品帶來對於很多人帶來了帶來了，我認為對人體帶來什麼什麼災難，這個是這是一般的從科學角度上講而過量的這是肯定的而且是的確的而真認為說句實話，我自己不喜歡，但是我自己我也沒有權利去說別人，不能，沒有這個權利，能勸。

酒我比較少量的喝，煙也比較少量的。

離開關鍵的

B11因為搖滾，實際上這都屬於評論界的事兒作為作為我來說肯定了當然當然聽到來說我說句話按按我過去說可能比較舒服但是但我覺得這東西太太沒必要了，因為沒必要去想它，有些東西的確是一個是本身搖滾樂誰都能自己看到，現在是都能發展，我是比較走運的一個人，當然，我並不能要並不能說這個東西你別變成一種去談論的話題的確比較無聊。

西安

B12看兵馬俑我想對他們唱搖滾樂想到那兒演一場，當然，他們站那兒，我們也站著那兒他們看著我們，我們演一場。

我現在還沒有沒有感覺到，因為還沒有演出，第一次來。

羊肉泡在北京吃過，對哪個地方最好我們自己去吧同善樣鐘樓西那個名字叫什麼同盛祥。

水果

B1像把刀子，刀子刀子是不完全是我的風格究其就是一種感覺，這是歌詞裏邊，就就是一種感覺，刀子像刀，像刀，中信，你要說單純按的你這個代表，對於某個人來說可能是對於某個聽眾但是很多感覺，還有很多別的歌代表我的音樂和感覺不光是那首。

害怕打針

B14、B1我沒有說不喜歡這這不是說因為不喜歡某種音樂，而是說是，對，不是不喜歡，而需要發展不是說不喜歡某種音樂。

我覺得也不是ADO樂隊並不是，它有他們自己的風格，比較豐富他們比較有，表現技術比較高，但是不能說是比較重那麼商業化。

香奈兒

B15、B21989，他們剛剛他的最近剛剛有作品所以說，我是特別喜歡他們作品的，但是現在，他們現在好像在深圳，我現在看我現在看。

好心情

B16、B3擴建倒沒有，我就是說我們不斷根據音樂發展不斷地寫音樂。當然這個樂隊比較滿意，具體的怎麼樣發展我覺得能隨其當然沒有地方去想太遠。

旖旎

B1我覺得不是智慧也可以說是用我的愚蠢什麼都不用，用我的腦子寫

到那兒到那兒就行，可以。

說感覺，真的真的。

談過，對。

愛什麼。

你還是記者是吧你是記者問題啊。

累，特別是。

你自己摸吧隨便說你自己摸感覺吧反正我現在挺高興的。和大家在一塊兒反正現在挺很高興。

月觀小飄

B18我覺得這個原來對西安說實在的不太不喜歡剛來的時候剛來的時候覺得西安人對生人古城對生人也已經開始污染了。

人們，從人眼睛裏都看出處處要錢的那種感覺真的還好，覺得不錯。

對，演出之前也特多。

究其很多記者個人目的啊個人個人就是說捕風捉影啊達到什麼故弄玄虛啊。

顯示顯示自己的文筆。

非常自然，沒什麼，沒什麼，感覺感覺自己有這個音樂你想像一塊憑你想像裏你感覺這個的吧你感覺有很多的很大音樂說服力，完了，他有個現成的就來了。

我想就是吧，自己寫，不知道，有好的當然感覺可以隨其自然了，無所謂。

無所謂，真的無所謂，這種問題這種問題純屬是。

好心情

B19老練，每次每次給人簽的時候都注意一下字寫得怎麼樣，如果寫得好，下回還這麼寫。我這種特點跟人簽的過程中練的。

無所謂，我認為你說我知道你我明白你感覺。

小姿

B20你為什麼說硬，因為你聽過一些音樂所謂硬的音樂，但我覺得這種硬我覺的很多你所認為的硬的音樂都是相反是軟的。我覺得重金屬那是最軟的音樂。重金屬是最軟的音樂，重金屬音樂我覺得特別軟他們內心裏都是沒有什麼沒有什麼強烈的對生活的一種抵抗能力是一種表現感覺而言它對，而且那種音樂他們的承受能力比較低，在我個人來講，每個人體現力量的方位、範圍不一樣，我不知道Ca……AC/DC是Hard Rock它不是重金屬，布魯斯，但我覺得我覺得我喜歡AC/DC但是我並不能代表是說它的音樂就特別的有力量。

我覺得羅大佑，這東西這東西別說不去呀知道就行了，別錄了。

解釋我猜2065

將愛情崔健到底。

解釋我猜2066

把心思用在歸納搖滾樂隊了，是不是幻想什麼新秩序。

解釋我猜2067

日本的搖滾樂手是為了得到女孩的青睞才開始搖滾的。荷爾蒙？

解釋我猜2067-1

我和中國人都有這個嗜好，英雄排座次，五虎將，八大金剛，六小齡童，七俠五義和三俠五義哪個對，十三太保，八旗子弟，怎麼老在湊數，十三不靠，八大胡同，五花肉，二郎神，一百零一條黑點點的狗狗，三十六計，七十二家房客，雷雨，臭蟲，將愛情進行到底，盤絲洞，我的理想在那兒，我的身體在這兒，我的理想在那兒，我的身體在這兒，我的理想在那兒，我的身體在這兒，我的理想在那兒，我的身體在這兒。（後面這句來自崔健《盒子》。）

北京十大搖滾群

對於中國搖滾樂，你可以悶悶不樂，你也可以懷古傷今，但更多的是想它是否搖搖滾滾而來，也必將搖搖滾滾而去？那時你的激情將置於何處？

盲人說象或《春季情況報告》

解凍未發表的記錄1

91年夏天，崔健和一群挺亮的妞兒站在音像書店的櫥房窗裏，表情曖昧看著街上抬頭懷念往日節日氣氛的人群，挺冷的。

中國搖滾樂在初春早早地脫了衣服等待著情人——以大學生為主的年輕聽眾。

「唐朝」重金屬組合四月將在台灣滾石唱片公司的資助下，錄製他們這輩子第一盒專集，雖然聽過他們演出的人只聽出來「太陽你在哪裏」這句歌詞，樂團內部把吉他之間的矛盾用「失真」效果已不能掩蓋，人們還是懷著良好的願望等待專集在挺好的太陽下面曬曬。

「黑豹」重搖滾樂團同時也將在香港一家音像製作公司的幫助下製作第一盒專集，現在他們還只有四首像樣兒的歌詞寫出來，要他們寫好剩下的部分，一方面不能不算是刁難他們，一方面是要把中國搖滾樂的水準抬高到麥子長不到的高度。

「呼吸」樂團千辛萬苦90年終於把他們的專輯縮混得讓人不覺得自己的耳朵是否有點問題，但是最後的苦難還是像北京冬天的大雪推遲落了下來，大陸版因故被停止發行。

90年，何勇沒了樂隊，似乎能走的路只有簽約一條，而來找他的資本家夥伴讓他覺得都早打好了欺負他一下的主意，如果他瘋了，那一定是封建地主和帝國主義聯合起來壓制迫害的結果，好心的上帝應該在何勇的頭上撒點兒奇蹟。

走在路上才覺得自己最輕鬆的逃跑主義者張楚90年冬天終於有了自己的樂隊，然後他發現樂隊，然後他發現樂隊要表現自己的想法比一台壞了的答錄機效果還差。到今天他也沒搞清自己該站在中國搖滾樂哪個位置，他不打算再逃。然後他就發現自己除了待著，整天無所事事。

也許中國最早的搖滾樂團「七合板」、「不倒翁」那群小子當時能把中國的搖滾樂想像得比中國歷史還遠，但是打死他們也想像不出今天。

解釋我搖我搖搖搖

搖滾確實和很靚的妞有關係，我比較過搖滾和通俗的歌迷，搖滾裏的漂亮的歌迷少，但有近乎絕色的妞在裏面，通俗就不說了，很通俗。

主音吉他手和鼓手容易找到尖的，主唱老碰見深情的有思想的巨醜的女孩子。

解凍未發表的記錄1-1

1990年初，中國最大室內體育館——首都體育館的一場演出使幾萬名聽眾坐立不安，手舞足蹈，手臂和打著的打火機一起在這空中揮動，這就是由「寶貝兄弟」、「1989」、「女子」、「唐朝」、「ADO」、「呼吸」聯合演出的「90現代音樂會」，這是中國搖滾群體第一次展示自己的身體。在這個寒冷的夜裏，人們體驗著裸露自己的滋味。發現自己一張皮裏面似乎只充滿著血。

實際情況是北京的搖滾群體至今唯一一次裸露機會。到91年四月劉傑說要在首體再舉辦一次類似的演出的時候，沒有人願意相信他。

89年夏天以後，各樂隊以PARTY這種地下形式的演出存在著。

《夏季情況彙報》

三、夏天待了一天

牧陽憑著西北人的善良和天生的一團和氣在北京掙扎了幾年，說算可以翻個身，換換姿勢躺著了。

這次他出專輯可勞動了北京搖滾的半邊天

百花深處胡同裏是百花音像公司，這個錄音棚在國內來說是很不錯的，樂手的都常到這兒錄音。

這一陣兒，牧陽每天下午兩、三點到次日凌晨兩三點都得待在棚裏。王曉京是牧陽的經濟人，這次給牧陽在國內出專輯，他請到北京最好的樂手們，「唐朝」的快吉他老五，「1989」的鍵盤藏天朔，「呼吸」的曹軍，給崔健彈貝斯的劉君利，彈吉他的，原來「ADO」的艾迪，「寶貝兄弟」常寬和陳勁，「黑豹」的吉他李彤也要來，加上錄音老哥是原來的「白天鵝」樂隊的，同時牧陽自己是「呼吸」和陳勁的「紅色部隊」的鼓手，這是樂手們的一次大合作，在洪水圍困人們91年夏天。

牧陽生在寧夏，長在西安，是「西北小鼓王」，他的歌是最接近人民群眾的，當凌晨五點，我們將一個個樂手送到家而滿懷困倦往回開時，早晨的清風不能使你清醒，但牧陽的歌能讓你輕鬆快樂：

背起我的行裝
走在那老路上
為我們前途去流浪
我要尋找我的新夢鄉
遠方的山坡上
一陣陣野花香
異鄉的山水雖然好
但我更愛我的故鄉
噢，流浪，噢，流浪

《流浪》是牧陽專輯的名稱，人們也都理解他，動機。簡單，大家都為奔前途而來的，在西安靠烤紅薯和豆腐腦過活的牧陽來北京選入東方歌舞團時，一種歸宿感讓他覺得該寫歌自己唱了。

但他畢竟是個有家難回的人，雖然在北京住了這麼些年，甚至鄉音已改，長髮披肩，可他的思想還是很傳統的，只不過是先立業，再盡孝道，這種想法在北京的現代派和偽現代派人中是顯得樸實多了：

噢，我那年長的爸爸慈祥的媽媽
你們此刻在想兒兒卻不能回家
噢，我那年老的爸爸慈祥的媽媽
為了實現你們的願望兒不能回家
朦朦朧朧中我感到自己已經成家
帶著我的愛人和我可愛的娃娃
回到我遙遠的村莊鄉下老家
讓孩子見見爺爺讓愛人看看媽媽

這種中華民族傳統的美德，和鄉村搖滾給人的輕鬆感，在國內市場說不定會受歡迎。

太前衛了，老百姓又接受不了。

二、晚上去了

崔健還是最棒的，在他準備去的香港參加義演前，他辦了一次party。

他唱的歌完美而有熱度，不曾有過偷工減料，他情緒高脹，台下的人們更高脹。

這次崔健是老面孔，新打扮，一件係中式對襟布扣兒的小牛仔衣，劉君利是老貝斯，艾迪做主音吉他，藏天朔來玩鍵盤，鼓手馬禾不見了，換上原來打擊樂劉效松來打鼓。歌是老歌，崔健唱就是百聽不厭，路是老路，慢慢有許多新夥伴來。崔健可以讓人上癮，再品嚐這後又覺得過癮，是加了咖啡因，是擋不住的感覺，是可口可樂的陣勢，激發了眾多的樂手去爭百事可樂的位置，叫勁兒或置之不理，像粒粒橙椰奶。

回首往事不堪回首，1987年，在一片「西北風」的熱鬧中，一個面目不太清晰的年輕人寫的一首「一無所有」突然被人口眾多的中國人所接受，但是大多數人是在接受唱這首歌的人那更討人喜歡的面孔的同時接受這首歌的。以後，中國的年輕人像被還給了空無一物的自留地的農民，搖滾這個詞在這塊乾枯的土地上傳播開來，像大蒜、咖啡一樣豐富人們的生活。

搖滾根據地域的需要，其功用像辣椒，從崔健那半途中斷的巡迴演出看，他已走遍中國幾個喜食辣椒的省區，武漢，鄭州，西安，成都，這也就夠了，這裏的人性情暴烈，需要強烈的刺激與惡劣的天氣，山石土壤做鬥爭，陝西辣子就是一道菜，四川的麻辣作風享譽國際，這裏落後，這沉悶，需要搖滾樂來辣辣自己。

人們熱愛自己的生命，然後熱受崔健而熱愛崔健標誌過的中國搖滾樂，雖然他現在的新歌和以前的老歌區別不大，似曾相識，那也只好《寬容》他了。

解凍未發表的記錄2

1991年，中國搖滾這顆種子已經找到了土地下面的下水道，發芽長出了一些東西。

早期的「七合板」、「不倒翁」、「五月天」等一些樂隊的樂手主要是國家樂團的樂手和子弟，以後加入的新人也大多是他們的周邊，他們的搖滾感覺和自身的音樂素質和高中畢業就被領入待業市場的勞動大軍應該沒有什麼高低貴賤之分，只是很早接觸國外一些搖滾音樂的機遇使他們走上了現在看起來讓人仰目而以後好像能讓勞苦百姓的頭仰得更高的道路。89年以後和卡拉OK一樣迅速發展起來的party演出，使一些新人不斷加入進來，早期樂隊也解體重新結合，形成了今天由「唐朝」、「黑豹」、「呼吸」、「自我教育」、「女子」、「面孔」為主力的搖滾群體。

解釋我搖我搖搖搖

有很多工商人士願意到有音樂的地方，和小蜜喝啤酒，外國農民也來裝老外，騙美女和尊敬，現在這些傢伙已經散佈於各類酒吧了。不過美女也願意。

解凍未發表的記錄3

由於中國的具體特色和這些年的風土人情，中國搖滾樂不可避免開始帶上貴族色彩。Party的地下演出形式和越來越高的門票價格把由大學生為主的年輕聽眾群拒之門外，而這群自身修養不高的搖滾他毫不考慮對國外重金屬，龐克等形式的狂熱喜好與自身素質驅向之間的調節，搖滾樂便成為一種花哨的時尚在熱愛新鮮口味的人們口中流行。雖然有1990年崔健唱會和90現代音樂會的演出，但在看起來如同文化沙漠的大學裏，搖滾跟大多數人還是沒有什麼關系，而party演出越來越像這族裏的親戚們喜喪集的場所，任何發出的音響都會喚起一些掌聲。各樂隊之間以相互攀比和影響來體現竟爭，速度和力度成為共同追求的目標。

解凍未發表的記錄4

以拔弦最快而受人推崇的「唐朝」主音吉他劉義君（老五），看著四處被人稱為某某某某學生的小子們，恨不得用腳來拔弦以維護其獨領風騷的地位。同時，時間賦予早期的人以資歷和名望，早期的看客，現也是名看客了，早期的照片同少年時代的留影被一起攢著等著寫搖滾史。

解凍未發表的記錄5

Party演出的聽眾，從開始到現在似乎就是那麼一批人，使演出最後更像一個尋求刺激和排泄慾望的遊樂場，而且越來越沒有經濟概念，能不買票最好不買。90年聖誕由劉傑在環幕影院組織的party演出，由於劉傑對門票的嚴格控制，使聽眾們目瞪口呆，怒火中燒。由於party演出越來越多的娛樂性，樂手聽眾不再有共鳴，從而影響樂隊的演出水準也動搖他們對目標點追求的信心。

解釋我猜2068

記得在北京的每次聚會都會看見漂亮的小蜜女孩，她們還沒有得到比較多的錢，她們跟著小有成就但還不確定的男朋友，不被重視，她們努力地甚至拚命時髦著，穿好看的鞋和不合適的胸衣，讓人注意。一朝你成為那個不確定的男朋友時你會突然覺得你的自己不在你的腦子裏，你由著小姑娘的性子，陪她，時而感到索然無味。

解釋我猜2068-1

在OICQ上找美眉，就得寧靜致遠，坐以待碧。

六

這是以前的一個數字的漢語寫法，也念漏。

解凍未發表的記錄6

在所有今天的樂隊裏，重新組合的「黑豹」是人們覺得最成功的一支。主唱竇唯有非常好的音樂感覺和聲音技巧，他們早就準備在九一年秋天參加香港的音樂隊（這是一個十年前的筆誤）。他們成功的主要原因應該歸功於他們其中沒有什麼知識份子，沒有文化人的精明和極端，使他們省略了各成員之間的一些矛盾，像輕微腦振盪一樣的糊塗損傷了他們大腦中的耿直，使他們更接近於玩音樂的狀態，雖然他們的走穴演出大多很水，但是人們還是喜歡這些淺薄輕鬆的大男孩，他們的音樂讓人聽起來很舒服，不會讓你感到恐懼，這種不自覺的商業性在其他樂隊面前是不可抗拒的。但他們除竇唯之外的其他歌詞實在是你覺得上帝忘了給他們分配點智商，他們遇到的矛盾正是中國流行音樂從街甲文化走向商品的矛盾，也是其他樂隊共同苦。他們標榜自己為重搖滾樂隊，但是他們所有的歌詞和最基本的搖滾精神沒有什麼關係。這也是他們的歌為人接受之所在，正是由於一些人努力從音樂形式到歌詞內容追求搖滾的鋒芒，而不論自身的心理和外在環境都處於一個非驢非馬的狀態，使他們墮入分裂人格的焦慮，音樂也被擠壓是毫無生氣。

儘管如此「黑豹」的「不是我不相信」一歌成為北京各種樂隊都喜受的最蜜的一首甜歌：

也許是我不懂的事太多
也許是我錯
也許一切已是慢慢地錯過
也許不必再說
從未想過你我會怎樣結束
心中沒有把握
只是記得你我彼此的承諾
一次次衝動
Don't break my heart
再次溫柔
不願看到你那保持的沉默
獨自等待
默默承受
喜悅是出現在我夢中
my Baby
Don't break my heart
（當時沒有專輯，我希望靠雜誌來普及搖滾的消息。）

竇唯今年二十二歲，原來上護士學校，學精神病護理，中途退學，開始唱「威猛的歌」，後來進了中國青年輕音樂團，偶然碰見「四兒」（黑豹的經紀人郭傳林）加入黑豹，黑豹的吉他是李彤，貝斯王文傑，鼓手趙明義，鍵盤小欒，原來丁武也在黑豹，現在唐朝。他們第一個專輯可能叫《無地自容》。

黑豹的商業風格使我晚上十點經過大雨滂沱後仍沒見到他們的全體

人員。

郭傳林苦心而又相當精明地經營著黑豹事業，並貫之以國際集體主義精神，什麼都要以集體為主，不准突出個人所以你見一個黑豹不是黑豹，得全部見到才是黑豹。

為什黑豹很受歡迎？郭傳林說他們的歌搖滾樂和流行歌兼而有之，並且追求音樂中美的旋律。他們喜歡國外的Dire Straits和U2的歌。在北京的這些樂中，黑豹的樂手們是比較有錢的，不愁吃穿，郭傳林開了一家黑豹歌廳，以後準備生產銷售黑豹服裝，黑豹啤酒，黑豹裝飾品，以企業養樂隊，以樂隊做宣傳，這種自己動手，豐衣足食的精神加上以集體為主線的樂隊風格使黑豹從其他樂隊中脫穎出，獨霸一方。

解凍未發表的記錄7七

華子，叫蔣溫華，他的樂隊「自我教育」，人們稱之是個龐克樂隊，由於他演唱風格與眾不同，老崔辦party就喜歡叫上他們一道，老崔最喜難華子的「哭這裏」：

這樣來為什麼要離開？
這樣來我們生活在現在
哪裏去都往哪裏去？
這樣來為什麼要離開？
哭這裏可怕的天地
聽這裏多餘的話語
看這裏可笑的自己

自我教育，心理學上就是自己指導自己的想法行為，自己教育自己怎麼做。華子認為自己的音樂不是龐克，至多不過灰的低調音樂，有新音樂成份，從詞的角度既不罵人，又不在發洩不滿，沒有旁客那麼混蛋，倒是挺理智的。

華子小學中學特別正常，上完初中就不上了改上美術學校，學廣告，後來參軍當汽車兵在瀋陽軍區，回來後工作一直沒去，他可能是參加過樂隊最多的音樂手吧，最早參加「五月天」，後來進過「1989」、黑人雷加樂隊、和「突突」樂隊，自己又組「自我教育」樂隊。他喜歡聽歐州樂隊的歌，如「恐懼眼淚」什麼的，不喜歡美國的。

使人感到鼓舞的是，華子寫歌這麼多首，他自己卻不會樂器。華子打過鼓，後來不打了，自己寫歌，就清唱，再告訴樂手怎麼彈奏，他把音唱出來，樂手記下譜子。

不過，現在由於樂手的技術水準和音樂感覺不夠好，摸不著地方，所以使華子不滿意。華子準備和原來為崔健彈鍵盤王勇合作，華子作詞、唱，並參與作曲，由於不會樂器只能靠耳朵，嘴，想法有時表達不出來，得靠王勇配好音樂，兩個人原來就是住在一個團裏的，從小在一起，這樣合作的狀態很好，跟玩兒一樣，而搞樂隊太累。

華子是個地地道道的無產階級者，沒有PP機，沒有小汽車，什麼都沒有，一張單人床，一面發灰的白牆上小心翼翼地寫著「嚴肅生活」。演出時別人都皮裝金飾，長髮飄逸，而他穿白襯衣，黑褲子，若有其事地在台上歎息天氣。

更多的時候，我們是這樣的狀態，一貧如洗，坐在馬路欄杆上，看著汽車自行車川流不息、有氣無力，這時我們沒有心情高歌和歡唱，看陌生的地方：

看這停下的時間
張張熟悉的臉
在這陌生地方
我還會懷戀
花兒不會開放

它們還要生長
人們失去歡笑
他們變了模樣
看這陌生地方沒有改變著這陌生地方
看這陌生地方沒有改變看這可憐的地方

這沒有改變的是老地方，我們天天困擾其中，百思不解，百無聊賴，漸漸我們變得陌生，遠離人群，寂靜而去。華子以後搞一種新音樂，在這裏，陌生的地方。

他的歌是他的不懂，他不懂，歌裏也不懂，並不像有的歌在給社會下定義，在告訴人們應該做什麼。

華子的歌漸漸輕鬆了，而且始終不懂。

解釋我搖我搖搖搖

當時為什麼不談戀愛，活該，因為地方的價值觀還不像北京，沒有漂亮女孩喜歡你喜歡的，不像北京樂手好些個沒閒著。

解凍未發表的記錄7

「唐朝」有著美國血統，四個大個兒頭髮巨長地立在台上，帥得不行。

作為中國第一個重金屬組合，主唱兼貝斯手張炬說他們的音樂沒那麼重。外國們也喜歡Rush和Yes這樣有文化的健康的樂隊，和像Pink Floyd這樣有思想的樂隊，而不喜歡Bon Jovi這種重商業的樂隊。這樣一說，他們好像就不那麼重了。

唐朝過去有老「唐朝」，「唐朝」的名字是由美籍華人郭怡廣取的，他英文名叫凱瑟，十四歲開始彈鋼琴，從美國加州來北外學中國歷史，88年組織起唐朝。金頭髮的薩伯，中國名字叫朱三炮，前來打鼓。加上好朋友貝斯張炬，這個年輕的十項全能運動員，和吉他丁武，這個小時候在東北五七幹校長大的高個兒，四個人一道開創唐朝。

後來郭怡廣和朱三炮回國了，在廊坊上過學的劉義軍，和從印刷廠辭職出來趙年四人組成了現在的唐朝。

新唐朝幾年來在廣播學院，北大平莊的歌廳，古觀象台，月壇一直以重金屬形象出現。

人齊了，又投得來，老五（劉義軍）技術好，大家在一起誰有什麼動機，就集體創作。平時沒事練琴、看書，好樂器是贊助的，他們可以高唱英特納雄耐爾。

看到上海樂隊現已自生自滅，想到80年「大陸」樂隊，能有今天，已經不錯了。

九

也叫苟

解凍未發表的記錄7

何勇是後期「五月天」樂隊的成員，在89年古觀象台的演唱作品第一次被人注意。在他逃亡外地回京以後，這一層神秘給他帶來一些特殊的名聲。後來組織起「報童」樂隊，在中央美院演出過一次，倍受崔健青睞，不久樂隊解體，於是唯一的出路是簽約一條路可走。89年冬以後他寫出了一些不錯的作品《種鼓樓》、《垃圾場》、《共產主義地鐵》、《頭上的皰》、《姑娘漂亮》等，這個二十剛出頭的傢伙開始在聽到別人說他的歌帶有龐克特色時還不屑一顧，但同時他又開始以一個旁客腦袋的形象招搖過市，總是一副靠蠢欲動的模樣。在他的歌裏有一種從骨子裏來的仇恨，然而對別人有時又表現出一種吃驚的開朗和熱情，似乎想來掩飾他對鬥爭的敵意和讓自己相信自己還很大度從容並沒有瘋掉，他可感覺到崔健籠罩在他頭上的陰影，他知道這是可利用的但又阻止他個性的表現。在中關村那次崔健的演出中，本來他也將演出作品，看到人群對催健這個大神像的歡呼，他知道如果他站上台，只不過像老崔的一個琴童，於是他丟了展覽自己的機會。從外地回來之後，他更加明白外在的環境，但這使他更加痛苦，他沒有那種會左右逢源的神經。雖然他在努力地去做，他對外在要改變他的力量的排斥，成了跟隨他的影子，使他無法跳開他狹隘克薄的自身，他今後只可能成為一個惡霸地主，絕不可能成為一個道貌岸然的掩蓋家。

日子該怎麼過，何勇說不知道，怎麼好怎麼辦，香港大地製作公司來出他的專輯，他想著家裏養的兩隻小雞兒該餵什麼食。但願小雞兒也能學他一樣兒喊著唱著：「多麼香，多麼香。」

十

解凍未發表的記錄8

張楚最近說自己是有名望的人了，他在party上喝著十塊錢一瓶的啤酒後，仍找不到他想要的痛快，人們用異樣的眼光打量著他苦難的面龐黑硬的結實身體，這個與滾石公司簽約的個人，比起黑豹和唐朝的兩群來說似乎更具影響，香港稱他為孤獨俠客，這個小夥了又盤算著跟羅大佑的音樂工廠合作。

廣州「新空氣」樂隊的滂仔驚歎張楚從廣州硬座到石家莊再到北京的作風，「新空氣」是得坐噴空氣飛機才能來的。張楚被白天的熱風和夜晚的涼風吹蘇了的身體用涼水洗過再滿身塗沫風油精後，便開始滿地亂跳，這個無家可歸的小子又擠進了別人的宿舍。

這次張楚被山西電視台捉了去，給他拍了部30分鐘的音樂片《西出陽關》，這樣，他又可以在西藏玩一個月了。那專治婦科疾病的藏紅花是他最注意的東西。

他在全國各地以青年作曲家的面貌出現，可他自己不這樣想不這樣做，從廣州回來他又打算組樂隊了，樂隊就三個人，一個鍵盤，再拉上黃蜂這小子兩個主唱，樂隊起名叫「羅漢與行者」，張楚每週一、三、五作羅漢，二、四、六作行者，黃蜂相反，星期天兩人抓鬮兒。張楚忘了自己的僧人相，和一位有道士相的居士答應的成立「沙彌與道士」樂隊，這個六親不認的有著樸實肥幫的傢伙。

不過，即將去三亞掙錢的與評劇團有關的「高納」搖滾樂隊現在在向張楚拋媚眼，一個中戲的碩士畢業生覺得那個樂隊不錯，張楚也想去看看，以表示他是星期三暮四的主兒。

不過，張楚憑著他披上的帶有文化色彩的外衣，在大學生中還很有市場，頗受歡迎呢。

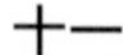

解凍未發表的記錄8

女子搖滾樂隊新近錄的歌有人聽覺像「王子」普林斯的歌什麼行特點都有點兒。她們現在還是本著「順其自然，不急於求成的精神沒有急於求成，現在在長城飯店唱唱。」

王曉芳強調，她們樂隊裏沒有主唱，每個人都能唱，楊英，蕭楠，他自己各有各的歌，幾個人風格不嗓音不同，自己發展自己，這種「不統一」才真正是「好搖滾樂隊的特點」。

隨心所欲，一切自然而然，王曉芳覺得現在必須一點點積累經驗，掌握技巧，在腦子裏完全是不同風格，將這些表現出來。力求完美。

不是為錄音而錄音，「女子」搖滾樂隊覺得現在特別輕鬆，沒有壓力，這也是她們的感到的最好的狀態。

十二

解凍未發表的記錄9

數年前一文不鳴的崔健和他同樣在搞音樂的好朋友曹平說過，以後我們都能成為百萬富翁，現在崔健已做到了，而曹平在1990年的90現代音樂會散會回家的路上，迷失在地鐵車站裏，沒有幾個和他生命與共的朋友來看他，這似乎就是中國搖滾樂今後的命運。

解凍未發表的記錄10

然而在搖滾樂剛開始發展尚未普及的今天，對歌的要求也不得不降到沒有道理的水準。只要一個樂隊能演奏出一堆非驢非馬的東西，這個樂隊也就能聽見歡呼聲，只差有妞兒衝上台來親吻你了。

解釋我搖我搖搖搖

北京有過激的女孩，至少有一個撫順的女孩站在豹豪的桌子上跳舞。這是最近知道的。一個叫商羊的女孩週末竟然約會和沒完沒了的親吻，但我忘了她是誰……

解凍未發表的記錄11

什麼東西在中國都變得讓你他媽認不出來，在國外由下而上起來的搖滾音樂，在中國不得不像避孕知識一樣由上而下地普及起來。而且像時尚一樣地在人們的嘴裏傳播，隨地吐痰的習慣使這種新鮮玩意兒很容被人搞得滿大街污穢遍地。而像六七十年代歐美搖滾樂的頂峰永遠也不可能降臨在這塊大神腳印遍佈的土地。

高旗，程進等等一些人都明白，所有現在做的一切都是為以後的發展鋪路，而他們不過是一些鋪路的石頭，但是他們把這塊石頭份量看得太重了，石頭就是石頭，是讓人踩在腳下向前走的石頭，沒有人會感謝他們，也不會有人來樹一座紀念碑，除了完美地表現自身外，他對以後也將毫無意義。

高旗頂著大太陽，騎車去學聲樂，他把音樂做好了，準備建一個名叫「超載」的重金屬搖滾樂隊，只是在物色樂手加入。曹軍具有流行味道和布魯斯風格的專輯《永遠都一樣》已在美國出版了。

解凍未發表的記錄11

89年，ADO樂隊和國外公司簽約，資產階級出版商公開地出入這塊搖滾自留地，「黑豹」、「唐朝」、「呼吸」都在不同程度地違背自己利益的情況下相繼簽約，以求得生存和發展，他們在不斷地破碎和不斷的幻想中生存，另一些人則找到了自己的精神支柱。他們把自己想像成追求完美藝術的殉道者，維護自己的古典悲劇美，並使之神聖化，沒有人能正面自己所從事的職業和現實的環境。在1991年6月1日版權法實施以後，中國搖滾樂不僅從表現形式，而且從遊戲規則也日益走向西方的明星制。這群農民的後裔設想自己思維邏輯中從沒有的前景，而痛苦和無奈對他們來說更容易被接受，而且他們的生命力從來就是在痛苦和無奈中激發出來的，如果給他們的是另一種折磨，那麼他們就像他們標榜著要打倒的傳統一樣，悠閒地站起來。

十三、瓜攤排行榜

在一間黑房子裏，某權威人士糾正了一位親戚在瓜攤上的看法，根據樂隊現狀作品排下北京十大搖滾樂隊座次。

崔健當然第一，然後是黑豹、自我教育、唐朝、1989、張楚、呼吸、面孔、紅色部隊、女子。

《總結》。

沒有總結，我們沒有完我們沒完

1991.8.13

解釋我猜2069

極度快速的青春被搖滾樂文化瘋狂地佔據著青春發育期，不注意對戀愛的安排，以致於這些人都三張多了，才開始高喊：將愛情進行到底。

不過還有不少傻缺在喊，把別的進行到底。

解釋我猜2070

在有著性感特點的搖滾中，正常的愛情被解釋和忽視。

中國搖滾親戚

對年輕人的抒情。反覆寫搖滾而不談戀愛，但尋找愛情。

一樣迅速

沒有人知道我們去哪兒，你要寂寞就來參加的善良心願，隨蹉跎的歲月一去不復返了。向陽院的故事再也不把送你新水壺的人當作壞人了，人們瘋狂地喜歡著好處，想方設法取悅給你實惠的人，而不多去甚至根本就忘了考慮那人的品格和心懷了，自己的目的才成為目的，並且始終不渝而且並不明確。相反，只用心來深愛著你才變得在你面前一無所有的人卻被你日日冷淡，在蒼白中漸漸老去。

解釋我搖我搖搖搖

喜歡搖滾，就跟牛郎喜歡織女一樣，一年見一次，多辛苦，還得挑著一對兒女。王母娘娘是誰？牛郎偷看織女洗澡就是北京和外地的地下演出嗎？外交公寓就是那湖嗎？有好幾百牛郎呢，織女也上百人了吧。

解釋我猜2071

我發現我對搖滾的埋怨就是我對一種搖滾一樣姑娘的埋怨。

追求姑娘

這些人就是被稱為親戚們的熱愛搖滾樂的年輕人。有關係比較近的經常有機會去party的親戚，也有更大多數的僅僅聽過或聽說過搖滾而心心嚮往的人散落在北半球的溫帶和亞熱帶地區。

為什麼又談崔健

是一首歌被一位已經出名的歌手心情好的時候，一唱就被觀眾記住，崔健也因為機會得以在許多人面前自己唱自己寫的這首歌，那時也並沒有限制別人唱，所以全國各地的嗓子不很圓潤的人都很高興能有一首這樣的歌唱，人們在聽慣了甜歌後，對這首並不是出自西北的但也含在所謂西北風裏的歌表示出了新鮮感，人們對「一無所有」這個詞倍感新切貼己，以至於一位學生在喝醉酒時爬到煙囪上高唱此歌表示失戀的情況，青少年們以極大的熱情在接受了「搖滾」這個概念，雖然對什麼是搖滾還非常模糊。崔健也將此歌從西北風中拉出，放入搖滾之中，也是因為搖滾這個概念，崔健延長了自己的生命，開始區別於當時其他通俗歌手，成為中國流行音樂史的一塊里程碑，同時也吃了一些苦頭，但比起那些和西北風一起出來的歌手和現在還沒搞出名堂就已經老了的搖滾樂手們，崔健顯是被人們記住了。

那時反感港台歌

也是搖滾，使不少人沒有淹死在甜歌蜜海和柔情似水中，算是活了下來。是因為港台漂來的情歌太多，使絕大多數性心理成熟太晚的男青少年無所適從，就形成了一批至今也許直到永遠都不願意聽歌的老中青隊伍，就像許多人沒有愛情也生兒育女，沒有結婚就犧牲出家一樣普普通通，普通人的生活構成了社會的模樣。87年有個齊秦披著長髮，在熱帶都市的夜晚，在路燈懶散的街道上，穿著皮靴，穿得很厚，稱自己是來自北方的狼，要在都市的高樓林立中表示一點野性，卻保不住露出一點南音，但畢竟非常乾淨衛生，甚至香噴噴的狼。但畢竟中國的孩子們在那年冬天以及隨後的一兩年的冬天裏滿懷深情地哼著輕輕地他將離開她，然後許願說回故里的時間大約是在冬天。往後的日子很明確地分了兩撥兒人，一撥兒人稱是吃廣式月餅的，由香港經廣州向內地傳播了大量粵語歌曲，十年如一日地傳播，造成的現實是眾多的北方青年模仿香港歌星的髮型在髮廊裏吹了頭，斜了鬢角，穿雙排扣西服和寬鬆老闆褲，張口閉口的廣東話無法可收拾的一顆心帶著溫暖永遠在背後縱使如何如何也怎麼怎麼啦，但也免不了倒楣穿上一雙牛皮紙底的假貨老闆鞋。於是在大陸歌曲難產的時候，港台歌曲乘著國內音像公司的引進版和不計其數的海賊版的東風以排山倒海之勢席捲了內地的音帶市場和少男少女及孩子他爸的腰包。

解釋我猜2072

不能及時戀好愛的又一個原因找到啦，就是不能分類，把自己分到搖滾那類裏，可碰不見什麼女孩，後悔也白了少年頭。女孩可不喜歡什麼另類呀地下呀，所以老能碰見頹廢的女孩，黑不流秋的。

那時堅持理想

這另一撥兒人，也許直到今天也只保存了一盤崔健的《新長征路上的搖滾》可憐巴巴到今天。

你像個孩子似的，要我為你寫首歌，一點也不理會，會有好多的苦從我心中重新掠過，哥幾個坐在黑房子裏想到現在仍一事無成倒還暫時有個地兒傾聽李宗盛在他的專輯A面換B面時絮絮叨叨：請換面。大家面對面，看不清對方，卻聽這歌在心中流淌，無所適從，工作是容易的，賺錢是困難的；戀愛是容易的，成家是困難的；相愛是容易的，相處是困難的；決定是容易的，可是等待是困難的。88年有了李宗盛的歌慢慢傳過來，使心情不再那麼踩躁了，大家生活在容易和困難之間，於是相信有心愛的歌聽，便有心愛的事情可做。但喜愛並未成為潮流，大家忘不了喝紅茶菌的日子嗎，早該忘了。於是李宗盛的歌使心裏對粵語歌曲有抵觸情緒的愛歌者獲得別的安慰。

解釋我猜2073

我發現過了十年還是一事無成，唯一的區別是不聽歌了。更沒有哥幾個圍坐在一起了。

離愛情去奔跑

85年左右，中國人開始勉強接受了迪斯可，在這之前這種自娛性的伴舞音樂不被人們的傳統概念所接受理解，人們只習慣於群眾性的歌詠比賽。而今天當你看見許多老年人在公園裏頗有興致地跟著迪斯可舞曲扭著胯，會覺得五六年前某些地方的牌子上寫著的關於禁止的一些話是很有意思的。當年，艾迪所在「大陸」樂隊也不得不打著迪斯可的招牌出了一盤「天上的妹妹」音帶，實際多是些歐美和非洲風格的曲子，沒法跳迪斯可，沒有人注意到這是中國開始模仿西方通俗音樂界的體制玩樂隊了，也沒從「七合板」樂隊中的七個人裏發現崔健將獨領風騷幾春秋。年輕人熱衷於迪斯可後開始拚命地練霹靂舞，像茶葉發老泡出來的紅色液體一樣可愛。

解釋我猜2074

各位最近注意了沒有，現在北京的晚上已經被震耳欲聾的秧歌鑼鼓所籠罩，而且愈演愈烈，這是噪音啊，這是公害。

不過，我想我老了，也去扭，那裏有好多「妹妹」。

鼓動

崔健所說的「我們愛你們」，是這些年來一直溫暖人心的話。我們也愛崔健們。在幾乎所有的流行歌手都唱自己或書上電影裏的男女相思或失戀時，崔健們愛他們的聽歌者，更直接地打動人心，青年人準備用自己的方式接受崔健。在北京一些藝術院校的男生宿舍走廊裏一直可以聽見有人在唱崔健的歌，沒有通過市場，崔健的歌在大學裏廣泛傳開，每一盤錄音帶都被反覆多次翻錄，以至於許多人手中的磁帶中只發出微弱的聲音，但曲子和詞被人們深深印在腦海中，洶湧澎湃，驚濤駭浪人們更新了概念，逐漸明白像音樂永存的精神所在。這歌便成了沙漠中的一汪清泉，爽冽徹骨，久久回蕩。

這就是搖滾樂同其他流行歌曲的區別，買了這麼些年錄音帶的年輕人們，會發現好聽的流行歌一盤帶只有那麼一首，頂多兩首，剩下的歌都是搭配的硬撐四十好幾分鐘換走我六至八元錢，而搖滾樂從六十年代到現在仍保持著新鮮感，長盛不衰，一盤帶裏的幾乎每首歌都動聽，你注意到沒有，現在我們的街上在賣約翰·列農和甲殼蟲的專輯，在往後的日子裏將有這些來自利物浦的永遠長不大的快樂的孩子給我們帶來歡顏，並使我們體驗人類永恆的情神。

老玖年輕時

老玖和蔣濤在東大街的人流中並肩行走，他們並非要去大差市，當兩人在街上走時老玖說我們會覺不得街上有人，而且只有我們兩個人在走，蔣濤蔣濤不以為然。老玖是89年後變胖的，90年元旦胖得一蹋糊塗，腮幫子鼓鼓的，支撐著的黑邊眼鏡輕飄飄好像風一吹就得掉，老玖執著地給蔣濤講約翰・藍儂的〈Imagine〉（設想），約翰・藍儂心中有一個世界，充滿愛，鮮花和和平，他希望沒有戰爭、沒有人壓迫人，希望不同膚色的人都加入進來，那麼世界將變得更加美好，老玖在說，蔣濤蔣濤在聽，老玖累了，坐在人行道上欄杆上，蔣濤不累，站在旁邊，老玖想讓蔣濤也坐上來，蔣濤剛一坐就被手裏纂著管帚的老太太吼了下來，老玖也是，於是兩個人繼續並肩在人流中走，並不是每個人心中都能建造一個偉大的世界，沒人去加入了，你如果偉大的話別人說會加入你的世界，人們幻想成為偉大，蔣濤也想了一下偉大，蔣濤此時覺得街上空空蕩蕩，只有自己和老玖在走，沒準兒老玖也只是因為在和蔣濤不停說話才被蔣濤認可是存在著的。老玖布完了道也就成了鋪路石，因為蔣濤們發現老玖給女孩子普及搖滾時別有用心，所以當埃樂維斯·普萊斯利被他女朋友的父親罵是來自美國的國際搖滾流氓，這叫老玖暴跳如雷且感到傷心，以後他可能只給男士普及搖滾知識了。於是明白搖滾樂之所以長盛不衰，永葆青春，是在於從中透出一種永恆的人類精神，蔣濤從心裏感謝老玖。

解釋我猜2075

老玖說女孩不是找到的，是等到的。

解釋我搖我搖搖搖

中戲女孩兩極分化，要不然傍大款，要不然就特內向，手都不拉。大款的標準是有一百萬人民幣以上，不是說非得表演系，戲文系也一樣，不傍大款的女孩要考研，但英語可能不行，她需要純潔的愛情，她二十三了，該談戀愛了，她有點摳，從來不請人吃飯，她睡覺打呼，她是四川的，不會做飯，會把菜調得很香，她喜歡紅色和白色，穿得比較平淡，她的面貌也比較淡，好像分不清五官的位置。對了，她還很嬌氣，喜歡折磨男孩。

解釋我搖我搖搖搖

89年是難忘的，我喝到了特別好喝的瑞士牛奶，冰鎮的，裝在立體三角形的紙包裝中，老玖肯定也喝了，他那麼瘦，在寬敞的大公車裏。誰知道哪裏有賣的。

我還把都一處的拼盤一個人都吃光了，還喝了一大杯涼茶。

我在德外的理髮館裏理了一個寸頭。

我吻了培華女子大學的一個女生，在軍用雨衣裏，我還瘋狂地撫摩一個家在沙市的華東師範大學體操專業的漂亮女孩的腳脖子，她穿著玻璃絲襪，我解開了她旅遊鞋的鞋帶。誰能幫我找到她，雖然她已結婚多年。

89年

89年街面上出現了未經崔健本人同意而擅自發行的《新長征路上的搖滾》使崔健沒有得到一分錢的利益，但大家總算聽到了比較清楚的崔健唱的歌了，而且可以從他的詞中漸漸明白了他要說的話，我們愛你們。這也標誌了中國搖滾樂正式走向大眾，人們開始接受這種音樂風格，同時也開始誤解和迷惑。

張華就是到了93年也還會迷惑不解的，這個大學91級的學生當然是在當中學生時就因聽了一場崔健音會後而矢志搖滾的，雖然他堅持只聽搖滾，但他也沒聽過什麼，崔健的是把帶子聽得已經走不動了，現在倒是可以聽黑豹的，只可惜是海盜版，看不見人影看不見歌詞，自從認識了搖普辦後，《音像世界》裏介紹的樂隊及他們的音樂就不再只是畫餅了，搖普辦答應給他轉一些帶子，但必須得拿SONY帶才行，夠刁難人的，搖普辦拿張華沒辦法，因為他只讓搖普辦給錄重金屬，對別的不感興趣，就喜歡槍炮與玫瑰和邦喬飛的歌，不過，這倒比楊雄好，楊雄每次給搖普辦空帶時，只要求越強烈，節奏越強烈越好，越帶勁兒。

中國搖滾樂最先接觸的是大學生聽眾，和大學裏最有感情的，中國的搖滾樂隊模仿國外樂隊的做法努力在大學裏辦演出，甚至不收學生們的錢，希望這些文化層次比較高的青年人給他們支持與理解，但這種演出多半水了，如90年崔健分好搖滾樂隊在北大的演出，票都賣出去了，可到時演不成，張楚分晃的樂隊在中央戲劇子院子劇院的演出也因為海報畫壞而取消，從91年與四月份北京各樂隊為能在北師大演一場而認真排練的情況看，樂手們心裏一直想看真正想熱愛他們的大學生的。

解釋我猜2075

（2001-04-20 17：18：32）兜兜

好好學習天天向上，千萬不要炸學校

解釋我搖我搖搖搖

沒什麼愛可以重來，沒什麼人值得等待。

搖啊搖

大學生們也以他們的人數，他們的精神及他們的行動給中國的搖滾樂以心有餘而力不強的支持，從崔健為亞運會捐款100萬在全國巡迴演出得以走成的北京、武漢、鄭州、西安、成都的五個城市來看，搖滾樂所到之處遍地開花，觀眾的海洋就是青年的海洋，就是大學生的海洋，在武漢學生們通過電視台的熱線電話節目分崔健交談，在西北大學有崔健後援會，學生在床單上寫了大大了「崔健」二字拿著它去聽演唱，也有蘭州美院的學生專門到西安體育館外坐了一天為等退票好看演出，人們可以看到即使在演出快結束時，體育館外還圍了許多人，通過體育館後門的門縫裏看到鼓手馬禾的背影和啤酒，在這兒聽得也是清楚的，就是看不見崔健。這是瀰漫興奮的空氣。大學生中更有演幾場看幾場的主兒，大不了吃一個月的麵條，十幾塊錢一張門票對一個學生來說不是個小數目。

解釋我猜2076

沒有值得只有願意。讓你用痛苦去換自由，那痛苦是世俗的，那自由是無價的。

天電

有演出的日子好像一去不復返，大學校園裏的人們張口餓死，時日平靜渡過，人們本來懷著的巨大的感情和期望終於形成一種病態，倒不希望崔健出現了。

不等於說張揚要賣鼓就說他不熱愛搖滾了，那陣兒他夥同王磊拉有待組樂隊，有待雖然對搖滾十分精通，但組樂隊還是不太現實的事，有待說首先樂器就解決不了，這群中央戲劇學院的學生不能老眼巴巴地看別人在台上唱，他們是說可以在台上演荒誕劇，但能玩玩樂隊也是件快樂的事，有待沒想到張揚大出血買了一套架子鼓，每天午飯晚飯後猛敲猛打一陣，把個宿舍震得破破爛爛，張揚也有倒楣的時候，不知是哪個孫子懷恨在心趁宿舍沒人把張揚的鼓皮一一戳破，害得張揚又得換一次皮。現在張揚鼓是不敲了，但對搖滾樂的興趣是一生不變的，每次有party他總是著裝整齊，認真買票，積極參與，不喝飲料的。

安賓就慘一點，他沒錢的時候比有錢的時候多，但哪有演出他還是熱心前往，看著那高高的票價，他這一米八幾的大個兒也得往回縮，他是性情溫和的親戚，乖乖坐在馬路沿兒上抽一根煙，等哪位搖滾人士看見他把他帶進去。不像有的人面對票價，義憤填膺又無可奈何，只好回學校。

商業席捲樂壇，個別樂手達到目的，個別樂手遺憾終身，大多數人待著，反正有飯吃了。party這種演出形式是在大型演出無法實現的情況下不定期地在一些大賓館裏使樂手們得以表現一下自我，經紀人能落些小錢，樂手才有飯的作法，這不是長久之計，但也是權宜之計。這種party無情地把他的忠實的聽眾一學生拋在門外。

Party的演出形式及票價決定了party成為脫離大眾的有錢階層人們的消食及娛樂場所，這裏的人們對外煙和飲料的高價不屑一顧，他們在被高高堆起的音箱震得幾欲崩塌的賓館底層裏延口殘喘盡情搖擺以逃避失眠的夜和錢的冰涼。

解釋我搖我搖搖搖

人在變，安賓給我報的價比人家自己給別人報的價高出二十五萬，怎麼會高出這麼多。過了十幾年的今天，當我們年齡大了的時候。

長髮

儘管許多資格老的樂隊已經對party這種形式膩了，但也無法參加大型演出，首先他們的裝扮就難以讓大眾立即接受，美國留學生傑夫利對學校不讓蔣濤留長髮非常不理解，他認為you can enioy youself（自得其樂），這並不干預其他人的利益。我們的樂手有長髮披肩的，也有青一塊白一片的龐克腦袋，頭髮是可以表現一下他們想法的地方，衣服是有錢人穿皮衣，沒錢穿仔服，老式軍裝和大蓋帽也是風格，張楚為了出專輯待在自己的小屋裏留頭髮，竇唯在開始自己組樂隊時成了小平頭。黃蜂的頭髮被人剪得只剩個蓋兒，樂手們變換頭式親戚們也勇猛創新，親戚有時比樂手還費勁，牛仔褲漆蓋磨爛，再戴上一些銅的鐵的東西。給老百姓看。

解釋我猜2077

秋天去峨眉山市，找一個叫生命終點的女孩，但要住在賓館裏，吃飯的事自己解決。其實我發現旅途和愛情有關，走得越遠，越會知道以前身邊的哪個愛情是最近的。但早年的遊歷，是為自己增加一些經歷，這些經歷會表現在語言的魅力上，對小女孩直接構成威脅。但要是你過了三張之後，對小女孩的殺傷力就會大打折扣，廉頗老矣！尚能戀否？

青年努力

老刁在壺口瀑布看見黃河水像銅汁一樣漫天飛濺，氣勢如虹，覺得岸邊搭一長台走時裝模特兒會是什麼陣勢。我想如果能牽根線過來，你來電，黃河也來電，你噪，黃河比你還噪，在這裏搖滾也來勁。老玖、張揚、待子走在西安的街道上看著灰澀的城牆圍繞人群，一路就學摸電線桿，希望拉一根電線，在街上把牆弄得山響，震震灰衣服裏的人們。我們要去工廠、礦山、學校和那生的人們歡聚一堂。

感冒

中國的氣候四季變換，中國的人們常得感冒，感冒在外國人看來不得了，因為他們吃得好，不得感冒，我想著我們的身體長年營養不良，我們的愛人身材苗條也都營養不良，我們常感冒，體會著營養不良時期的愛情。這的樂手營養不良，要不然就是麵食吃多了，澱粉消化太多，是從專業團體出來傳統的音樂成分太多，要不就是有好想法不能熟諳樂器，像是光挑肉吃的偏食傢伙，大夥兒常是感冒，組不好樂隊，出不好歌，卻在一起體驗愛情，領會搖滾。

解釋我猜2078

美女不上網，美女不搖滾，真麻煩，你做這兩件事都南轅北轍了。應該搞房地產搞實體，又晚了不是，沒有跟上改革的大潮。

現在已婚很久的女孩

張潔不能算是親戚，因為她不管再關心搖滾，也認為搖滾是噪音，無法接近，她喜歡柔柔的歌，而且喜歡了十年，在中國人的心裏往往是先入為主，由於以前軟性歌曲長期處於被壓抑的狀態，所以一開放，軟歌就佔領人們心中的各個位置，使人們四肢癱軟，不能自發，而崔健的硬搖滾風格使人們誤解為搖滾就是強列的音樂，而朋友風格、軟搖滾，藝術搖滾的輕快動人，緲不定的感覺也能讓人迷戀其中，其思想性及藝術風格遠高於普通的流行歌曲，搖滾樂不是一種單一名獨立的音樂形式，而是更多音樂形式的綜合，還是聽得太少，才容易產生誤解，這也得經的一個啟蒙的過程。

那時沒有海盜版和打口帶

我們手中屈指可數的音帶讓我們記憶猶新，我們見過的感人面孔漸漸淡忘，我們的熱愛被等待脫得老長氣喘吁吁，我們的血液仍然搖搖盪蕩奔流不息。

解釋我猜2079

也可以說，我們手中屈指可數的美眉讓我們記憶猶新，我們見過的感人面孔漸漸淡忘，我們的戀愛被等待脫得老長氣喘吁吁，我們的慾望仍然搖搖盪蕩奔流不息。

杜林杜林

張馮海旭比那每天光吃土豆絲而把錢用來吹頭的西北望廣州的孩子好多了，他不是太喜歡粵語歌裏的靚妹，而衷愛「Beyond」和「太極」這樣略有搖味的樂隊，這並不能怪他什麼，因為這裏只能接觸到香港的舶來品，當黑豹在香港的演出並且獲秋季冠軍過江龍金獎時，張揚埋末在心裏的那股鬧勁算是找到了場所，他的裝扮已開始倒向搖滾風格，雖然還離不了粵語歌，但對雙排扣的人已敬而遠之了，當他獲得一盤杜林林林的音帶時，他開始關心美國流行歌曲排行榜了。

愛情容易發生在旅途中

一切都是那麼長久而且自然，枯燥乏味代替了一時噪熱留下來的空白，人們總是隨遇而安，利不十，不變主意，所以當崔健的《解決》出來時，回應者已被潘美辰的痛不欲生冷不欲生奪去大半，而崔健在他國內的第三盤專輯還找不到音像出版社為他出時，黑豹以更新的夾雜流行味道的重搖滾風格從香港返回大陸，帶著被海賊版和國內擅自版犧牲了的軀體算是讓更多的人知道了他們的努力和存在。但又有鄭智化出來轉轉。郭富城偶像，而我們心中真正的英雄卻長眠不醒。

說的比唱的好聽

西安搖普辦煞有其事地在大學裏冒充搖滾權威辦講座普及搖滾，雖然他拚命去感悟搖滾精神所在，但他是個實打實的偽搖滾。可笑的是國外自下而上的大眾中產生的搖滾樂到中國卻要自上而下地普及。搖普辦引經據典，國內各種辭曲工具書上罕見的條目是引也引不出來了，搖普辦回答什麼是搖滾，什麼是搖滾精神，我們熱愛搖滾的年輕人把它記下來，可以聽各種風格的音樂，聽出什麼是什麼，覺得好聽就行，搖普辦努力回答每個人提出的問題盡力盡心地做事情。人們因看不到演出而產生的困戀在搖普辦這兒能緩解一下，但人們狠不得擁上去一腳把搖普辦踢翻，可踢翻搖普辦容易，但崔健還是不會坐在這兒的，也不會出來唱的，中國的樂手要給親戚們什麼樣的音樂。

一個與愛有關的理想

沒有人知道我們去哪兒，你要寂寞就來參加，張楚的光明大道給親戚們了一點亮光。一個美國小夥子繼承了百萬美元，不幹別的，在搖滾歌手鮑勃・狄倫待過的伍德斯托克辦一次出請來美國那時期最好的樂手們，全國各地的媒體和老親戚的蜂蛹而至，圍起來鐵絲網想賣票是不可能的了，只好任憑人們踩倒鐵絲網，滿山遍野，站在山崗，雖說演出沒能賺錢，但這成為了最有歷史意義的搖滾演出之一，樂手們演了三天三夜，儘管中間下了一場滂沱大雨。搖普辦也幻想能在西北的某個地方辦一場這樣的演出。兜裏沒錢的學生鋪天蓋地，一起享受震盪的空氣。

鞋

中國人民解放軍三五一三工廠發現他們為美國和烏拉圭生產的戰鬥靴在國內銷量甚好，這家總局唯一生產皮鞋的工廠，為搖滾親戚們生產了大量戰鬥靴，使他們在西服草履的紳士面前意氣風發，鬥志昂揚，使他們在寒冷的冬天和炎熱的夏天穿著它走遍山野，踏遍平地，在祖國廣闊天地裏高高興興，幸福生活。

議論

我們習慣於進入系統，這樣可能省點心，一切都可循規蹈矩，我們習慣於接受系統知識，一切得像教科書那樣分章分節才是正式的，如遍天下的正宗川菜反而不如冒牌川菜地道。我們熟悉的故事必然發生在一個清楚的日子裏，必然有人物矛盾激化成為事件的高潮，也必然有結尾告訴大家這是個悲劇而不是喜劇，或暫時是喜劇。我們沒有去想人為什麼一天要吃三頓飯，而早上為什麼吃得那麼簡單，以至於每天午飯前都要經歷饑腸漉漉的人生。我們的廢話不斷延伸，已經約定俗成不用大腦支配，我們聽了好話就渾身來勁毛孔歡唱，而到夜晚作夢逃帳或跳樓。我們模仿從前的樣子，別人的樣子，然後變得彬彬有禮，表面受人尊敬，到今天古代的英雄好煙已遠不如我們能喜努不形於色，我們的這張臉平展結實走過風風雨雨永不變色。

解釋我猜2080

Hip-hop現在被叫做街舞，但遠遠不是這種解釋，就和搖滾樂剛來中國是一樣，糊裏糊塗就來了。

大多數人

是大多數人知道有搖滾樂這麼一樣東西，是大多數人不經意也不敢把它放到眼裏，更搞不明白，但會有大多數人從中獲得力量，獲得生命，我們年輕人本身具有歷史賦予的使命，除舊迎新不要說我們一無所有，我們要做天下的主人，年輕人不被傳統束縛，勇猛精進，天天向上，才是年輕人的出路，我們從搖滾樂中獲得砸爛一切舊葦物的力量，使我們不現沉緬於比同山高比海深的山盟海摯中。

現在賣飛機零件的

丁捷坐在圖書館裏翻譯英文的電吉他教程，他已經會從那本外國音樂辭典中找一些術語了，但那裏絕大多數是關於古典音樂的，所謂搖滾樂能占一個條目就不錯了，牛津辭典幫不了他一點兒忙，他想讓那個剛進校的羽毛球手教他電吉他，那人認識以前「還債」搖滾樂隊的許巍，這算是西安的樂隊，但不能也許永遠不夠格稱是一種搖滾樂隊，這裏的樂手有地方掙錢活著，有自己的樂器，有地兒排練，也想搞點自己的東西，只是還沒有去做，也許正是這還沒有去做，註定他們的一事無成，他們認可的西北小鼓王趙牧陽已經成為中國最優秀的鼓手之一，趙牧陽不能總在西安這裏只能給他豆磨腦而不能給他發展，他們認為吉他彈得一般的張楚成為歌詞水準高音樂好聽的歌手並在國外也受到重視，同時這塊地方的人。我所傷心的王戰，挽留不住吉他彈得好的老汗，也挽留不住自已，到南方去掙錢。回來還是灰漠漠的天，卡拉OK傳來的老歌籠罩街市，像古城牆一樣把人們圍得那麼結實。拉福認為講座總是不頂用的，要有演出才行，不能老請北京的樂手來，應有自己這塊土地上的樂手為這裏的人們歌唱，他總打聽要出多少錢，沒人回答，也沒人演出。讓人們感覺現場的音樂，感覺音樂的情感。有一天，這裏的蓓蕾皇都大酒樓的門前豎了一塊牌子，在一個手拿電吉他像個外星人的畫旁邊寫了兩個大大的字「搖滾」，下面署的是新時代搖滾樂隊，搖普辦看了後非常興奮，這裏終於有人唱搖滾了，但搖普辦聽到的是我是不是你最疼愛的人和高明駿的歌，歌手告訴他，週末人多時能唱一兩首自己的歌，可週末搖普辦還是只聽見有人問他：我是不是你最疼愛的人，倒是有一首舞曲像是BMG公司出的，只是又被填滿了粵語，幾天以後這支樂隊不再出現，酒樓門前只剩下生猛海鮮的牌子。所以我們看見了所謂搖滾歌星，搖滾舞是在祖國各大中小城市夥同其他星演出，基本上全是冒牌貨唱別人的歌騙你的錢。

發議論

試想，如果辦演出，我們的觀眾是誰，學生，大學生和一些中學生。我們的專輯誰來買，也是我們的大學生和中學生，而我們呢？我們為了誰！

沒有人知道我們去哪兒，你要寂寞就來參加！我們的樂手是不是這樣對待他們的親戚的？我們大家是不是都這樣想這樣做，幸福寫在你臉上，歡樂寫在我背上，挺起來胸膛向前走，別害臊，前面是光明大道。

1992.3.27

解釋我猜2081

這是一個學校，抒情的。

中央戰鬥學院

（先抒情）聒噪，再也不會有嗎？我一個人去獨行，一個人，獨行去，獨行。

一股熱流湧上我的心頭，湧入我的眼眶，那是什麼，那是我的愛。

我（可能指刁亦男）愛這黃天厚土，愛這生於斯表於斯的黃土連綿，溝壑縱橫的故鄉，福路灑脫（日語，故鄉）。

和藹的人問我從哪兒來？我將我的學生證遞到他的手裏，「中央戰鬥學院，你是中央戰鬥學院的？快，裏邊坐。」他把學生證上繁體字寫的中央戲劇學院看成中央戰鬥學院了。

中央戰鬥學院

戰鬥比戲劇好像更充滿了火藥味，沒有愛情的學生在尋找砝碼。

混混厚厚坦坦蕩蕩

善男人有平坦心，即正定心，故所往無礙。

他明天早上五點鐘就要坐車去陝北了，此時正坐在西安市內一條馬路邊上的修鞋攤兒旁，跟老鞋匠聊天兒。

「你這鞋可貴啦，多少錢啊？」老鞋匠正在給那雙高腰皮鞋粘個鞋底兒。

「四百。」他將那雙三十多塊錢買來的已經舊得不成樣子的鞋說得錢高得驚人。

老鞋匠真得有些驚呀了，他說：「如今這鞋呀是得幾百塊錢啊。不過，你這鞋結實，新三年，舊三年，縫縫補補又三年啊？」

「你可得給粘牢點兒，我還要用它走好長的路呢！」此次去陝北，他也說不清自己要走多長的路。

「我覺得你還是釘上鐵掌兒更結實，走多少路都不怕。」老鞋匠總希望顧客的鞋底大得能釘完他鞋攤上堆的所有的鐵掌，那才好。

還要走好長的路呢，他同意釘上鐵掌。雖然他從沒有這樣的習慣。我得穿個很厚的襪子。他心裏想，現在陝北好冷啊，十一月，都說這時陝北什麼都沒有，不如過年去，去過年，大口吃肉，大碗喝酒，不如正月十五去，去看這個熱鬧。現在去陝北什麼也沒有，那也得去，他這樣想：「我總覺得我需要的東西會在那深厚的黃土層中找到。」

去安塞撲個空，幾百人的安塞腰鼓去北京看亞運會了。

倒是從南泥灣往延安趕，走了回夜路，碰見了三個刀客，一個拿著繩了，一個拿著短把的鐵鍬，一個拿著一把二尺來長的砍刀。他們晚上在這兒，等過路的汽車爬坡時好卸車上的貨，亦是貧苦的人嗎？他們攔住了我，亦是貧苦的人嗎？他們把我圍了起來，亦是貧苦的人嗎？我在想這個問題，我告訴他們我是北京的學生，沒有錢，他們放我走了，我還想說什麼呢？我給他們十塊錢，他們遲疑地看了我，接過錢轉身走了，我也走了。

他是學戲劇文學的，可他深愛這塊黃土地：

我到達一個新的小站，
站在一條新的街道的新的盡頭
望著那端，小屋的燈光有多昏黃
也望見那一排樹木的枝丫與枝杆

周圍，一片黑暗。

雪花便也毛手毛腳向臉上撲來，
於是，小心翼翼，
我走向那亮著燈光的窗戶，
今晚，你沒有住處
連旅館也關門。
老夥計，怎麼辦？
一個人夜臨這陌生的小站。

抽出手，我想敲門和往常一樣簡簡單單
可平地裏忽起一陣風
把樹枝上的雪沫撒進我脖梗，
打了個抖
縮回已伸出的手

預感到今夜，將無人收留
這身分不明的來客。

遠處黑的山
一瞬間湧動了熟睡的身軀
剛剛，我硬從他身上過來
此時正笑我不知好歹。
那排樹木也像一群獨腿的鳥，
呆立在兩旁把我來瞧

還是敲門吧，小夥子，
別再往前走，
可面前的門，
你自己為何不打開，
好給我個藉口，讓疲勞進去。
哪怕小息片刻，
但他偏偏倔強
繃起兩張臉全無一點聲息。

我看見門前的路又伸進另一座山。
我想，山那邊定會是另一個小站的另一盞孤燈
山靜得要死。
像是等著我——看你怎麼辦？
他身上長滿樹木——
我好像自言自語
「那是一群寄生的鳥兒」
別以為下雪就能騙過我
其實。老實告訴你，他們不過是
二群黑色的烏鴉
這會兒，正睜大眼睛地渾身的羽毛抖響。

也別以為我會怕你。
這一個人的夜晚。
我要的就是比刻。
看不清你的訕笑。
「娘的」
背起破包我嘟噥一聲

也不怕走出這身旁唯一的燈光。
老漢說：候著，原地莫動。
可我想要學會在離去中逢著
那個永久的聚會。

可是山那邊或許非你所想
而是荒蕪一片
但今晚可真他媽見鬼。
我也不知我為什麼一點不怕。

之後，我去了壺口，我（泛指刁亦男）哭了。

看到黃河那凝重的水流在這裏洄旋，在這裏激蕩，在這裏迸裂，我深感到自己小，再也不能聒噪了，再也不能任性了，我跪在黃河岸邊，對著她大叫：「母親！您的孩子來了，您的孩子來了！」他不孝，他這樣想，他對不起生他養他的母親，他不孝，他還讓他的母親受累，受罪，他熱淚盈眶，他哭了——看著那凝重的水注迴旋；激蕩，迸裂，他哭了。

解釋我戲我戲戲戲

不是我說的，是一女生說的十年前特好，孟京輝在操場上轉圈，若有所思，同學見了，問，吃了嗎，還沒呢，就跟人吃去了。

蒼蒼芒芒洋洋灑灑

你今天是怎樣的心情，你現在是怎樣的心情，這八十年代的最後一天該是怎樣的心情呢？

他們念叨了好久，兩三天吧，我是覺得他們念叨了好久，這些搞戲劇的學生忘不了他們老師給他們說過的話：「你們這一代是喝現代派奶長大的。」所以他們非常愛戴那些開現代派先河的前輩們。

曾因為「他的具有新奇形式的小說和戲劇使現代人從貧困境地中得到振奮」而獲得1969年諾貝爾獎的現代派大師貝克特老先生，幾天前去世了。

他寫的《等待戈多》一劇，1953年在巴黎演出後，引起轟動，連演了三百多場，巴黎的咖啡館。灑吧間和街頭巷尾，到處議論這出戲：兩個熟人見面打招呼，一個問：「你在幹什麼？」另一個就回答：「我在等待戈多。」它可以說是荒誕派戲劇中影響最深、最大的代表作。

宿舍樓前的小操場上堆了許多煤、這大煤堆幾乎占滿了半個操場，這是學校為保證同學的冬季採暖而備的。哥幾個（泛指孟京輝張揚施潤玖刁亦男蔡軍等人）商量一下，準備在12月31號這一天煤堆上演等待戈多。其實，不用排，也不用事行準備什麼，到時上去續詞兒就成。以此來紀念貝克特先生，在煤堆上演，不為給誰看。

中午會餐完備，看看天白花花一片，不可能下什麼雨雪之類的，可學校許多人都知道哥幾個要等待戈多。

他（泛指孟京輝）提議學雷鋒，把小操場上堆得橫七堅八的自行車們碼齊；他提議哥幾個換上鞋在操場上踢球兒；他提議還是聽聽音樂吧。於是哥幾個，衝下操場，把自行車都碼齊了，許多人似乎準備來看戲了，三樓的一扇窗戶打開了，一架大三洋答錄機對著整個操場吼起了搖滾樂。足球門擺好了。

咚—咚—咚—，也許是鼓聲，咚—咚—咚—，也許不是鼓聲。煤堆上什麼也沒有，誰也沒有看到煤堆上去中戲聯隊由戲文系，導演系，表演系及一至兩名外省籍球員組成，客隊為北大，北京電影學院等幾校的學生組成，客隊球員身材高大，腳法伶俐，攻勢兇猛，使主隊除了兩名陝西藉球員（泛指刁亦男和蔣濤）在上半場開場後不久分別灌入兩球外，再也未能破門得分。而客隊頻頻射門，使主隊門前險情疊起，最後中戲聯隊以2：7敗北。

宿舍樓上的窗戶一扇一扇關起來，等待看演員的人的看了看足球賽便走了，客隊也得勝而還了，操場上人少了許多。煤堆上什麼也沒有，誰也沒有到煤堆上去。

波卓（財主）退後。弗拉季米爾和愛斯特拉岡（流浪漢）從幸運兒（奴隸）身旁走開。波卓抖動繩子。幸運兒望著波卓思想，豬！（略停。幸運兒開始跳舞）

停止！（幸運兒停止）向前走！（幸運兒上前）停止！（幸運兒停止）思想！（沉默。）

幸運兒：另一方面關於——

波卓：停止！（幸運兒停止）退後！（幸運兒退後）停止！（幸運兒停止）轉身！（幸運兒轉身，而對觀眾）思想！

在幸運兒作長篇演說時，其他三人的反應如下：

一、弗拉季米爾和愛斯特拉岡聚精會神地諦聽；波卓垂頭喪氣，覺得厭煩。

二、弗接季米爾和愛斯特拉岡，開始抗議了波卓的痛苦越來越厲害。

三、弗拉季米爾和愛斯特拉岡又凝神諦聽；波卓越來越激動，開始呻吟。

四、弗拉季米爾和愛斯特拉岡大聲抗議。波卓跳起舞來，使勁拉繩子。一片喊聲。幸運兒拉住繩子，蹣跚著，喊著他的講詞。三人全都撲到幸運兒身上，幸運兒掙扎著，喊著他的講詞。

幸運兒（施潤玖）：如鼓奇和瓦特曼的公共事業所證實的那樣有一個鬍子雪雪白的上帝超越時間超越空間確確實實有在他在神聖的冷漠神聖的瘋狂神聖的喑啞的高處深深地愛著我們除了少數的例外不知什麼原因但時間將會揭示他像神聖的密蘭達一樣和人們一起忍受著痛苦這班不知什麼原因但時間將會揭示生活在痛苦中生活在烈火中這烈火這火焰如果繼續燃燒毫無疑問將使雲蒼著火也就是說將地獄炸上天去天是那麼藍那麼澄澈那麼平靜這種平靜儘管時斷時續總比沒有好得多⋯⋯

哥幾個讀詞讀到精彩處就把演幸運兒的人抬起來，放在地上，最後都壓在他身上了，而幸運兒仍在喊著他的詞兒。周圍的人不知道這幾個人在這邊幹什麼呢？等待戈多吧。

解釋我戲我戲戲戲

是孟京輝在宿舍樓爬樓梯時唱太陽爬上來我兩眼淚汪汪我看著天我看著地咿呀我抬起腿走在老路上我睜著眼看這老地方我什麼老頭子老太太咿呀，結果爬過了，去了女生住的四樓了。

親親溫溫淡淡靜靜

善女人有正慧心，所做無為有為之事成大功德。

他（泛指蔣濤）上午買了一雙豬皮靴了，樣子像陸戰鞋。中戲晚上有元旦舞會。

一個哥們告訴了他靴價錢，讓他去張自忠路上的那個鞋店去買。果然買到了。中戲晚上有元旦舞會。

一拔兒拔兒人在包餃子，烤羊肉串，他不知該去哪兒，該做些什麼？中戲晚上有元旦舞會。

一個哥們兒的女朋友的姐姐，也是另一個哥們兒的女朋友，我始終不知怎麼稱呼為好，叫桑妮吧。但願她能喜歡。

他記不起，他是那天到中戲了，反正是來過元旦的，體味一下北京的新年。也許是在偏僻的地方待得久了，一到中戲就感到不適應，很怪的一種滋味像一個非洲的酋長初次來紐約，總之，很怪的一種滋味，一個陌生的宿舍裏，亂轟轟的，一張張陌生的面孔，陌生的氣氛，「作為中國第七代搞藝術的，九十年代是發跡的年代，二十一世紀是大師的世紀。」一位導演系八七級的學生這樣說。氣氛還是陌生的，我一邊噁心地聽著，一邊在適應這裏的氣氛，一個女孩在一旁削梨，我看見一個女孩在一旁低頭削梨，她就是桑妮我那時並不認識她，我仍在適應著這裏氣氛，「給，拿著。」桑妮把梨遞給了我，我心裏吃了一驚，又很感激地接來了，「吃吧。」桑妮很親切地把我看做他們大傢伙的一分子，我已嚐不出梨的滋味了，卻感到了這裏給我的溫暖。

幾個人圍坐在桌旁，在胡同口一個叫「春曉」的小飯館裏，老闆很喜歡學生們來他這兒當然喜歡，答錄機裏放著我們自己帶來的英國「雄鷹」搖滾樂隊的曲子，悠揚而激蕩，在這八九年的最後一個下午，桑妮請我們來這裏，我說我有點拘束，桑妮讓我喝點酒，「渴點酒就好了，就不會拘束了。」

舞會已到最高潮，新年的鐘聲即將敲響，我想起了故鄉的人們也在過年，他們知道我此刻的心情嗎？我站在一旁看著舞池裏的人在互相間問新年好，我在想著什麼，我想站在一旁看著什麼，我在想著什麼，我站在一旁看著什麼。「新年好！」是桑妮第一個向我問新年好，把我從傻想中解脫出來，我於是沖進人群，而友好的人，愛我的人，我愛的人問新年好，去擁抱他們，去祝福他們……鐘聲敲過後，我的親愛的哥們兒送個條子給我。

贈老友　《雪地鞋》
一九八九的最後五秒鐘裏，
我和你一起在北京渡過，
我看見你，
站在那裏，張嘴傻笑
像他媽一本還沒打開過的《聖經》
我知道你以後的日子不好過，
我也一樣，
一有這種想法
我便把你拉過來、握住你，擁抱你
拍打你，祝福你，並且，看著你

你在發抖中適應過來
我突然想起
你小子今天上午買了一雙豬皮靴子
換下那雙雪地鞋
說以後再用
我想我明白你的意思
你還說回家後要給豬皮打油
我明白你的意思
可別忘了那雙雪地鞋
它難看
乖乖，我明白你的意思
塑膠袋裏不能是幾條破帶魚
像是禮品之類的玩藝兒。
雪地鞋，無人駕駛！
亦男90.1.1

元旦那天下午，我就拎著個塑膠袋子搭火車回家了。塑膠袋裏裝著一雙雪地鞋。後來知道我走後桑妮才知道直埋怨也沒有送送我。我很感激打心眼兒裏。

辛辛勞勞咕咕咚咚

更重要的是工作。

我一見到孟兒（泛指年青時代的孟京輝）就知道他又在忙著排戲，準是又排到半夜，才肯甘休。孟兒今年多大了。三百來歲了吧，反正現在在導演系讀研究生，這回他排的戲是英國劇作家哈樂德・品特的《升降機》，動員戲文系，導演系，舞美系各路人馬組成策劃創作組，由表演系的胡軍演班，韓青演格斯，兩個槍手在一間原來作為廚房的地下室裏被一架通往樓上的送菜升降機折騰得誠惶誠恐、東倒西歪，就是這回事兒。

上樓梯碰見了寶寶，她說沒有煤油了，晚上不能下麵條了，她現在去買點麵包和黃油去。寶寶是戲文學，為了孟排戲順利，晚上幫他們做夜宵。

「真好啊！真好啊！」本來孟兒以為沒煤油了，晚上只好餓肚子了，聽我說寶寶去買麵包後，他說道。

亦乎是酸痛，混身的酸痛、來自於脖根，背部，手腕子，但說不上是疲倦，年青青的，總以為會疲倦呢？於是乎，大腦很興奮，不再沉緬什麼，煙、酒女朋友，或可以使自已感覺良好的名和利，再這樣想，成為工作狂吧，大腦的興奮，工作的興奮，興奮和工作，興奮的大腦。

都快凌晨兩點了，我同他們一樣精神頭兒還很大，總是這樣，晚上睡得晚，早上九點、十點，亦或是十一二點才起床，不到吃午飯的時間是不起來的，晚上九點、十點才開始工作，一氣兒到第二天凌晨兩三點。

孟兒第二天上午要向系裏的老師彙報演出，可今晚上不管大家怎麼努力也只排了一半，還有一半什麼時候練呢？明一大早七點鐘起來，八點鐘正式排，我覺得這個決定可行性不大，現在都快三點了，這些習慣於中午起床的人如何能消受得了七點起床的痛苦？

倒是我早晨七點半起床了，我總是能起得早些，在家裏，在這裏也是。我很懷疑他們是否已經起床，但我還要到地下室看著，萬一他們起來了呢？校園裏很靜，我是這樣認為的，整個大樓很靜，確實很靜，確實能所見一根針掉到地上的聲音，地下室也會很靜的，我確信地下沒人！沒人！這些傢伙一定都在睡懶覺，一定，他們總是這樣，中戲的男生總是這樣的，但我還是走近地下室的門。

「咕咚咕咚」，「咕咚咕咚」，嚇我一跳，太陽也許有時會從西邊出來的孟兒坐在小桌中間，胡軍和韓青二位扯起喉嚨在喝孟兒沖的雀巢咖啡，「喝點雀巢，聽點搖滾樂，再加上點知已知彼（即咖啡伴侶）」（用天津話說好聽）他倆是扯起喉嚨漂亮的喉嚨喝的，咚咚的。

「好，現在開始排後面幾段吧。」（孟兒）

「如果有人敲門。」（班）

「對，如果有人敲門。」（格斯）

「你就站在門背後。」（班）

「我就站在門背後。」（格斯）

「他一進來，一定會看到我。」（班）

「一定會看到我。」

「對，一定會看見你。」（格斯）

「我掏出了槍對準了他。」（班）

「對，你掏出槍對準他。」（格斯）

「他一定會轉身。」（班）

「對他一立會轉身。」（格斯）

「他看見了你。」（班）

「他看見了我。」（格斯）

「啊——」

格斯驚恐地靠在了牆上，而班的槍正對準了他，那假想的客人並不存在，而格斯地大叫：「班，你還沒讓我掏出我的槍呢？」班楞了一下，把槍緩慢放下，「哦，我忘了。」「你從不忘這些細節的。」格斯驚恐地望著班。

韓青驚恐地望著胡軍、孟兒打斷了他們倆、胡軍和韓青說：「剛才那一下子，還真把我嚇得夠嗆！」

兩個是嚇得夠嗆，班和格斯是嚇得夠嗆，恐怕只有這樣，戲才能好。

彙報演出很成功，在這裏：「演出者有話說！」

沒事幹就想排個戲我們找到一個地下室覺得班和格斯就像我們我們

就生活在地下室挺有意思排了好幾次等了老半天突然發現許多東西都陌生於是我們問我們幹了什麼爬出地下室我們還是覺得很愉快我們找到許多照片我們拿去放大複印我們把它貼在牆上我們看他們他們也看我們一聲不吭後來我們合了影我們傻笑拿出照片給大家看我們還有話說我們還沒說完我們沒完。

1990年農曆2月30

解釋我猜2082

是找到了有意思的事兒嗎，那時侯不得不忽略身邊的愛情，記得刁給我介紹了一個女孩做筆友，她也大一，像一個哥們兒那樣通信，沒有持續好久。但持續了整個冬季。

解釋我猜2083

在後來的一個夏天，我詳細地在中戲的宿舍樓裏工作。遠離西安的愛情因數。

解釋我戲我戲戲戲

我詳細地對每一個人進行專訪，我知道雜誌不會發的，我光著膀子，其他人好像也光著，在中戲的宿舍樓裏亂竄。他們很過癮地回答著。

沒地兒

我們要像花生，它雖然不好看，可是很有用。不是外表好看而沒有實用的東西。那麼人要做有用的人，不要做只講體面，而對別人沒有好處的人了。（華筆部分）

沒地兒心曠神怡（大標題）

這一代人區別於三十幾歲（現在也三十幾歲了，有人馬上四張）的一代，從1988年到1991年間的喧囂在1991年7月20日左右的暑假及洪水圍困中再也不去再也不來了。

在剛剛踏入大學校門時，就應該明白將會把他們不一帆風順成個什麼了。黨和國家耗費了大量的物力財力使他們覺得考上大學是難得的，老師們再讓他們藍得發青才覺得終於勝於什麼了。於是他們開始體驗船到碼頭車到站的滋味。

過去的道路也許一去不復返，而在眼下我們應做出最大的努力。

操場上使人感到北京的夏天還有涼風吹拂，所以大家坐在操場上及時享受。張曉陵在他的要求遭到斷然拒絕後，憤然將兩張中央台的賑災義演票摔到一個人眼前，但此刻還是沒有人去買西瓜。一片悵然若失的景象。

張曉陵（為什麼也叫張一白）

張曉陵，1963年5月9日出生，當時叫哈兒，長大點後進重慶市第39小學，1980年7月畢業於重慶市第29中學，1982年7月畢業於重慶煤礦學校，從1982年9月起在松藻礦務局當工人。1986年9月考入中央戲劇學院，1991年7月畢業，執導中央電視劇製作中心大型國情教育政論片《神州吟》。

在中戲宿舍樓三層走廊走動，324房間的門上，上聯：「刁一條玩物喪志」，下聯：「蔡九桶貪杯誤國」，橫批「對對和」門沒有鎖，屋裏沒人，主人不在，也沒人找。

張曉陵這個又白又漂亮的傻瓜終於在90年的某個時刻悲痛欲絕，告訴哥們兒，一個男人的心最終是能打動一個女人的，而且是摯熱無悔的。他以後再也碰不到這麼好的女孩了，這個比他低一級的女孩被男朋友辦出國與張曉陵依依話別，她在中國最後的日子裏終於被張曉陵所打動，而在他的鼓勵下隻身前往北歐，兩人在機場擁抱，女孩的母親含淚望著他們。

他們永遠不能平衡心中的槓桿，這一群搞戲的人，搞來搞去，不知道在搞什麼。在洪水圍困中，越發顯得無聊了。

1989年的12月8日，在轟鳴的搖滾樂中，張揚高舉著一英國人的頭像。這個願世界充滿鮮花、和平與愛的英國人的日子，他葬禮規模超過了美國歷屆總統，他的音樂至今充滿著活力，長久不衰，叫人難以忘懷。約翰・藍儂在這一代年輕人心中佔有的位置無人知曉但人們的衣服上印著他的頭像和「John Lennon Forever」，這以後的日子似乎將被電影與搖滾樂佔領，使劇院上演戲劇和四處繁殖卡拉OK要黯然失色。

從1989年12月起，中國鴻鵠創作集團與尚未解體的醫院樂隊決定排演法國名劇《等待戈多》。孟京輝要完成相當於導演的工作。而在以後的兩年裏，這個研究生要導演更多的戲，忙碌不停。而他自己當時尚未深刻體會到，等待戈多將致他於一種漫長而嚴酷的無期等待中，伴隨他一生。

《等待戈多》定在1989年12月31日下午2時演出。

孟京輝

孟京輝，男，26歲。1972年至1978年北京復興路小學上學，1978年至1982年北京鐵路第三中學上學，1982年至1986年北京師範學院中文系上學，1986年至1988年北京化工學校教書，1988年至1991年中央戲劇學院導演系攻讀碩士研究生（專業：導演藝術創作研究。指導老師：張孚琛教授）大學期間組織學生話劇團，編導話劇《在地平線那邊》、《西廂狂想曲》等，並翻譯《玫瑰園中的陰影》等短篇小說和短劇。畢業後參加「蛙實驗劇團」《犀牛》和《士兵的故事》，飾演主要角色。研究生期間導演的主要作品有：大型音樂劇《園》（貴州銅仁地區文工團）；英國名劇《升降機》（中央戲劇學院）；探索性環境戲劇《深夜動物園》；法國名劇《禿頭歌女》（中央戲劇學院）；法國名劇《等待戈多》（中央戲劇學院）。曾在《中國戲劇》等雜誌上發表《喧嘩與騷動》、《現代人與古城牆》等文章。並在電視劇《吹歌》、《黃色括弧》等劇中飾主要角色。畢業論文題目是：《梅耶荷德的導演藝術》。

89年的最後一天天不太陰也不太晴。刁奕男和蔣濤這兩個外鄉人卻已感到不知所措了。刁奕男的這種長期積累的流落異鄉之情轉入他以後的《飛毛腿或無處藏身》一劇的創作中；施潤玖這個上海人的後裔發現自己雖家在北京，而且女朋友就是同班同學，但在北京仍是一種無依無靠的心情。三個人決定不管會餐不會餐的事了，裹協著去鼓樓大街洗他們人生的第一次桑拿浴。

孟京輝腦中的設想輝煌壯觀，舞台選在宿舍樓前高大的煤堆上，找來泡沫或乾粉滅火器將煤堆噴上一層白色物質，泡沫塑料的樹插在頂上，煤堆上擺一排椅子，演員們用軟梯從宿舍樓三樓下到二樓高的煤堆上，坐在椅子上高聲朗誦，學生們可從宿舍的視窗及煤堆下的任何位置觀看演出，將至少有兩台攝影機同等進行攝製工作。孟京輝飾弗拉季米爾，張揚飾愛斯特拉岡，蔡軍飾財主波卓A，刁奕男財主波卓B，施潤玖飾幸遠兒，蔣濤飾打手，攝像王世同和電影學院的沈炎。

小木屋裏密不透風，剛從麥飯石水裏出來的三個人走了進去，感到莫名其妙的恐懼，好像三個人中身體弱的一個將被憋死。溫度不斷升高，霧氣漸漸消失，施潤玖感到不妙跑了出去，刁奕男和蔣濤支撐著赤裸的身體傻呆呆地坐在木板上，等著熱浪將身上少得可憐的那一丁點兒脂肪榨幹，一個很精神的胖子北京人進了屋，馬上將水桶裏的水澆到烘熱的石頭上，霧氣又瀰漫整個木屋，施潤玖不知什麼時候也進來了，胖子覺出我們是第一次來，便問我們結婚了沒有，三個人都搖頭，胖子嚴肅地忠告我們，沒結婚前別常洗桑拿，要殺死精子的，三個人坐立不安地待了一會便溜出了木屋。屋內溫度不斷上升，大胖子在裏面獨領風騷。正當三個人躺著飲茶，模仿滿清的遺老遺少時，卻不知孟京輝正在李主任辦公室裏挨訓，《等待戈多》不許演了。

88年的某一天，酒過三尋，菜過五味，張曉陵、孟京輝、刁奕男、蔡軍四人組建鴻鵠創作集團，英文Wild Swan（野天鵝），意在將編劇、導演、舞美設計、表演等人員聯合起來，從事戲劇、電視劇及舞台劇等藝術創作活動，當時哥幾個想先商業後藝術，大拍廣告，大拍盒帶掙錢，叫囂全世界機會主義者都聯合起來。抓機會賺錢可以體諒如果沒有錢是排不了戲的，更別談拍電影了，他們決定商業起來。於是你經常看見蔡軍讓皇冠車停到胡同口，自己拎著一大兜飲料啤酒和新鮮魚肉水果蔬菜拐進了宿舍樓，今天他剛做完一個冰箱廣告。老師正上課，蔡軍腰上的BB機就叫了，他只得脹著那張紅彤彤的臉跟老師請假說要去上廁所。有時觀摩電影，幾個BB機同時響起一片嘀嘀場。可這樣的日子也沒有多久就淡下來了。

人們全都注意到張揚和蔡軍一天到晚不吃不喝的，心情不好，張揚變瘦了，蔡軍滿身浮腫，被送進了醫院。後來又都忙排戲了。

九十年代是牛逼的年代，二十一世紀是大師的世紀。中國收回香港、澳門，施潤玖幻想成為電影大師，第七代導演。也有我想做第六代劇務和第七代製片。

這八十年代的最後一天裏，幾個人在宿舍裏圍坐在一起，《等待戈多》海報已貼出，兩點就要到了。孟京輝率領全體劇組衝下宿舍樓，大家學雷鋒把教學樓前繽紛的自行車群碼齊，留出一塊長方形空地，《等待戈多》劇組將與中戲大慶班、北京大學、北京電影學院學生組成的聯隊舉行足球表演賽，雙方不設守門員，只進攻，不防守。張揚和刁奕男成為「等隊」的前鋒，孟京輝指揮中場，外鄉人蔣濤為「等隊」率先攻入一球再加上了刁奕男連下兩城，「等隊」以3：7敗於大慶人的彪悍和北大人的靈活腳下。三樓滾動著「黑色星期五」這首搖滾樂，使北京凜烈的寒風熄滅在足球帶來的熱氣騰騰中。（此記錄與前面記錄有出入，以此記錄為主。）

送走迎新年人群，哥幾個坐在圖書館前，每人拿著《等待戈多》的劇本對台詞，又托起施潤玖摔在地上排演著揍幸運兒這段戲。人們站成一排，盯著王世同的鏡頭掃過，人們在煤堆上下跳躍，走動，都逃不出沈炎肩上的攝像機，《等待戈多》的作者貝克特的頭像安然地躺在煤堆上，在瑟瑟冬季裏震顫著。等著一年半以後的盛夏人們將他至到胸前背後，互相擁抱。

張曉陵還記得小時候父親每天都要抱著他去看解放碑，在北京的哥們正賽足球時，他已在川黔山區裏轉了兩個多月了，從89年的十月開始，他始終沒有見到火車。這個脆弱的中戲有名的小嫩蔥，見了火車就捨不得下來一氣坐到了省城。他在重慶台拍的專題片《我們是世界》首先鳴謝中國北京鴻鵠創作集團，使鴻鵠第一次暴露在四川人民眼裏。

叫嚷著搞商業的這些人又不露痕跡地轉變過來開始認真地排戲了。但從孟京輝主演刁奕男寫的《沒有輪子的摩托》中被囚禁的弟弟大獲成功後，哥幾個開始頻繁合作。老玖導演刁奕男寫的《拉拉冬季的環城跑》是利用地下室的自然光。後來孟京輝又編了一個關於跑步的段子——

小學高年級學生戈大立，從進校以來學習刻苦認真，成績名列前茅，思想品德也好，歷年都被評為校、區、市、省上的三好學生優秀幹部，這次全國大規模地搞火炬傳遞接力，校領導仔細斟酌，再三研究推薦了他去，他感到了前所未有的光榮和緊張，他和父親兩個人住，父親為了及時叫他起床不誤了接力，決定不睡覺一直守著他，可當他半夜突然醒來時，發現父親已靠著床架睡著了。於是他趕緊起來，一直坐到天亮，就奔市中心的廣場去了。廣場上已有很有人聚在那裏等待火炬的到來，可左等不見右等不見，人們紛紛將旗子鋪到地上坐下，戈大立支撐不住困倦的雙眼，竟躺在幾面旗子上睡著了。當他醒來時，發現自己和許多旗子，一起被放在一間路邊的倉庫裏，可能人們認為他是看管旗子的小工，就把他抬了來，當他推開倉庫門發現一大群男女穿著白色運動衫簇擁著火炬剛剛跑過，他懊悔萬分，人們看見霧色中一個很像他父親的人從馬路邊爬上把路牌扳向了相反的方向。

一邊天空昏暗，一邊藍天自然，在新建的未完工的樓頂上到處散發著瀝青味，孟京輝和蔡軍合作執導的《深夜動物園》選在這裏演出，觀眾將小心翼翼地面向兩方而坐，黃昏的金色餘霞投射在每一張稚嫩的臉上，完氣新鮮有風蕩漾。

孟京輝為在《升降機》中飾殺手的胡軍和韓青準備的早餐是麥氏咖啡和油條，夜宵只能是將白天有人請客剩下的魚頭，和從導演系副主任處偷來的白菜一道做「魚熬白菜」。他們通宵達旦，趕著排戲，在燈影晃動的地下室裏。

柳青是後來加入鴻鵠的，在鴻鵠發現醫院樂隊要安賓加入成為五個人後。導演們反映，柳青有時特別認真地找到你：「哎，我今天晚上找你談談。」說過後他自己都忘得一乾二淨，他老注意最小的事，像個管家，根本不是舞美。

柳青

柳青，1963年11月17日生於北京，接著進八機部托兒所、農業部托兒所、一機部托兒所，三裏河三小沒有轉學、北京214中學沒有轉學，1975年入北京少年宮、西城少年宮學習美術，1981年在北京電子管廠動力科四車間空壓站當操作工，1984年調入廠工會電子影劇院任美工，1987年考入中央戲劇學院舞美系。參與鴻鵠創建。在生活中總愛幹傻事，在工廠時，學過表演，在北京青年文學社表演班（社後來被取締，社長是騙子），獲優秀學員證書，並裹入他們的劇團，半年後自動脫離。反感文藝界的惡俗風氣，潛心畫畫。柳青對女孩特別關心特別愛護，天生懼怕與之有更深交往，常給一些女孩瘋狂地照照片，但每次洗好送去時都發現她們有了男朋友。於是柳青渴望生活中那種悲劇美，人們發現在生活中和藝術上的悲劇美和各種矛盾體現在柳青一個人身上。柳青幹活按部就班，不善於發動群眾，總害怕別人幹壞了，事無巨細都負責，可總把大事忘了，《升降機》忘了拍照片，而且設計完音響，佈景後竟一場不看，導致終生遺憾。柳青最怕人激，當時印製《等待戈多》的T恤衫，別人問他要，他沒有，別人說：「那我花錢買，」他就馬上想辦法給人去搞一件。柳青參加了《我的馬拉特》、《升降機》、《風景》、《等待戈多》的舞美設計。

在孟京輝的床榻邊貼著這樣的條子：「不是我們無能，是敵人太強大了。柳青如是說。」孟兒的記事本可以找到許多跟臭蟲命運一樣的戲，3月5日決定排演馬雅可夫斯基的《臭蟲》；3月8日開始修改ready拿來相帶；3月11日修改完；3月12日：1.解決排練場，2.找聖嬰，3.印劇本，4.複印，王世同，5.聯繫劇場，6.洗衣服；3月28日張揚生日臭蟲擱淺無所事事蒙頭大睡。

於是，有人喜歡聽、或根本就煩他嘟囔：大麻子有病二麻子瞧，三麻子買藥四麻子熬，五麻子找板六麻子釘，七麻子挖坑八麻子埋，九麻子坐在坑頭哭起來，十麻子問他哭什麼，他說大麻子不是死就是活埋，高高的山深深的海，就怕大麻子一屁迸出來。

在未得到北京人的靈活本領而已漸漸失去西安人蒼鬱古樸的同時，刁奕男明媚在愛情的滋潤中，中戲劇本不成而愛情成功的傳統開始在外鄉人身上開花結果。繼鴻鵠之後而產生的「新左派」頭員大將亞特，已不是剛進校時那般威武漂亮，這個生在新疆的甘肅高幹之後，憋了一年後，便在走廊裏大喊：「我要失身！」而無人理睬，不久與一位英國農村姑娘戀上愛便沒了腰，不中看得一塌糊塗。鴻鵠繼胡軍、韓青後而推出的第三位世界最勤奮最有希望的明星郭濤，在成功地主演幾部戲後，便倒在英國留學生的什麼裙下，喪權辱鴻鵠。刁奕男開始明白自己的處境，這個善良多情的高個男孩在經過感情波折幾圈後，給女朋友留下了「吻你刁」的字條孤身遠行，而字條在她女朋友尚未看到之前，已被張曉陵等惡劣地改為「吻你叼你」。他回到西安然後去陝北，感受黃土，傾聽黃河。西安縣鴻鵠的第一基地，鴻鵠與醫院樂隊幾乎全員數次到過西安，其中醫院樂隊的長頭髮給西安人留下了不太好的印象。比亞特還差一截的同是西安人的新左派的二將戈大立，嘲笑西安基地的一個專案：「刁奕男嘛，每次誰去，都要領著去看一下他的初戀對象。」而刁奕男正穿著祖傳的翻毛皮馬甲兒走在去南泥灣的夜路上。他在一家小旅館的恐怖遭遇日後再現在他寫的《飛毛腿或無處藏身》一劇中。

孟京輝在1991年5月19日星期六安慰自己：別著急，提醒自己，有許多人都在混，混了那麼多年呢。

人們在這年夏天看見孟京輝的門上工整地寫著：孟京輝1.76米／安賓1.85米／馬躍1.70米／亞特／1.80±0.02米／王世同1.82／秧秧1.625／寶寶1.63米／張曉〇1.78-0.05米／安鐘萎1.75／蔡軍1.78-0.08米／郭濤1.76／高俠1.96（最高者）。

孟京輝是個著名的蹭飯者，居然能遇上連續一禮拜，天天有人請客，儘管他在那點研究生工資發下的當天就跑進書店抱一摞書回來，剩下的錢將哥們兒們遍請一頓，然後分文不剩，可連續一週天天請客裏多麼讓孟兒興奮的。星期一美國留學生莫映紅喬遷之喜請客，星期二，大家到圓明園野餐孟白吃，星期三與奧地利留學生鄧家玲話別，星期四去譚露露家暴唑一頓，把柳青灌醉，使他獨白四十五分鐘喋喋不休，星期五蔡軍過生日，吃完飯，關起燈來大家聽李宗盛的歌，「從風裏走來，就不能停下腳步」居然便呵呵地感動起來，星期六記不起來在哪吃了，反正一週都有飯吃，吃了飯孟兒就來了靈感，提起一句：「耐心書生貞操佳人」，四處相告後，越想越有意味深長，切合實際。

夜半三更喲盼天明，寒冬臘月喲盼春風，若要盼得紅軍來，嶺上開遍喲映山紅，嶺上開遍喲映山紅。

追憶戰火紛飛的年代，野菜南瓜的香甜，天作房子地當床的歡欣鼓舞。

亞特與戲文89高聲朗誦：美妙的時光漸漸／使我們陶醉／愛撫／當前的／海誓山盟／如癡若狂地擁抱／一切都說／留下我吧／既然我是屬於你的

這叫啤酒廠的全體職工感動地，廠長感動地握著亞特的手：那你們就留下來！這把亞特們搞得更加興高采烈，這次來北京啤酒廠學工，在分別時與工人聯歡，他們實在也造不出什麼節目來，只好從貝克特的《啊美好的日子》中找一段充數，沒想到還叫人感動一把。

人們對童年的一片混沌造成童年的漫長，而當人們學會數數兒，看日曆和斤斤計較時，時間飛速地把他一次又一次拋起再重重摔下，孟京輝他讀盼望著《等待戈多》，而北師大畢業的牟森希望在上學期間排一出類似《等待戈多》的《這個冬季沒有雪》的願望落空，而奔波於拉薩和北京之間，他的排戲排戲精神使孟京輝找到了自己的道路。而柳青在埋怨天天洗澡，還能緊張地挫泥捲兒。到大家正在努力排戲時，發現有一個膀腫的人在給表演女生送花並表示想請客，這個人就是張曉陵。刁奕男更為惡劣，他個高手笨，眼裏無活，在別人剛刷好的牆上用黑色寫個「發克遊」，只得重刷。有時別人爬高讓他扶梯子，正扶著呢，他突然就不扶，蹲在一邊抽煙。

批鬥會是大家學習傳統為增進友誼合作而形成的良好制度，關於胡軍批鬥會。一次胡軍不見了，據群眾反映是拍鞋刷子廣告（其實是舅舅病了）歸來後《升降機》劇組對他展開了嚴肅的批判，所有人都發了言，並有嚴格的會議記錄，北京電影學院學生會外聯部部長吳樵列席，地點設在鼓樓後街的北京風味文化街的一個小店子，批鬥原因：1.鬱悶，2.惆悵，3.化悲痛為力量。於是大家不得不去吃門釘肉餅，以提請某些同志注意，所花費的二十六元錢均由胡軍負擔，這次批鬥會意義深遠，以後再也沒有人遲到了，沒有缺席排練，嚴格了組織觀念。

張揚

張揚，1967年3月28日生於北京，進北影托兒所孤獨成長達一年，無人接送，父母在幹校，後有一姓周的人一月接他一次，每次必去動物園，回來時大哭，需帶至冷飲店吃個霜淇淋方可甘休。後入護國寺小學五年半是因為「四人幫」時寒假招生，初中在被稱為「臭北海，爛四十」的「痞子學校」40中初中三年，後入159中學高中三年，學習認真86年考入中山大學中文系，在校期間不熱愛專業，一心從事業餘話劇，多次在校排戲，任話劇團團長，並參加舞蹈團和健美操隊，獲健美操冠軍，同時從事部分影視活動，在電影《夏日的期待》飾男二號，與明星賈宏聲合作、自殺臥軌未遂。後排演《行星啟事》進京匯演，被中戲看中，於88年考入第八七做插班生，戶口至今未解決，上學三年黑戶口，無身分證，無學生證，在父親的奔忙下仍未解決。在中戲時曾提著答錄機亂找屋子撒歡兒。深夜絞斷廣播線，使早上六點半學校做不成廣播體操，他可以美美睡上一覺。

張揚是個勤奮的傢伙，有一年寒假，他沒回家，在宿舍裏，春節也沒回，苦心孤詣，夜以繼日，通宵達旦，誨人不倦地創作先鋒劇本《無名》，一開學就滿懷豪情地請鴻鵠鑒賞，頓時遭到孟京輝、安賓、寶寶大罵，然後將之收之箱底，永劫不復。張揚一度熱衷於嘔打爵士鼓，自費上千無購買一套鼓，苦練半年未遂。現願以五百元賣掉有意者請與北京4018697張揚聯繫，五鼓兩釵，並免費奉送打擊樂教材一套。至於張揚的批鬥會，是由於人民群眾發現張揚從廣州回來出現了十三個疑點，比如一下火車為什麼說上電車，而不說坐車，第二天為什麼中午起床，然後下圍棋是什麼目的等等，不過張揚對藝術的獻身精神是大膽的，在導87自編畫面小品片斷匯演時，張揚在（光榮與夢想）中飾一在越戰中被炸掉生殖器的變態退伍人流浪漢，為適應劇情需要他執著把褲子脫掉，並大喊「漢斯，你看」，當時嚇就得一名高大男士從椅背上翻下，張揚聽到黑壓壓的觀眾席中一群女孩子的尖叫，然後鼓掌，事後傳為佳話，事後一女青年看見他身上的傷疤。

在1990年的前一年就計畫好了的，是在飯桌上，談到1990年演出季，或叫「協作1990」的計畫，終於在1991年初實現了，由孟京輝的《禿頭歌女》，蔡軍和張曉陵合導《風景》，施潤玖與刁奕男合作，劉瑩做舞美設計的《飛毛腿或無處藏身》，和張揚導，安賓做美工的未來主義戲劇《黃與黑》，四個戲聯合演出《黃與黑》的美工被外界認為是最好的。

《黃與黑》的排練中，幾經換演員，排了一個月，又臨時換上戲文系同學亞特來表演。由於演出場地不斷變更，舞美方案也跟著變，所以大家在演出前三天仍不知舞美方案。張揚在一天之內從北影借來軍用物資，包括鋼盔、軍服、皮帶、皮靴、步槍，又找一中學同學借一卡車腳手架，當夜十幾個人一起在地下室用腳手架搭一個龐大的工式，亞特將螺絲擰斷，螺絲刀拔不出來。張揚手拿蘇式相機瘋狂拍照數卷，由於閃光不同步，底板一半白一半黑，而鄭剛從手架摔下，膝關節半年後治癒。

安賓，這個原來北京電揚廣告公司的優秀美工，離了公司後就瘦將下來，這個無所事事的溫和傢伙，別人也不知他是幹什麼的，但什麼場合他都堂而皇之地存在著。

我記得1989跨1990年的新年舞會上，老玖不滿意放出的音樂，老玖是懂得放什麼音樂好聽的傢伙，新年的鐘聲洋溢在熱鬧的擁抱和喧囂的問候中，鴻鵠在其中舞不能盡興，歌無人喝彩，只好在一旁冷眼觀瞧，張揚幾次憤然離去，雖然有溫柔的手拉住他，在人群舞累的時候，終於響起了搖滾樂，人們用興奮的餘熱撐起疲倦的雙眼看鴻鵠人紛紛上場，火朝天，張揚和安賓面對面，模仿滾石樂隊的樂手振振跺腳，今晚的月亮不圓，自有少年大放異彩。可鴻鵠人覺得今晚最牛逼的是一位醉人，倚坐在椅子上，呼呼大睡，有時變換姿勢，椅子上孟京輝又給擺了一個葡萄酒空瓶，就更好看了，他自始至終未被眾人和音樂打擾，也沒人去注意他，自始至終，舞會散了，他醒了，碰倒了瓶子，起身離去，已是90年了。

安賓和張揚是屬於那種歷次party都要參加的不辭勞苦的搖滾親戚，可親戚也得買票，否則做不了大款只好蹲在門外安賓就屬於經常蹲在門外，指望哪個關懷親戚的搖滾人士裹入。倒是在國際飯店的一次party，到夜裏三點，人們睡意朦朧時，只有張揚精神抖擻地偷杯子，所以日後每次喝酒時，他就指指這個杯子說是拍那個廣告得的，指指那個杯子說是那個飯店的，所以我在此提請家長應嚴肅處治他這種行為，以其自達到防微杜漸治病救人的目的。

張揚是個樂善好施的人，他將房子讓同學的弟弟住，自己一直在學校住。張揚是記憶力好的人，他和霍霍搶著告訴我，有一次，大家聽了音樂會後，回來坐著，在一個屋裏，激動不已，開始講，叫女孩更害怕的故事，哥哥把弟弟劈了，流出紅血，有人聯想到紅色的褲衩跳樓和女生宿舍的事兒。不過我還是與張揚一樣花開花落懷古傷今的人，我們在原李白酒家吃完飯出來，買到了難吃的五毛錢的澱粉冰棍後極為難過，我對過去一毛二分錢的的黃色奶油扁長條冰棍刻骨銘心，那是永遠吃不完的感覺，集體懷念三分錢的紅果冰棍，張揚上小學時，兩毛錢買一盒化成冰水喝，還有五分錢的小豆和巧克力冰棍，俱往矣！現在只能看見安賓問孟京輝要一口西瓜，孟兒立刻把手上那牙兒遍舔一遍這種惡劣的行徑。

刁亦男

刁奕男，可能永遠是個溫和和綿綿情意的大男孩，以至於他將自己的1968年12月28日的生日改到他初戀女朋友的生日1月15日過。這個祖籍河北邯鄲的西安人小時候就梳小分頭，穿白襯衫，乾乾淨淨像個上海人，小學在五局一小，中學上西安市第26中學，父母希望他學國際關係，可他的英語叫人無可奈何，只好去做父親的校友，學戲劇文學。中學他的最大特點是從來不洗球鞋，所有的白球鞋，穿到黑，穿到一槽爛，從來不洗。他至少在中學還是個樸素的傢伙，穿藍布中山裝，上大學時一米八三的他在大學四年級時個子還在長，雖然他們家人的個子就高得不在話下。

他是喜歡情調而且屬於情調的人，在高三時，因為第二天要考歷史，我們準備在一起熬個通宵背歷史，在他家人都睡了時，我們開始做奮戰一夜的準備工作，外面是寒冷的冬天，屋裏爐火融融，他支起了平底鍋，我們烤饃片，將午餐肉烤得油花溢出，喝濃烈的咖啡，他又拿出城固酒和西鳳酒，煮酒論高考，酒足飯飽我們倚在窗前，談了一會人生後，已經夜裏兩點，我略微表示了一下內疚就迅速睡了，好像他堅持了五分鐘後也倒下了。第二天兩人精神煥發的找到歷史老師的兒子偷來題，歷史得了最高分，在一次階段測驗中。

刁奕男是感覺把握得好而勤於創作劇本的不甘落後的外鄉人，儘管經驗和水準都極為有限但他還是老老實實地在寫，上中戲後，他寫的《沒有輪子的摩托》、《拉拉冬季的環城跑》，後來叫《飛毛腿或無處藏身》等，均與孟京輝他們的排的世界名劇同台爭豔。刁可能是我永遠懷念的狼心狗肺的摯愛親朋。而他的對稱蔡九桶是我最熱愛的幫助我工作從頭到尾成功的人。

蔡軍（為什麼叫蔡尚君）

蔡軍，生於1967年7月12日的長春人民醫院是鴻鵠光宗耀祖的主兒。稱鴻鵠老蔡。那一年去廣西，別人看了他的毛主席題詞封皮的學生證都以為他是來自於中央戰鬥學院。老蔡，三歲時去了賀蘭山的五七幹校，日常工作是拾煤胡兒，工作餐頓頓是高粱米飯，四歲到北京的第一句話就是要吃油炸糕，油炸糕，這個偉大的東西成為那一代少年兒童心心嚮往的理想果。之後，就住在四合院裏，東廂西廂之類的。1972年入化工研究院幼稚園，由於男女好奇，和兩個女孩一塊曬太陽，聊天時，小蔡做了一點展示，結果女孩告訴了她爹讓他恐懼了幾年，因為他知道那個女孩的父親手掌紅，沒有手紋，據說這樣打人特狠，乃至到了小學，聽廣播上天天放要揭發壞人壞事，他就更惶惶不可終日了。老蔡那時可沒現在這麼魁梧，他是胸有大志且常受欺負的好學生。也有一次他為了報仇扇了別人一大嘴巴，卻被媽媽逮住了。76年左右學校裏流行打架，老蔡從小就跟大孩一起玩，親身經歷了流氓大頭兒拳擊，保存軍刺，磨叉子，別在腰上上學的日子，倒是學校旁邊是農村和公社，這些有錢的小孩買雞蛋糕一斤，吃一半再剩一半，將雞蛋糕露出一點，然後大家爬在草叢裏窺看一位眼神好的大叔好奇地下了自行車，興奮的捧起那個包，小翼翼地打開，沙土落了他一腳。

（我們停下想一個問題，如果一個男的管一個女的叫媽媽，而這個女的管這個男的叫舅舅，那麼他們倆是什麼關係？）

蔡軍上和平街中心小學，任班長，從小學到高中他一直是班支書和班長。那時得天天紅領巾，那時正是夏天，中隊長蔡軍帶頭不戴，老師問到，他回答，天熱，可以不戴了。

蔡軍上54中學，寫了一篇申請書就入了團，做團支書。初中向石魯的學生張進學畫，受他的影響很大，那時是美術小組，背黃賓鴻的半文半白的畫語錄。還喜歡古詩詞。

高中進了北京市重點中學5中，從83年起看星星詩刊，又接觸到外國現代派作品，看西方現代派畫派特激動，喜愛凡高和高庚，那時在一起的還有高旗、苗偉、邱風，四個人爭論新詩。那時天天有想法，所以作業都抄，上課寫小說寫詩，老蔡數學僅及格過三次，常常120滿分他能得40來分。哥幾個在學校辦畫展成為劇社頭、音樂頭、詩頭。

老蔡粗獷豪邁的身上的眉清目秀，看不夠的眉清目秀在連鬢鬍子的環繞中，他酷愛南北朝將軍的書法，意氣風發，橫行霸氣，馬革裹屍般的悲壯，老蔡的小名叫小子，所以他豐富的書的扉頁上都寫著「小子藏書」，老蔡最大的特長是隨時隨地都可以睡，不論往哪兒一靠就著，表現出遺體告別的樣子。還有一件讓人奇怪的事，排戲時，別人遲到總讓人們責備，而蔡軍不管怎麼遲到，遲到多少，卻沒人說他，後來發現原因，他每次遲到都很真誠地道歉，真誠地說明原因，以後繼續真誠地遲到，所以人們就忘了怪他了。

除了張揚，其他五員大將都是鴻鵠人，演義一場中國鴻鵠創作集團覆滅記，同時，我們不能忘記張有待為音樂及醫院樂隊作出的努力。

張有待

張有待，待子，1967年12月27日生於上海延安醫院，幼年在北京、上海兩地穿梭長大，後入北京福綏境幼稚園，從小不愛上幼稚園，大人剛送去，自己就跑回了，比大人還回家快，然後就繼續在院子裏跑。在上海延平路小學上一年級，三年級在北京慶豐小學，在44中上初中，跟同學談戀愛，喜歡古典音樂，鼻子被打歪，鼻樑骨折。高中是上的北京外事服務職業高中，喜歡流行音樂，接觸到了正宗的搖滾樂，喜愛攝影，繪畫和寫文章。在北京飯店實習，做西餐廳服務員時，就考進了中戲戲文86級，上大學後五年如一日潛心搖滾，自發地做搖滾普及工作，當時在北京在學校沒有幾個人聽很多的搖滾樂。他的「搖滾普及辦公室」無一知音，在極為孤立的狀態下堅持兩年。在三年級下學期，有一天，他在圖書館裏坐著，覺得身後，有人推推搡搡，老玖也有不好意思的時候，結果是王磊去圖書館拍了一下張有待，問他有沒有優二的帶子，他們知道張有待有帶子，張有待聽愛爾蘭樂隊「U2」的帶子，後來又介紹認識老玖和張揚，張有待覺得後繼有人，四個人便到一起，晚上在排練場聽音樂，談感覺，王磊提出組建樂隊，張有待覺得這事一直不可能，開玩笑，感覺樂隊不是那麼回事，沒錢，樂器，沒時間，精力，但沒想到哥兒幾個決心那麼大，張揚用一千元弄來一套鼓，學生處的辦公室也讓給他們排練，於是出現了這個曾以Gods（告示）、排練場，The Key（鑰匙）、Hospital（醫院），New Beatles（牛逼鬥士）作為名稱的樂隊，醫院樂隊曾聲明是先有樂隊後來才出現鴻鵠的，哥幾個排練，開批鬥會為中戲在音樂上沒有被通俗歌曲吞沒作出了貢獻，張有待想成為中國最優秀的音樂節目製作人。

但鴻鵠反映的情況上Hospital總是不知不覺，有人從來不練琴，有人把鼓槌丟了，無演出，要解體。

但每天午飯和晚飯後邊都聽到震耳不聾的鼓聲，也有人看見老玖披著長髮抱著吉他在樓裏亂竄，張揚宿舍的人都習慣張揚的大答錄機大音量的吼搖滾。

老玖，這個北京東城區的搖滾流氓，這是我們的愛稱。他先於張揚和張有待來外地做搖普工作，當時和他同往的還有熱愛通俗歌曲的盧曉楠與他唱反調，不過不能不懷疑老玖有拿搖滾騙女孩子這種行為的可能，但對男青年的搖普工作成績也是不容至疑的。

施潤玖

施潤玖，老玖，1969年3月31日生於上海盧灣區婦產醫院，可能與有待是同一醫院，上海人，弟弟理科學得好，父親在社科院電腦搞得好。他與女朋友吹後就天天喝酒成了一張大紅臉。這次他發現一個問題，如果一個人離開瞭解他的人三天，就會遭到這些的懷疑，因為哥幾個發現他忽然三天不見了，想著他準是墮落了。老玖是聯繫事去了，他想為山東海邊的民辦大學拍專題片，就是有大錢就拍膠片了，剩下小錢排個戲，老玖是準備獻身電影的皮膚白晰眼鏡純潔易受傷害脾氣倔的人。人們用捕風捉影式的方法揣磨這個不窮困但有點潦倒的人。

衆人

安鐘巍，是協作1990四台戲的服裝設計，但該人很神秘，他不僅從來沒有看過劇本，而且四台戲一場沒看，次次照相都沒他。他於1964年3月23日生於北京鐵路醫院，進南昌街小學，轉入西什庫小學，進北海中學，考入北京工藝美校，分入北京玩具研究所，後考入中戲，該生特點是喝二鍋頭如水。

高峽，十九歲，好打架，好罵人，好表現自己，好大喜功，湊熱鬧，住在中戲家屬區，有非常的藝術氣質，愛說德語，善於做怪模怪樣的湯，這個粗粗拉拉的人能勤勤懇懇地幹細細碎碎的活兒，而且一百件事沒一件是自己的，經過多次健美鍛煉體形由梯形變成了棗胡兒形。

王磊，籍貫黑龍江，家在軍隊，來自東北。獲布拉格國際舞台設計展榮譽獎。說話聲音是懸在空中而且飄著。

在1991年的夏天，北京的大街上許多文化衫被沒收，而印著貝克特頭像寫著「等待戈多」的汗衫如傲蕾一蘭，不管在北京還是在外地人的因為彼此穿著戈多的衣服而擁抱而問好。

這是鴻鵠的收穫季節之一，也是他們快守不住陣地的標誌，哥幾個曾發誓以後沒有錢再也不搞戲了，可還得搞，這次等待戈多的主創人員從頭到腳、襪子、皮帶全是借的，演出略有不自信，給觀眾們購買了一百瓶啤酒，觀眾們在酒樓的作用下看演出者的話——

是否有人真正願意在觀看這次演出的時候和我們共同冒險，去毀滅一個不真實的虛妄，重建一個回憶中的家園，在自己所能夠達到的視野中辨清周圍的景色？這是我們想要知道的。煽起自己殘存的一點熱情，堅守自己賴以生存的棲息地，用更坦率、更清醒、更機敏的態度來回報別人投來的目光，這是我們能夠做到的。總是因這種種原因沒能在舞台上完全表達出自己的那些想起來揮身顫抖的夢想，這一點我們時常感到遺憾。而我們的實踐常常多於我們漂亮的想法，這一點我們完全值得慶倖。

這些日子，我們堅信自己的存在，一步不停地走著，避免在媚俗的誘惑中自己可能的墮落的找到任何藉口，避免成為虛假矯飾的風景畫中的一個點綴，避免在逃亡的途中靈魂和肉體橫遭疲軟的厄運。無論是《升降機》中的冷漠和威脅和神經質的爆發；還是《深夜動物園》中瘦狗聲嘶力竭的對著藍天的無聲吶喊，也無論是《禿頭歌女》中挑戰式的停頓和撕書和瓦格納、《飛毛腿或無處藏身》的照亮人臉的火光和平靜的獨白；還是《風暴》中緊張沉鬱的靜態衝擊和窗外那遙遠的樹影、《黃與黑》中水淋淋的雨衣和尖叫和新生命的哭聲，這都是我們苦心積慮、夢寐以求的一種過程的體現，都是自己無法擺脫的身陷其中的一種快感的高潮，因為我們發現在堅守信念的執著中，我們將不會永遠孤獨。

我們曾經一千次地希望是戲劇選擇了我們而不是我們選擇了戲劇，這對我們是至關重要的。當我們知道雄心壯志與現實之間是有差距的時候，當我們朦朧地感受到奇蹟將離我們遠去的時候，我們可能會失望但不會灰心喪氣，會很難過但不會在夜幕降臨之時空手而回。不過到目前為止，最有意義的可能就是最後的日子還沒有到來，我們依然可以等待。

我們堅信戲劇不是被病人住濫了的醫院，也不是被詩人用濫了的詞句。戲劇作為「理想的現代藝術」總是站在最高處向人類心靈的最陰暗處宣戰。我們將確立自己用另一種眼光注視世界，從永不喪失的執著的熱愛中，從星星眨眼之間深濃的詩情中，從噴發著情欲的燦爛的陽光中，找到能夠奔跑、跳躍以至自由習翔的憑藉，使我們身上新鮮的東西從陳陳相因的桎梏和毫無才氣的惡習中解放出來，使我們心靈裏高貴的東西在自由的空氣中暢快的呼吸。這對我們也是至關重要的。我們也許比別人能更深地瞭解這一點：不是戲劇的輝煌施捨給我們以信念，而戲劇尊嚴橫掃了我們身上的卑微和墮性。

孟京輝父親的教誨：「多少年如一日，我們毫不隱瞞，那怎麼樣，我們共產覺員毫不隱瞞自己的觀點。」

往後是什麼，淚眼模糊，往後是什麼，心潮起伏、往後是什麼，顫顫微微，往後是什麼淚眼模糊。

張曉陵，現在汕頭海洋音像集團公司任職。

孟京輝，1991年7月獲中央戲劇學院文學（藝術）碩士學位，現無業。

刁奕男，回西安到《絕境》電影劇組做場記工作。

蔡軍，現每天飲酒不作樂，準備出國。

柳青，現忙於一家卡拉OK的裝修工作，賺錢。

張有待，現每天堅持坐車三小時以上，去KB傳播事業（香港）有限公司待著。

施潤玖，去山東拉贊助。

張揚，準備獨身一人去西藏，至截稿之時仍未買到車票，與女友在宿舍打牌。

王磊，現在北京迷笛器材高技術中心音響燈光工程部任職，認為公司伙食好。

安賓，把頭髮剃去大半，要等待戈多的背心，四處出現。

安鐘巍，分入中國電視劇製作中心服化科與老同志在一起。

其餘人情況不詳。

後記

1991年10月張揚在新疆打斷鼻樑，採購一捲地毯回到北京，發現殘留在中戲的鴻鵠和Hospital的全部四處告急，發現陣地即將失守，將出現亞特鏢局和東棉花俱樂部等新生力量，死期將至，人皆老矣！

1991.10.31

解釋我不猜了真的不猜了

原來始終在尋找愛情又始終沒找到的人，就算誰挺身而出說找到啦找到啦，那天起，又會發生什麼了。

後來，我們發現，在戀愛和尋找愛情的過程中，自由附體，身體自由了。

2001年3月N日

2001年4月24日 星期二

2001年5月15日 星期日

釀文學148　PG1011

戀愛得自由

作　　者　蔣　濤
責任編輯　林泰宏
圖文排版　張慧雯
封面設計　陳佩蓉

出版策劃　釀出版
製作發行　秀威資訊科技股份有限公司
114 台北市內湖區瑞光路76巷65號1樓
電話：+886-2-2796-3638　傳真：+886-2-2796-1377
服務信箱：service@showwe.com.tw
http://www.showwe.com.tw
郵政劃撥　19563868　戶名：秀威資訊科技股份有限公司
展售門市　國家書店【松江門市】
104 台北市中山區松江路209號1樓
電話：+886-2-2518-0207　傳真：+886-2-2518-0778
網路訂購　秀威網路書店：http://www.bodbooks.com.tw
國家網路書店：http://www.govbooks.com.tw
法律顧問　毛國樑　律師
總 經 銷　創智文化有限公司
236 新北市土城區忠承路89號6樓
電話：+886-2-2268-3489　傳真：+886-2-2269-6560
博訊書網：http://www.booknews.com.tw

出版日期　2013年7月　BOD一版
定　　價　500元

Printed in Taiwan

國家圖書館出版品預行編目

戀愛得自由 / 蔣濤著. -- 一版. -- 臺北市 : 釀出版,
2013.07
面； 公分. -- (釀文學 ; PG1011)
BOD版
ISBN 978-986-5871-68-0 (平裝)

855 102012417

讀者回函卡

感謝您購買本書，為提升服務品質，請填妥以下資料，將讀者回函卡直接寄回或傳真本公司，收到您的寶貴意見後，我們會收藏記錄及檢討，謝謝！

如您需要了解本公司最新出版書目、購書優惠或企劃活動，歡迎您上網查詢或下載相關資料：http:// www.showwe.com.tw

您購買的書名：____________________

出生日期：________年________月________日

學歷：□高中(含)以下　□大專　□研究所(含)以上

職業：□製造業　□金融業　□資訊業　□軍警　□傳播業　□自由業

□服務業　□公務員　□教職　□學生　□家管　□其它_____

購書地點：□網路書店　□實體書店　□書展　□郵購　□贈閱　□其他

您從何得知本書的消息？

□網路書店　□實體書店　□網路搜尋　□電子報　□書訊　□雜誌

□傳播媒體　□親友推薦　□網站推薦　□部落格　□其他__________

您對本書的評價：(請填代號　1.非常滿意　2.滿意　3.尚可　4.再改進)

封面設計____　版面編排____　內容____　文／譯筆____　價格____

讀完書後您覺得：

□很有收穫　□有收穫　□收穫不多　□沒收穫

對我們的建議：____________________

____

____

____

請貼
郵票

11466
台北市內湖區瑞光路 76 巷 65 號 1 樓

秀威資訊科技股份有限公司　收

BOD 數位出版事業部

(請沿線對折寄回，謝謝！)

姓　　名：＿＿＿＿＿＿＿＿　年齡：＿＿＿＿　性別：□女　□男

郵遞區號：□□□□□

地　　址：＿＿＿＿＿＿＿＿＿＿＿＿＿＿＿＿

聯絡電話：(日)＿＿＿＿＿＿＿＿＿＿(夜)＿＿＿＿＿＿＿＿＿＿

E-mail：＿＿＿＿＿＿＿＿＿＿＿＿＿＿＿＿